# 山风
# 海韵

钱国丹　林海蓓／主编

四川文艺出版社

**图书在版编目（CIP）数据**

山风海韵 / 钱国丹，林海蓓主编. —— 成都：四川
文艺出版社，2022.1
ISBN 978-7-5411-6170-4

Ⅰ.①山… Ⅱ.①钱… ②林… Ⅲ.①散文集—中国
—当代 Ⅳ.①I267

中国版本图书馆CIP数据核字（2021）第216493号

SHAN FENG HAI YUN
# 山风海韵

钱国丹　林海蓓　主编

出 品 人　张庆宁
责任编辑　程 川 蔡 曦
封面摄影　张 廷
封面设计　鸿儒文轩
责任校对　段 敏

出版发行　四川文艺出版社（成都市槐树街2号）
网　　址　www.scwys.com
电　　话　028-86259287（发行部）　　028-86259303（编辑部）
传　　真　028-86259306

印　　刷　阳谷毕升印务有限公司
成品尺寸　155mm×225mm　　　开　本　16开
印　　张　23　　　　　　　　　字　数　350千
版　　次　2022年1月第一版　　　印　次　2022年1月第一次印刷
书　　号　ISBN 978-7-5411-6170-4
定　　价　68.00元

# 山风海韵编委会

**顾问**

洪显周　黄祥云

**主任**

茅玉芬

**副主任**

周坚勇

**主编**

钱国丹

林海蓓

**编委**

孙敏瑛　卢云芬

胡明刚　徐家骏

潘雪梅

# 目录

CONTENTS

**第一辑 乡 韵**

当今风采看玉环　　　　　　　　　叶文玲 // 002

沸头　沸头（外一篇）　　　　　　　洪显周 // 007

世外桃源布袋山　　　　　　　　　　钱国丹 // 012

故乡风景　　　　　　　　　　　　　朱幼棣 // 020

县　城　　　　　　　　　　　　　　蔡天新 // 029

海上千春住玉环　　　　　　　　　　苏沧桑 // 037

静静的蟠滩　精美的花灯（外一篇）　林海蓓 // 043

灵湖随想　　　　　　　　　　　　　喻慧敏 // 052

白石驿道：一径通南北，兵戈几度起　吴万红 // 057

章安古井，一井一故事　　　　　　　张亚妮 // 062


**第二辑 意 味**

在国清寺（外一篇）　　　　　　　　孙敏瑛 // 070

古城古街行吟　　　　　　　　　　　卢云芬 // 080

天台石梁的夜游（外一篇）　　　　　胡明刚 // 084

走过大柳溪　　　　　　　　　　　　蒋冰之 // 091

只为遇见　　　　　　　　　　　　　李　鸿 // 097

一半安详，一半飞扬　　　　　　　　子　秋 // 106

大海情语　　　　　　　　　　　　　胡建新 // 111

方岩漫笔　　　　　　　　　　　　　杨　荻 // 114

麦子，留下的不只是一道划痕　　　　阮仁伟 // 123


**第三辑　性　情**

恍若寂静无声　　　　　　　　　　　陈家麦 // 128

天台山大瀑布　　　　　　　　　　　黄吉鸿 // 132

登黄岩九峰山　　　　　　　　　　　徐家骏 // 138

金鳌山探梅　　　　　　　　　　　　翁　筱 // 143

天台山三题　　　　　　　　　　　　范伟锋 // 147

顶雾凇（外一篇）　　　　　　　　　陈　琪 // 154

大　溪　　　　　　　　　　　　　　张　峋 // 160

水中的天堂（外一篇）　　　　　　　陈伟华 // 166

漫步紫阳街　　　　　　　　　　　　潘以林 // 172

东沙，在水一方的人间烟火（外一篇）张凌瑞 // 177


**第四辑　印　记**

神仙居，太白梦　　　　　　　　　　杨维平 // 186

渔乡石板路　　　　　　　　　张一芳 // 192

永安溪漂流　　　　　　　　　陆　原 // 197

莞水悠悠草青青　　　　　　　陈连清 // 203

九峰寺的佛与梅　　　　　　　王雪梅 // 210

我记忆中的黄沙狮子　　　　　罗超英 // 215

九峰泉洌　　　　　　　　　　张广星 // 219

行走大雷山　　　　　　　　　倪宗连 // 222

南城有片贡橘园　　　　　　　章云龙 // 226

且放白鹿青崖间　　　　　　　傅亚文 // 229

斜阳脉脉水悠悠　　　　　　　曹瑛杰 // 237


第五辑　食　美

酒里的江湖　　　　　　　　　潘雪梅 // 244

松门白鲞　　　　　　　　　　钱天柱 // 249

清明一粒蛳，抵过一头猪　　　程豪勇 // 254

母亲的食饼筒　　　　　　　　胡富健 // 259

罗幔杨梅为谁设　　　　　　　池慧泓 // 264

甜蜜一"柿"情　　　　　　　叶海鸥 // 269

家乡的美食　　　　　　　　　余喜华 // 273

漫话箬山饮食文化　　　　　　莫爱蓉 // 280

母亲做的台州麦食　　　　　　王馥铭 // 287

## 第六辑　风　情

三门湾两题　　　　　　　　　　刘从进 // 294

塔院有声　　　　　　　　　　　张文志 // 301

沙埠窑　　　　　　　　　　　　陈　娓 // 306

上堡山上杜鹃红（外一篇）　　　黄祥云 // 311

还原一座岛的本真　　　　　　　邬荷群 // 315

括苍山上　　　　　　　　　　　李仙正 // 319

道地的情怀（外一篇）　　　　　叶晨曦 // 328

葭沚送大暑　　　　　　　　　　金　勇 // 334

神山仙水美如画　　　　　　　　吴宝华 // 341

行走在大陈岛　　　　　　　　　赵佩蓉 // 349

曙光里的海港：石塘　　　　　　赵斌涛 // 353

第一辑

乡

韵

# 当今风采看玉环

叶文玲

东海之东，浙江之南，岛形如珠，名字玉环。

玉环——名副其实，美丽非凡。

人都知我是玉环人，这样夸耀，是不是出于偏心？

你若不信，那就问问那些来玉环游玩、见识了玉环的人，不管是初来乍到还是熟门熟路，不管是小住数日还是点水之掠，哪个不是异口同声——玉环好！

这句话，出自歌盛世、颂明时的心怀，既合历史，也合现实。

这句话，作为玉环人，听来就像一串春天的音符，心里特别受用。

这句话，作为曾经远离故乡二十余年的我，就像一根思绪的引线，总能引我浮想联翩。

回归故乡二十年，作为玉环的儿女，我为这句话自豪。

远在中原时，我曾以"梦里寻你千百度"为题，表达了对故乡永远的情思。那缅念是如此绵长，当然不单单是因为她青山不老、碧水如镜的美丽；那眷恋是如此无限，也不仅仅是因为她春韭秋蔬、鱼米虾蟹的丰饶。当我痴情呼唤、执着描绘可亲可爱的玉环时，心里更强烈地涌动的，是对故乡人的崇敬之情。是的，是我那世世代代挚爱这片热土、用不倦的劳动创造新生活的故乡父老，是在我心里永远盘根错节着难以名状的亲情的乡亲，是在我心里生根开花的他们，接续着玉环的既往，又创造了美好的今天。

"玉环好！"

道出这句话的，已然知道了玉环史载的悠久。

追溯玉环的悠久，光那条"20世纪70年代初在三合潭出土了战国时期的陶质网坠"的消息，就可印证。对于历史文物的一次又一次的惊喜发现，这条消息当然不是唯一，而"在新石器时期，玉环就有了人类活动踪迹"结论的获得，更可证明她的古老。

"玉环好！"

道出这句话的，当然目睹了玉环美丽的山川。县志中曾有简洁而形象的记载："玉环古称榴屿，山环水绕，清流如玉。"而一句"蓬莱清浅在人间，海上千春住玉环"，更道尽了玉环喻比仙境的曼妙和可爱。

最初得知故乡最早的别名叫作"榴屿"时，我就对这一古称无限赞赏——"玉环"和"榴屿"，既形象生动又视听皆美：一方清流如玉的宝地，一座榴花如燃的小岛，那美丽，还用言说吗？

"玉环好！"

道出这句话的，自然遍尝了玉环丰饶的物产。百姓家四时八节佐餐的，总有鱼肉海鲜，如果是请客吃饭，那二十四种、三十八盘的流水席，更是丰盛得能将桌脚压断，哪怕你是个云游四海的美食家，也准有教你说不上名目的海产珍馐，教你连舌头都要一块吞下呢！

玉环虽居天涯海角，论地域不过弹丸之地，但是，宝岛玲珑，农林盐渔轻工商企，行行都有；谷米豆麦鱼鲜果蔬，样样齐全。至今存留的有关玉环的典籍诗文，对故乡人耕海牧渔的生涯，有着真实生动的记载。20 世纪 80 年代以来使玉环越发声名大震的，还有曾在全国水果评比中获得"八连冠"的佳果——"玉环柚"（也叫"楚门文旦"）。别看是一只柚子，可它的美味真是教你尝了它就不想吃第二种水果！

"玉环好！"

以前的玉环好是好，就是地方太偏。我曾叹息从杭州回家，要过数不清弯头的回字岭，再翻几重大山，再过许多市镇，七转八拐就得十来个小时。如今，要快捷，只需到路桥就乘上了飞机；要坐船，大麦屿往温州的轮船一天来回好几趟；有私家车的更不用急，从杭州出来，一条大道通衢，"裁弯取直"的高速公路，只消三个多小时就让你不仅稳稳当当地到了玉环，还能欢天喜地直奔大鹿岛观光垂钓呢！大鹿岛虽然只是个弹丸小岛，可它蓝天碧海相映，有悬崖峭壁、岩洞索桥的险奇；有青山苍郁、松林如涛的野趣；再加黑森森的礁石、鲜滋滋的海螺，还有形神兼备的石雕……种种有滋有味的"海玩"，直教见识过许多著名风景点的旅游者，也不能不喊一声"妙"呢！

我曾遍走全国各地，抛开大城市不说，只要走入县城，总有不少负面的印象，而这些印象大多与嘈杂、混乱、不卫生有关。可你若去玉环，我敢说那光景大不一般。玉环的县城，楼房新舍整整齐齐，大路小路干干净净，除了奔忙的大车小车，如川如流地呈现她发展的活力外，你一定诧异这个小城怎会有如此良好的"城容"。是的，玉环不光"城容"良好、秩序良好，她还好在总是那么干净清爽！可别小看了干净清爽这四个字，卫生，可是文明不可忽略的重要标志呢！

如果你深秋来到玉环，那么，你第一眼看到的，就不光是整齐整洁干净清爽，跃进你眼帘的是"金黄园满"，送入你鼻端的是清甜芳香！这金黄园满、清甜芳香的来处不是别的，就是"八连冠""九连冠"总是"中状元"的文旦——这芳香清甜的有"吉祥果"之称的好果子，就圆溜溜、溜溜圆地种在夹道两旁的树丛中，欢迎你来到玉环呢！

有这样美丽的山川，有这么佳妙的物事，玉环焉得不好？

玉环，"永不消逝的海市蜃楼"，这一诗意盎然的祝福，自是有根有源的深情追溯——"……在蛮荒的远古，玉环人的祖先就开始了文明的进程。春秋以降，风流所及，玉环更与中原文明亲近。地处天涯海角的玉环岛，不仅有悠久的历史，也有辉煌的文明……"

真是一语中的。一个地方的开放发展，就是两种文明齐头并进的结果。这文明，随着风云流变的岁月嬗递渐进；这文明，随着历史潮流的推动趋向更大的繁荣，随着改革开放的鼓声而日新月异；这文明，因为终于顺应了民心民意而更有惊人的速度和质量；这文明，更因为玉环人的勤劳智慧而焕发出愈加灿烂的光彩。

创造了玉环诸般之"好"的，当然是玉环人。诸般之"好"的玉环人，只消举一个，大家只要看看家里一日三餐离不了的锅就晓得了——名字含意为"精品"的"苏泊尔"，全国闻名，销量第一！

至今，我还忘不了前些年的有趣争论——那就是20世纪50年代初玉环曾经为温州所辖，50年代末又曾作为一个太小的县份并入温岭，现在属于台州市。现在，不管是讲古还是论今，完全可以论景观论实力的玉环，不光是大家争抢的对象，不光是"不愁嫁"的公主，还最有能力招赘能人才子东床婿——挂职到玉环锻炼的干部"过了期"也不肯走，宁肯舍弃铁饭碗在玉环创业的也大有人在，这一切，当然都源于"玉环好"的魅力！

玉环虽小，但她在山川地理、经济文化、农工商企等方面的变迁，无可置辩地使其在浙江乃至全国的海岛县中独占鳌头。无论是外来客还是自己人的眼中，而今的玉环，是融入祖国大家庭最可爱的小家，是浙江东南沿海最发达地区迅速升起的耀眼星星。玉环，这个已与陆地毗连的滨海之地，"岛"的概念、"县"的称谓，都不足状其形貌，喻其繁荣；玉环，而今才委实如其名又胜其名，不仅仅是清流如玉，而且是华彩如珠！

玉环虽小，玉环人却有海的抱负、海的胸襟，听着别人好的评价，从不骄矜，得知东西南北的捷报，更是从容沉着。沉着不慌不等于原地踏步，玉环人最知"低头稻秆穗子大"，玉环人讲究聪明灵巧而又不声不响地实干，玉环人的理想是来自大海的淘炼，玉环人的理想高于天又沉于地，玉环不仅要揽大海入怀，还要百业兴旺日进斗金。在大有作为的新世纪，玉环要努力成为东海边上的"小香港"，成为一颗更加美丽可爱的"东方之珠"！

玉环虽小，喜迎天下客的大门却永远敞得大大的。所以，你想撷珍取宝，请到玉环来！你想见识当今海岛县市的那份不凡、那份风采，那么，你当然不会忘了她：玉环……

# 沸头 沸头（外一篇）

洪显周

自元大德年间，因水患，洪氏从天台县城溪头迁到沸头落脚生根，已有七百多年历史。其间，庞氏、许氏相继入驻，薪火相传，形成一处和融相亲、同生共荣的古村落。

如今的沸头，和谐宜居，充满活力，经五年整村改造，村民都住上了别墅。这里公园花木珍异，河边垂柳碧桃，湖岸蓑翁垂钓，白鹭聚集飞翔，和园古朴风雅，民宿喜迎宾客，夜晚霓虹闪烁，大殿清音绕梁，农田集约经营，农林绿色生态、瓜果飘香……

今天的美好，是对过去的传承。

余生也晚。沸头于我，却是印在脑子里，融化在血液中。她，有溪有塘有坑有沟有森林，有田园牧歌般的环境：村庄居中，东西南北良田几百亩，坡地溪滩地一大片。村东有一棵几百年的参天枫树，数人合抱，秋来红枫染色，挺拔雄踞在平原之上。在此东望桐柏飞瀑，白练悬空。村西是沸头溪，墩头、下坑形成两个深潭，孩童嬉戏，鱼游浅底。溪岸旱地有上百年的枣树林，延绵一二里，枣挂枝头，蝉鸣震耳。枣林边则是散布着历代祖坟的大片松树林，松涛阵阵，松花飘香。从村北到西南，有一条水沟。明万历初年，沸头人在下邢修碶引水，经皇都百亩坑，自流灌溉东区农田。碶水经几口水塘，自北向西南穿村流入沸头溪，春潮时节，水沟小鱼小虾清晰可见。

以前沸头有三个四合院，从道地里到庞行，屋宇相连，栉比鳞次百余间。夏天炎热，人们集中在道地里，搬出凉板、小凳，席草铺地，艾香驱蚊，老人讲古，谈天说地，消暑纳凉，悠闲自在。孩童到墩头樟树上寻找猫头鹰，用弹弓打麻雀，用麦秆装萤火虫，水塘里响起一片蛙声。

沸头人崇拜北宋为官清正、造福一方的胡则，明嘉靖年间，在村南立胡公庙，祀奉为神，至今五百年。每年农历八月十三，胡公大帝生日，已成为沸头人的民俗节日。

沸头人尊祖敬宗，重孝悌，信仁义，喜良善，讲硬气，齐家安邻，练拳习武，相帮相扶。20世纪三四十年代，洪公梅森，在上海等地建立工厂，许多沸头人（包括四邻八村的乡亲）在上海做工，立业成家。上海人至今还记得"德兴漆刷、一毛不拔"的广告语。现在的沸头人，仍然有海派文化的基因。

改革开放使沸头人走南闯北，走遍全国，走向世界。全村五百多人中百分之七八十在外，大部分集中在上海、杭州等地，开商店、办实业、置物产、培养子女，有许多拥有国内外高等教育学历的学士、硕士、博士，其中不乏出类拔萃的人才。

由于特殊情况，古枫殁，枣林毁，百亩坑填，房屋破旧，庞行又遭火焚，令人望村兴叹。沸头人虽然在外风生水起，有房有车有钱，村庄则有被自然淘汰的危险。在政府的高度重视与全力支持下，沸头正在进行新村建设。更可喜的是，沸头"人心齐、泰山移"，不管天高地远，都愿把根留在沸头……

# 消逝的枣林

初秋的晨风，还带着热气，枣子、枣叶、枣枝，随风摇曳，散发出淡淡的清香。

这棵枣树，高二丈余，冠丈许，是 2005 年搬新家时，特意从外地移栽来，悉心呵护了十六年。

我喜欢枣树，她坚硬，做磨芯、做推刨，经久耐用；她韧性，站在小枝条上晃荡，弯曲不折；她长寿，历经风霜，老而弥坚，几百年仍然开花结果。

我的老家天台沸头村，地处山区中的平原，距今近九百年的历史。一条沸头溪分隔东西，东边是村落和大片稻田，西边是溪地，溪地种植大片枣树，枣树下面种上玉米、黄豆、番薯、花生等农作物，南北走向，长一公里，宽二三百米。树大可合抱，两三百年树龄，是天台最大一片枣林。枣林往西，又是一大片松树林，林外是稻田。盛夏之际，枣子成熟，蝉鸣声声，声震村舍。儿时，在东王坑小学读书，中午有时与三两个同学，悄悄地涉水过溪，隐入枣林，捉迷藏，只要不是摇动玉米秆、不从树上喊出声音，躲起来是找不到人的。爬枣树也得脚蹬手攀用巧劲，大枣树，主干粗，横枝大，树叶密，枣子多。果子一串串，密密麻麻，与蓝天相伴，青中泛白，白里透红，红中瓜裂，掩映在绿色丛中，我们拣熟里透红的，白中开裂的枣子吃，枣肉橙黄，又甜又脆又爽。那时不知道"偷"的概念，只知道好玩；不知道什么叫甜爽可口，只知道好吃。上辈人说：一百枣子肚吃拉，一百毛楂值贴药。

枣林是蝉的天堂，成千上万只蝉的鸣叫，此起彼伏。枣树上捉蝉，是有意思的事。有的蝉趴在树上翘起屁股，忘情地参加大合唱，不知道我正爬在树上，一只手抓住树杈，稳住身体，不摇动枝干，一只手慢慢地伸出去，对准知了，猛然一按，吱的一声，逮个正着，手心痒痒的。有的很灵敏，手没伸到，就吱的一声，飞了。

枣子是吃不了多少的，知了也是抓了放、放了抓。有时候，离上学时间还早，就跑到溪潭中去玩水。沸头溪自北而南，蜿蜒沿村边流过，溪面不宽，溪流不急，鹅卵石、沙子随处可见，清澈的溪水中，小鱼小虾自由游弋，站在水中，小鱼咬着小腿，就像现在水族馆里的鱼疗，麻麻痒痒的。溪流从北折西，冲出上坑潭；从西拐东，冲出墩头潭，这是村民洗菜、洗衣、游水的主要场所；从东转西，形成下坑潭。三个潭相隔五六百米，三潭之中数上坑潭大且深。我们从上坑枣林出来，就奔上坑潭。年少不知羞，也不知道游泳衣为何物，脱掉衣裤，光着屁股，尽情玩耍。然后，轻轻松松地走在田间羊肠小道上，高高兴兴地去东王坑小学读书。

后来，上游建了水库，溪流变成小水沟，枣林少了水伴。

后来，天台仅有的大片枣林毁了，种上了柑橘。

后来，新村改造，村民们住上了别墅。

再后来，溪头在原来枣林的上坑，挖了一个葫芦形的小湖，湖边矗立了十一幢木屋别墅，建了可供数百人用餐的大型四合院，移栽了许多古树名木，建成远近闻名的和园。原来的小水沟被挖成一条十几米宽的小河。河边种上红枫、绿柳、碧桃，堆放不规则的大石头，搭建木平台，供游人垂钓。

又是后来，沸头成了浙江省美丽乡村、3A 级景区。

沸头的枣林没了，记忆中的乐园，刻在了心里。

世上有很多事情，存在即是美好的，一旦没有了，便永远回不去了。上百年树龄的枣林，再有钱也是买不到的。

而今，只有站在台州家后院的枣树底下，仰望星空。

# 世外桃源布袋山

钱国丹

## 上 山

乍一听"布袋山"这个名字，觉得有点土，没什么美感。可进了山，才领悟了其中的奥妙，体味到真正的大美。

布袋山位于浙江省黄岩城西四十公里处的崇山峻岭中，海拔五百五十米。山中林木繁茂，芳草萋萋，水源尤其丰沛，源远流长的溪水铿锵而来，最后注入浙江省第三大水库——长潭水库，滋养着五百五十万台州人。

相传五代后梁时期，宁波奉化一位名叫契此的和尚云游到这里。这个祖胸露腹、笑容烂漫、总是拎着布袋的胖大和尚，被这里的山水所震撼，于是就脚穿芒鞋，手执竹杖，沿着山涧逆流而上。他渡水复渡水，看花复看花，走过了十里长坑、十里洋坑、十里毛坪岗，终于来到一个比较平坦的山谷。只见这里溪流淙淙，竹海浩浩，莺啼燕舞，繁花似锦。于是放下布袋，率人搭建茅棚，筑造寺庙。民间传布袋和尚即弥勒佛的化身，所以此山就叫布袋山，此村便叫布袋坑村，而拥抱着村庄的山谷即叫弥勒谷。

布袋坑人种粮栽菜，伐薪挖笋，繁衍子孙。出于对契此和尚的敬仰，人们看山中的许多石崖都像布袋和尚，或坐，或卧，或面壁，或侧身倾听，形形色色，不一而足。

我们的车子在下午四时到达山口。布袋坑人老黄早已候在那儿了。

我站在停车场向山谷看去，但见溪面宽阔，水流澎湃，却被中间的小岛一分为二。小岛极小，但峰峦起伏，绿树葳蕤，与雪白的浪花相映成趣，给我们强烈的视觉冲击。

望着高耸的苍山，我对老黄说，我最怕登高，平日走自家的楼梯都气喘吁吁，这山我是攀登不了，你得先开车送我上山，然后我再沿山涧徒步下来。

老黄在我的背上猛击一掌，很有鼓动性地说，从山脚到桃源人家，相对高度才二百三十米。你能上去的！——逆流而上的感觉更好！

我说，那么我试试，不行了你开车来接我。

沿着山涧的小路，我们开始登山。正是万木吐翠的季节，布袋山是那样绿：绿树掩映中，似有一头雄狮藏匿着，风吹树摇，那雄狮似乎在伺机待扑。老黄说，这就是第一个景点"雄狮护谷"了。

话刚落音，就见一袭银瀑从裸石中喷涌而出，水随石形而变，歪歪扭扭，跌落在下面小小的水潭中，哗然有声；流水继而兵分几路，又从下面的石缝中蜿蜒而出。我们再往上几个台阶，转个小弯，又见一粗壮瀑布，轰轰然似雷鸣一般。

前面就是"双龙戏瀑"。两条飞瀑横空出世，右边的那条纤细，左边的却雄壮多了，它们像一对刚闹了别扭的年轻情侣，吵吵嚷嚷、分道扬镳下来，经过一块巨石的两侧，似乎又要和好了，于是逐渐靠拢，上下瀑水刚好成了一个菱形，到下面，这双龙则紧紧交缠在一起，恩恩爱爱地隐入潭中去了。

继续向前走，发现山路却被一块巨石堵得死死的。逼近细看，这巨石却有缝隙，缝隙太小，看来我是通不过的。老黄说，这叫瘦身石，能减肥。于是带着我们收腹，屏气，左一个侧身，右一个侧身，三侧两转，居然从缝隙里穿了过去。

前面就到"叠翠瀑"了。叠翠瀑是布袋山最美丽的飞瀑之一，它藏在厚厚的珍稀树种中间，绿荫深深，花香袭人。而瀑水则像黄河之水天上来，曲曲弯弯，一路喧哗，然后憋足了劲儿穿过对峙的山嘴儿，突然恣意汪洋，一泻千里，淹没了潭旁的花花草草，淹没了供游人稍憩的座椅，甚至淹没了筑得高高的叠翠亭的基座。站在精致的叠翠亭里，我们享受着雨雾弥漫烟雾氤氲，顿感浑身通泰，热气尽消。

再往上，又见两处瀑布，一处是横向腾挪的"卧龙瀑"，一处是一大一小的"父子瀑"，其实布袋山这样的飞瀑太多了，真的数不胜数。

再上行数十步，就是"牯牛秋月"。这个水潭大且深，周围是浅浅的黄沙，卵石历历可数，越往中间，水色越加蓝黛。潭中有巨石垒叠，有两块似牯牛抵角，难解难分；旁边一"牛"最为神似，仿佛劳累了一天，微闭着它的双眼皮儿，静静地浮卧在水中休息，一任伙伴们斗得你死我活，它自岿然不动。老黄说，晴好之夜，月光落在这潭中，随波荡漾，和那些牯牛相映成趣。

再往上的路有点陡，古老的石级上，苔痕点点，陡峭的、突兀的崖石上，有向空中悬出的栈道，看起来美而险，我们走在上面，身心都悬在半空。沿途又是三四个飞瀑和碧潭，形态各异。一截浅浅的溪水中，似有白龟在徐徐爬行。台州人"龟""驹"同音，我们就笑说是"白龟过隙"，只是此龟非彼驹，速度也太慢了。

接下来的路非常陡狭，因两侧有牢固的扶手，我们尽管大胆上去。路过三四个长长短短的瀑布，前面就是"壶中乾坤"。壶中乾坤也有两道飞瀑，右粗左细，翻滚腾挪矫健异常。一道索桥横悬在上面。我们从索桥上走着，颤颤悠悠；居高临下，看碧绿的水潭似一把玉壶，静卧在群山之中；摇曳的绿树花草，是玉壶上生动的水墨画，于是想起明朝朱有炖《神仙会》里的句子："罗浮道士谁同流，草衣木食轻诸侯。世间甲子管不得，壶里乾坤只自由。"

过了索桥，见左边岩石上凌空伸出个平台，上摆一张桌子、四五把小椅。这里应是品茗小憩、听泉饮风的好地方，我担心天黑了行走不便，只得忍痛割爱，继续赶路。

继而到了"苍山云影"，这里有一条短瀑。那短瀑的大小长宽和斜度，很像一架溜滑梯。老黄笑道，布袋和尚可喜欢在这里溜滑梯了。

"九天凝碧"是布袋坑最美、最壮观的瀑布了。人们说它是三折瀑，我再三观察，发现它竟是世上少有的四折瀑。流水从遥远的、高高的峡谷中突奔而出，让人想起李白的"飞流直下三千尺，疑是银河落九天"。跌落的瀑水先是右折，再垂直下来，又突然右转，再猛地左转。强劲的瀑水撞击着悬崖，飞花碎玉，发出噼噼啪啪的声响。抬眼远眺，只见春山绿透，繁花迷眼，空气似乎都凝成了推不动的绿；回望潭水，从碧绿到蓝，从蓝到黛，层层涟漪，悠悠荡荡，让我们也跟着心旌摇荡了。

"飞阁流丹"是一个特别漂亮之处。一座小阁，落在高高的悬崖上。一泓清泉，从裂谷中喷涌而出。正是夕阳西下时分，晚霞把飞瀑染成一片火红，那汹涌着的瀑布，就是汹涌着的火焰，翻滚着，呼啸着，仿佛要把层林点燃，十分壮观。

转身就是一个古老的石丁步，丁步像一把钝齿的梳子，把流水梳成一绺绺长长的美发，飘飘逸逸地下去了。

过了一座长石搭成的老桥，见桥下水幕辽阔，浩浩荡荡。桥头有硕大的、不知名的红花在迎风招展，美艳之极。再逶迤几步，便到了一个叫作"老僧听泉"的水潭。这里有一泓大大的泉水，满潭碧透，上悬一大一细两瀑。一块裸岩，像一老僧侧立，贴着那细瀑，似乎在品味瀑水弹奏的音乐。走了这么多路，我们站在瀑旁，感清风徐来，听清泉淙淙，那种安谧幽静，妙处难与君说。

前面重峦叠嶂，仿佛已无路可走。然峰回路转，只见两块巨岩对峙，上面又横亘着一块，中间露一酒爵形小窗。踏着苔痕我们拾级而上，钻到这个酒爵之中，顿感清凉无比。再抬眼，前面已是豁然开朗了。

终于到了廊桥，也就是到了布袋村的村口。桥很长，两边各有长长的红漆廊椅，俗称"美人靠"。坐在这美人靠上，往里望，是坦坦荡荡的鼎湖，绵延数里，湖水绿且泛着涟漪，一直伸向布袋坑里的桃源人家。可廊桥外侧则是一条大大的拦水坝，鼎湖水从坝上下来，宽阔似大舞台的银幕。

一路行来，随处都是形状迥异、深浅不同的碧潭，它们像一块块碧玉和翡翠，闪耀着迷人的光芒；而百十条生机勃勃的飞瀑，活似白银链子，把这些碧玉和翡翠缀连起来。

登布袋山，就是走一条充满刺激的，又美不胜收的道路。我登过数以百计的大山小山，没有哪一条山路能如此和流水分分秒秒紧紧相依相伴的；也没有哪一条山路大瀑小瀑如此密集、如此腾挪翻滚、一路铿锵咆哮的。它们就像百十个淘气的孩子，傍着我们，缠着赖着我们，一路欢歌一路雀跃。

我怕天黑了不好走路，所以面对着漂亮的竹亭、木亭和长廊，我没有休息片刻。我一口气走到了终点，竟然没有喘气，也不觉劳累。我想，这应该归功于布袋山丰富的负氧离子吧，当然还要归功于布袋和尚的庇佑。

## 夜 宿

布袋坑村坐落在弥勒谷里，这里的村舍被誉为"桃源人家"。住在寻常百姓家，品尝农家自种的园蔬，喝他们自酿的米酒，应该是件赏心乐事。可是老黄客气，一定要我们下榻在比较高档的红豆杉宾馆。

这宾馆可不是随便命名的，宾馆后面确实有两棵珍稀的千年红豆杉。村民们绘声绘色地告诉我们，红豆杉的果实，是如何红艳，如何甜美。可惜时下正值仲春，离红豆杉果实成熟还早着呢。

布袋坑是一个原汁原味的古村落，沿溪两岸，错落有致的是明清时期筑建的农舍，大块大块卵石砌的围墙，整棵整棵杉树立的柱子。家家户户开门就是小溪。溪水清澈见底，游鱼历历可数。红喙白羽的鸭子，像圣洁的天使，用它们的红掌，在水中悠闲地拨着清波，花狗黄狗迈着矫健的步伐，在石丁步上潇洒地跑来跑去。

布袋坑虽是小小山村，却大有风水学的建筑讲究。沿溪两岸的房舍恰似一条游龙，龙首、龙角、龙耳、龙前爪、龙背、龙脊、龙胸、龙腹、龙鳍、龙后爪，栩栩如生，惟妙惟肖。

晚餐于村中的"人民公社食堂"吃。刚刚挖来的新笋是甜的，带露采来的蕨菜又嫩又滑，新收的土豆又绵又粉，年前腌下的咸猪肉肥而不腻。那些纯绿色无公害食品，在城里是很难尝到的。那馒头，没掺什么增白粉膨大剂，吃起来分外香甜，让我们胃口大开。

饭后，布袋坑土生土长的文学青年小戴请我们去他家喝茶。他家的房子是仿古建筑的新屋，窗棂门框都是雕镂的，古色古香；楼上楼下的地板和隔板，是杉树原木，透着淡淡的清香。溪流在我们脚下叮叮咚咚流过，我们坐在他家无灯的露台上，就像坐在古老的夜航船上。仰望苍穹，虽然夜色幽微，却看得见天的蓝，看得见丝丝缕缕的白云。周遭宁静，山影朦胧，于是就有了物我两忘的感觉。

夜深了，我们回红豆杉宾馆去。没有路灯，溪边的石路有点难走。小戴打着手电筒送我们。忽然，溪里有白色的东西一闪，追光之下，见一只白羽鸭子在溪水里游荡。瞧长相，分明是家鸭而不是野鸭。这时，另一只鸭子也游了过来，亲亲密密地依偎在它的身边。小戴指着说，瞧，爱上一个不回家的人。我笑了，问，它们为什么不回家？小戴说，布袋坑没有野兽的侵害，也没有人为的杀戮，鸭子们自然觉得溪里比家里舒服。我很诧异，也很感慨，便留神溪里，发现全是三三两两、东一群西一簇的白羽毛家鸭，它们或把脖子藏在翼下打盹，或在水里慢慢游弋，那平和，那淡定，让总是纷纷扰扰的人类自惭形秽。

我忽然觉得，这山谷就是布袋和尚那个神奇的布袋，把村落、石桥、草木、鸭子和虫鱼装在里边，把我们疲惫的身心装在里边，把苍穹和宇宙也都装在里边……

浴罢，我躺在宾馆床上，细细地倾听着窗外。草丛中，虫儿在低吟浅唱，溪水里，石蛙更是鸣和成一片。后来，它们都安静了，溪流的音乐便活跃起来，那声音，像莲步轻移时的佩环叮咚，如夜风吹动得檐马倥偬，如纤手拨理着琴弦丝桐……那是真正的天籁之音啊。树香、竹香、草香、花香，从半开着的窗户里飘荡进来，沁人肺腑。

我想，在绝妙的大自然面前，人是多么微不足道！布袋坑用博大的胸襟，拥我们入怀，拥我们进入甜蜜的梦乡。

孔子说："智者乐水，仁者乐山。智者动，仁者静。智者乐，仁者寿。"在儒家看来，自然万物应该和谐共处。布袋坑人，与山水日夜相拥，山水中有他们的灵魂，他们也有山水的精神。今晚，在布袋坑，我觉得自己也成了自在的仙佛。

布袋和尚不也这样说嘛：行也布袋，坐也布袋，放下布袋，何等自在！此刻，我把我所有的布袋和负累都放下了，心中充满了禅意。

# 故乡风景

朱幼棣

## 一、橘花

黄岩是个人人都该知道的地方。

我想，人们大抵是从盛产蜜橘知道东海边上的这块土地的。

不在竹林山溪，不在市井水巷，车过黄土岭，映入眼帘的首先是延绵苍郁葱茏、经冬犹绿的橘林。橘音同吉，在南方金橘已成了贺岁的佳木。

记得翻过一本初中语文辅导书，其中有一篇写黄岩蜜橘的文章，出自浙江一位女作家的手笔。文虽写得不错，但这位作家毕竟不是黄岩人，不可能领会到橘乡风景的妙处。写橘树写得最好的莫过于屈原的《橘颂》。在漫长的放逐中，寒风凛冽，心灵早已背上重负，屈原步履蹒跚，昂首走过一片片橘林——个人与国家的命题、道德与放逐的命题、沉沦与苦难的命题，当然，还有理想与信念，都在浓密的绿色中得到了神示。橘树，就是生命之树，而不是在案头客厅象征富贵吉祥的摆设。

我养了不少花，但绝不种金橘。

因为橘树不是可以盆栽的植物。

没有远托异乡的体验，没有重归故里时那种全新的感觉，没有与不变景色对视中的感悟——永宁山上耸立的那两座残破的宝塔，俯视了黄岩的城郭尘寰多少年？"邑人望之以占晴雨"，其实这是大陆的尽头，延绵山脉的尽头，大洋风雨的起始——对于故乡的风景，我永远没有读不懂的怅惘。

岁月疾驶，还有节令轮回。

确实，黄岩最好的节令并不是金果满枝的仲秋，而是橘花盛开的春天。这时你无论在哪里漫步——从繁华的市街到乡间小径，都弥漫着花香。星星点点的橘花洁白无瑕，缀满枝头，香气清新高洁，馥郁芬芳。

黄岩的风景永远是大气的。这时，你到橘林中走一走，满地皆白，蜜蜂成群。当然最好的还是在夜晚，在西江边上的林中小坐，听涛声隐隐，看明月升起。这时，有箫声自远处传来，袅袅不绝。只有这静静的江水、静静的橘林、静静的月色和无边的花香，能创造出不可思议的意境。

西江的橘林中，有一块石碑，上刻："魂兮，归来！"

# 二、落帆

少年时，想成为一个画家，于是背着画夹寻找家乡的风景，开始写生。

一方池塘、一片橘林、一湾河水、一抹晚霞、一座古塔……某日不经意翻出旧稿，不禁使我激动了许久。

故乡的风景原来是很美的。

我经常去的地方是离家不远的外东浦闸。涨潮时分，一条条航船乘着潮水溯江而上，停泊在岸边。帆落下来了，有二支桅、三支桅，船多了，桅杆密密的，像冬日的疏林。

船自然是木质的。货物载得多的时候，船帮贴近了水面，在波涌中起伏不定。令人奇异的是，这些木质的航船如何能穿过如山的雪浪，平安归来？随着货物的卸去，船体渐渐地高了，巍然浮出水面，又似一座塞堡。船体是由圆木做成的，从船头到船尾，一条条弧形的曲线，疏密有致，显示出了一种张力的美。船头还画有大大的龙眼。帆褐色或白色，落帆疲惫地堆叠在一起，可以用侧笔抹出它粗重的质感。桅索、滑轮，点与线布满天空，犹如曲谱与音符，偶有一两只水鸟鸣叫着低低掠过。这一切都那么和谐。

笔在纸上沙沙地响。阳光在水面上跳跃，涛声随着咸润的风传来，这时你感到畅快，思绪会一再飘向远方。

江与海，给故乡的风景带来了悠远的动感。

清人蔡元溶的《澄江晚棹》颇能体现这种意境：

雨歇潮初落，城偎古渡头。

扶竿危度板，解缆快登舟。

棹打西风急，篷穿夜月幽。

更阑还不寐，倚枕听江流。

诗中的"板"是指跳板，搭在船与岸之间，只有一尺来宽，长丈余。船帮与岸边高差不一，跳板斜斜的，再加上浪涛鼓涌击拍，动荡不定。上船下船确实缺乏安全感。而船工们挑着货物在板上往来，这是需要点勇气的。我们少年时也常常三步并作两步，踏着跳板上船，体验一下冒险的乐趣。

在加拿大西海岸温哥华的一个宁静海湾中，我望见数百条白色的游艇——那是有身份、有地位和富有的象征。那密密麻麻的桅杆聚成一片白森森的林。那船那帆那一两个悠闲的人，全然没有故乡"三支桅""二支桅"海船的活气。

## 三、永宁江

从外东浦闸出去，沿着橘林中的小路走不多远，便到了江边。

江边是个好去处。

水始终浑黄的江却被称为"澄江"——这中间自然有很多传说，其中流传最广的是杜范诞生时江水三日清澄见底。后来杜范成了南宋有名的良相，这个传说反映了人民对清官的祈盼，官清则水清。应该说，澄江的上游生态是很好的，山清水秀，江水的浑浊主要是由于潮汐夹带的泥沙所致。

澄江是黄岩的"母亲河"——尽管修建长潭水库后，这条江的水量已经很少了，现三江口又要建闸，潮水再也涨不到黄岩的县城，更不可能再抵达潮济，但这条江永远不会消亡。没有永宁江水的流注，黄岩、路桥，还有椒江及温岭许多城镇和农田就会缺水。

咸潮一般对农业生产是没有什么好处的。澄江却是个例外。少时即听老辈人说起，黄岩蜜橘的品质好，得益于澄江的潮汐。这就像做菜，做甜食时放点盐，味道就会更佳。淡水与咸水反复冲刷，使沿江的土质与其他地方不同，橘树的长势也特别好。每隔一两年，秋天里，我们都要到江边，挽起裤脚，赤脚到江涂上，铲一些淤泥，挑到橘树下，来年的橘树开花旺，结果多。

江边有许多有趣的事情可做，如捉沙蟹、跳鱼。还有放冷钓的，一根长长的细线，上面挂有一只只鱼钩，待潮退时布在江涂上。潮水涨上来，鱼钩就没到了水里。第二天退潮时，到江边去收钓，便会有所收获，总有些活蹦乱跳的鱼被拉了上来。"一回潮上一回鲜，紫蛤花蚶不计钱。泼刺黄鱼长尺半，如飞摇到路桥船。"清人的这首小诗，写出了永宁江潮汐和渔船带来的丰富海产品。

刻进记忆的还有八月十六的大潮。那是台风多发的季节。如遇上大风，汹涌的海水滔滔而来，从江中溢出，汪洋恣肆，一株株橘树挺立在漫溢的海水之中，那浑黄的水色浸泡着生命永恒的浓绿，壮观的奇景令人感叹不已。

## 四、方山

写罢水后得再话一话山。

智者乐水，仁者乐山。永宁山是一道经典的风景，集山水名胜、人文景观于一体。

这座平地拔起的大山，周围四十里，四面望去均方正，因而又被称为方山。合白龙、卧虎、九峰东南诸大山为一体，峭岩壁立，云蒸霞蔚，气象万千。县志上说："旧传僧怀玉于此山飞锡，落临海任氏家。山上有佛迹，常多云气……"这给人很多想象的空间。据说夜宿丫髻岩下的佛院里，夜晚会有诸神降临，可听到屋顶上沙沙的脚步声和金石佩环碰撞之声，可以托梦，可以圆梦。我想，大抵是因为山顶风烈，常有飞沙走石，静夜更显惊心动魄之故。

在都市里生活久了的人，都渴望节假日去爬爬山，更不用说锻炼身体的老人们了。北京城里是有山，景山只有几十米高，太矮；香山、西山又离城几十里，路途不便。北方一入冬季，原野一片肃杀，山瘦水寒——不知是气候变化还是别的什么原因，就是春夏，香山、西山的深涧中也常常涓滴全无。这些山，全没有方山磅礴丰润。我到过不少地方，从秦巴山区到云贵高原，从三峡谷地到五岭山区，虽然不乏名山秀岭，但离城近的"好山"实在不多。

记忆中雨雾蒙蒙的童年和少年时期，我曾不止一次地登上方山。山上有飞瀑、清流、奇峰、危岩、松涛、曲径、古塔、禅院……方山与众不同。有的大山只有一峰或数峰，夹在如蚁的人流中往上爬，登顶之后，顿显局促。在极顶的"立锥之地"，即使"一览众山小"，也没有多豪兴。方山群峰汇聚，高高大大，峰与峰之间比肩挽臂，有山脊相连，可以朝踏紫云、阜云，夕揽"丫髻""马尾"。

在泰山、黄山上望海，其实只是一种想象，这些名山奇峰离海岸太远，是目力不能穷尽的。方山上有望海峰，这儿离海也只有二十多里地，天气晴和的日子不难看到日出东海的奇景，自有它的韵致。清人潘颖登方山观海诗写得极有气魄又曲尽其妙："云涛幻处一杯水，岛屿茫如九点烟。"诗人肯定在云涛的开合处，看到了大海迷人的蔚蓝。可惜在记忆中，我每次上方山，不是雨天就是雾重，登高远望，海天相连的地方一片霞彩，始终没有真切地望见过清亮的水色。

山花烂漫时节，登上方山，在云海孤岛上穿行，这时你看不到山下的城郭田畴，可是又时时感到它的存在，在不同的高度和清晰度看故乡，有完全不同的感觉。汗水早把衣衫湿透，沿着飘浮在云海上的山脊，拨开青草信步走去，风送来一丝意外的清凉，几声鸟语来自缥缈的深处，你会感到一种超越的畅快。头顶蓝天，阳光璀璨，雪崩般的白云如生命之潮自由奔腾，你可以感受，可以触摸。记得有一次我带着画夹上山，云里雾里，竟什么也没有留下。

## 五、故乡的云

写到这里，那曲"故乡的风，故乡的云"的旋律，一再在我的心上掠过。在故乡，令人百看不厌的，还有多姿多彩的云。

在北方的都城里，春风秋雨，天要么是灰蒙蒙的，要么阴云密布，一场大风过后，万里澄碧无云——过不了几天，又灰暗凝重起来，像一个倒扣着的瓦盆。我们很难看到白云轻柔地舒卷，夜晚当然也见不到星星。有一年我奔走在干渴的西套蒙古，从贺兰山，穿越巴丹吉林沙漠，烈日当头，整整半个月没有见到一丝云彩。

有一年去夏威夷，一位华人导游说，这个地方适宜生活，适宜居住，在国内你就是再有钱，也没有这样的环境。这儿空气中负氧离子的含量高。同行都频频点头，认为他说得有理。夏威夷的空气质量确实好，我想，国内也有空气清新的地方，比如北海、威海，还有，比如黄岩。

从地理区位上说，黄岩处于太平洋的西海岸，在北纬 28 度左右，气候温和，与美国佛罗里达州的棕榈海滩相当——其实黄岩也多棕榈，过去我家老屋的周围就种有七八株。只是浙江海边多泥涂，缺少迈阿密的金沙银滩。但黄岩又比迈阿密多了延绵的橘林，因此负氧离子也一定不会少，说黄岩是个"大氧吧"并不过分。

推开东窗，看山看云，这是在城市中生活的人享受不到的。

这云是海风送来的。日出与日落时分，雨季与仲秋，台风天气与雷雨过后，都有不同的云影，似古堡、似飞瀑、似火焰、似羊群、似奔马。云隙露出的天，也像水洗过的蓝。

上大学前，我曾在黄岩西部的山区生活过一段时间。当时我们住在半山上，屋后是竹林，边上是条急湍的山涧，静夜时水声愈发畅亮。但使我至今不能忘怀的，还是云。清晨起来，常见山下白茫茫的云海，起风了，云涛开始涌动，一团一团白云扯絮一般升腾，沿着山谷沉浮，转眼之间近来，化为弥漫的雾气。这时推开窗户，迷蒙的云雾流水一般直泻进来，又从后窗飘进竹林，雾蒙蒙地顿时隐去，只有影影绰绰摆动的叶梢。清人王寿祺曾避乱黄岩西乡，他在诗中写道："数间斗室藏幽谷，百折云梯上翠峦。轻雾横窗晨漠漠，涧泉绕屋夜潺潺。"寥寥数笔，就勾勒出了白云深处人家的意境，其中一个"横"字，把云雾写绝了。

故乡给予我的有很多。

总会有人上路。疾行在路上，身如离弦之箭，离故乡越来越远。

　　也许有一天，人们都会淡漠自己的记忆。青山与高原，黑土与黄沙，沃野与戈壁，碧水与浊流……变与不变，比诗篇更动情，比黑土更朴实，比岁月更弥新的，是故乡的风景。

# 县　城

蔡天新

现在看来，县城生活对我来说，是从村庄到省城之间的
一个必要过渡或驿站。

——题记

## 1

如果以黄岩城关为中心、二十公里为半径画一个圆，就可以把我
人生最初十四年的生活全部划归进去了。不仅如此，还可以分得再细
一点，院桥、樊川、委羽山在南面，新咸在西面，王林施和王林在北
面，山下廊和山头金在东面，我居住过的七个村庄和一座镇恰好绕着

黄岩县城转了一圈。这其中，院桥最大，是一座小镇，但我对它的记忆却最为淡漠。

1977年夏末秋初，在与母亲一起度过中学时代最后一个暑假以后，我终于要返回我的出生地——黄岩县城了。因为父亲半年以前就承诺过，他已准备好一套木匠工具，一旦我高中毕业，他就会亲自传授我将来赖以养家糊口的木工手艺。

这是我出发上大学之前最后一次迁移。与以往几次不同，这回是我一个人，没有母亲同行；不需要雇用农民伯伯和手推车，只需要带上换洗的衣服就可以了。甚至，也不需要走太多的路，从山下廊坐上内河客船到县城，再走上二十几分钟就可以抵达父亲任教的县中。那时的黄中前门在青年路，后门在双桂巷。这条航路以前我走过好几次，但这回两岸的景色似乎更美，内心也有了愉悦的感受。我即将成为县城里的人，这个感觉还真不错。

父亲之所以想要教我木匠活，而不是他的专业历史或具有同等水平的英语，我想一定是有他的道理的，因为后者当时不能用来养活自己。可是，等我真的来到黄中，父亲又埋头于自己的教学工作，迟迟未向我展示他的木工技能。或许他在期待着什么，或许只是找个借口让我来到他身边。我因此得以悠闲地过日子，偶尔也做做勤杂工，就像从古至今每一个学徒工需要做的那样，泡开水、打饭菜、拖地板、倒痰盂，等等。

多数时候我们吃食堂，但有时晚餐或周末时，父亲也会亲自下厨，做几道小菜。那样的话，买酱油醋、收拾饭桌之类的活计自然也归我了。而到城西唯一的菜市场采购，则一般由他亲自出马。如同《水井》一文里所写的，那会儿，我特别愿意被派遣到学校外面的那家小卖部采购。

父亲空下来的时候，很乐意把我介绍给他的邻居和同事。他们中有人或许会这么想，老蔡这个儿子像是捡来的。听说了我的棋艺，其中两位主动向我发出邀请，并在较长的时间里成为我的棋友。他们碰巧都是数学老师，其中的王老师就住我们楼上，他性格开朗，如今已九十多岁了，仍然每天搓麻将。

王老师家有四个儿子，最小的只比我大一岁，老二王平后来也做了老师，在深圳一所中学教英语。多年以后，王平创建了黄中子弟微信群，极为活跃，居然吸引了世界各地百余位家乡人，他们因为对一座拆迁的校园和逝去的时光的怀念聚集在一起。不过，当年的王家给我印象最深的却是他们爱吃虾蛄，黄岩土话叫虾狗弹。

可是，我却没有再与父亲下过棋，双方都不曾有过提议。有时遇到父亲的学生们来访，他会介绍我们认识，这些学生中有的已经毕业多年，更多的是在校生，他们的年纪与我相仿。这样的温情淡淡的，却是我难以忘怀的。除此以外，我还有很多空闲，就在黄岩县城里东游西逛了。

现在看来，县城生活对我来说，是从村庄到省城之间的一个必要的过渡或驿站。此前，我虽然来过县城许多次，但基本上都是匆匆路过，最长的一次才住了一个星期，就连母亲住院开刀那会儿，也是忙着奔波于学校和医院之间。这一回，我终于有机会在这里住下来，成为一个城里人了。但邻居们还是以一种特别的眼光来看待我，除非我做出令人刮目相看的成绩。

与此同时，我对周围投来的目光总是予以亲切的回应。这是我出生的地方，在我填写过的众多表格里，籍贯栏里每回都写黄岩。虽然按那时的习惯，应该是温岭或象山，因为这两处才是蔡家祖居的地方（那时我尚不知宋代以前蔡家祖居黄岩西部）。我继续着自我探索。有一天，我无意中走进了县总工会的大院，在那里第一次看到电视机和里面播出的黑白图像。

虽然早在1929年，世界上最早的电视台就在英国试播（BBC），1936年正式开播；北京电视台（后改名CCTV）也在1958年开始播出，可我的确没有听说过电视这个玩意儿。那次邂逅让我吃了一惊，但我已记不得具体的节目和画面，甚至也不记得到底是电视台的节目呢还是播放录像带。

总工会旁边有座石塔，高三十多米。多年以后我才得知，那是东晋永和年间始建、清乾隆年间重建的庆善寺，因此小巷叫大寺巷。据说唐天宝三年（744），鉴真和尚欲第四次东渡时曾来此小住，他本打算去章安雇船出海，结果黄岩县令得知赶来劝阻。在县南的禅林寺讲学数日以后，鉴真返回了扬州。而寺东柏树巷有一段古称新罗坊，吴越国时便是韩商聚集地，近年曾吸引韩国学者前来探访。

黄中校园边上有一条河流，通向我的母校樊川小学，也是我后来好多个夏天游泳的地方。可是，它的水流实在太急了，从前有一位老师的孩子便在河里游泳淹死了。相比游泳，我更喜欢打篮球，黄中有一个水泥球场，那是山下廊村那个半场泥地无法比拟的。尤其在天气炎热的时候，出一身大汗再冲个凉水澡非常惬意，这个习惯我一直保持下来，只不过后来改冲热水澡了。记得有一次吃晚饭时，我忍不住有些得意地告诉父亲，打球是我一天中最快乐的时光。

说到篮球，也有一件趣闻。那时黄岩城里已有灯光球场，就在我参加象棋比赛的体委大院里头。有一天晚上，县篮球队和驻台州部队进行一场友谊赛，我约了一个朋友去看。在昏黄的灯光下，有一个漂亮的进球让我永生难忘，主队有位个子不算高、理小平头的队员从中线开始运球，直到罚球线附近，然后连续两次转身180度，高高跃起把球直接送入篮筐，赢得了全场观众的喝彩。

从此我记住了这位球员的名字，他后来考取了省城的一所大学，毕业后回到故乡，做了家乡的官员。将近三十年后，我应邀回黄岩参加橘花诗会，有一天，我和我的英文翻译、南非诗人罗伯特驱车到宁溪山里，探访外婆的老家王家店村（宁溪王姓众多，现在看来也有可能是附近的其他村落），这才发现当年我崇拜的那个篮球队员与我外婆竟然是同族。

遗憾的是，虽然王家店村与蔡家的祖居地平田乡只隔着一个长潭水库，大学暑假里，我多次在那个水库游过泳，却一直不识南渡蔡氏的始祖蔡谟，更没有想到他在平田落户。想必他和家人游过雁荡山之后，是沿着临（海）乐（清）捷径或黄（岩）乐（清）捷径北上来的。而到了17世纪，旅行家徐霞客从宁海出发，过天台山和黄岩，南游雁荡时想必走的也是同一条路线。

多年以后，我了解到宁溪王氏的始祖叫王从德，870年前后中的进士，他在杭州做过大理寺少卿（相当于高院院长），人称少卿公。这位少卿公在晚唐曾是后来吴越国开国国君钱镠的同事，也是一位农学家。907年，钱镠在杭州称王建立了吴越国，而少卿公却"不与共事"，带着全家隐居到了宁溪，把正宗的儒家文化带到宁溪，至今已历三十多代，明代还出过两位大学者。

## 2

在中国历史上,"县"可能是使用时间最长的行政区划单位了,周朝时便已存在,一直沿用至今。

在古汉语里,县有远、悬殊之意,原因恐怕在于,县比较大且县与京城的距离比较远。《汉书·高帝纪》里有"县隔千里"之说,此处"县隔"或"悬隔"意思是相隔很远或差别很大。虽说县官是父母官,但在民间传说和文学作品里,县官的形象通常比较糟糕,例如杜甫的诗句,"县官急索租"(《兵车行》)。相比之下,作为农村居住点的村,给人的感觉向来比较温馨,出现在古诗里也显得尤为亲切。比如,"牧童遥指杏花村"(杜牧《清明》),"柳暗花明又一村"(陆游《游山西村》)。

说起黄岩的主要街道青年路,还真有一段历史掌故。它在清代叫道义巷,明代叫景贤巷,宋代叫景贤坊,路边还有一条中支河。满族人主中原之初,推行野蛮的"剃发令",黄岩一批士人不服,在景贤巷集体跳入中支河,以示抗议。而在宋代,朱熹的门人林鼐就住在景贤坊,正是他和我的先人蔡镐修筑了清河闸桥群。可是到了1958年,黄岩城关青年突击队却填河扩路,将中支河填成了街道,与道义巷一起成了如今的青年路。

幸好,与道义巷平行、同样也是千年古巷的东禅巷仍在,那富有禅意的巷名得以流传。此巷唐代便有,旧称丛桂坊,改现名可能与巷内建有东禅护国院有关。明万历《黄岩县志》记:"东禅护国院初建于唐懿宗咸通二年,宋太平兴国五年重建。"明初,这所寺院衰落得像座小庵。巷的东头是东禅桥,从前桥下即有内河埠头,去南乡(院桥）及东南乡（路桥、金清、泽国）的内河船均泊于此。

民国初期，我外公（也许还有外公的父亲和爷爷）便在东禅巷开南北货店。那时这里的当铺、银楼、酒酱坊和估衣铺（经营旧衣）等远近闻名，每逢集市，各地顾客商贩赶来，人来客往，十分热闹。近年来，东禅巷的"林蔚故居"重又修缮开放，此宅建于1930年，是黄岩城内第一幢西式小洋房，主体建筑保存完好，这位曾经的民国上将故居现已被列为文保单位。

再往北，过了县前街后，有一条小巷叫曾铣巷，是为了纪念明代抗蒙名将、三边总督曾铣。曾铣出生在黄岩，因父亲在江都（今江苏扬州）经商，幼时落籍江都，二十岁考中进士，曾任福建长乐知县，山东和山西巡抚。1542年，曾铣任兵部侍郎，总督陕西军务，以数千之兵拒敌塞门。后来曾铣被权臣严嵩陷害怨杀，唯有儿子曾荣逃出，被人收养，结果被严嵩之子招为女婿。婚后夫人严兰贞察得隐情，经盘问，曾荣实言相告，严兰贞深明大义，几次帮助丈夫渡过难关。京剧《盘夫索夫》演的就是这个故事，严兰贞由赵燕侠饰演，此乃赵派代表剧目。

故乡自古以来就比较富庶，有民谣为证，"黄岩熟，台州足"，不过，却很少出现文化名人。朱熹老先生曾在黄岩播过种，也没有结出丰硕的果实。黄中的民国毕业生里，有五位后来成了中国科学院或工程院院士，但都是科技专家，其中陈芳允和吴全德入读西南联大，前者是"两弹一星"功勋，后者是我樊川小学学长。从人数来看，院士大约相当于古代的进士。

可能由于这个原因，多年以后，黄岩中学出资，创办了一份纯文学杂志，叫《新叶文苑》，是半年刊，邀请一位曾在黄中读过一年书的台州籍女作家题写了刊名（值得一提的是，名诗人何其芳的夫人牟决鸣、臧克家的夫人郑曼分别是黄岩茅畲人和路桥人，她们是抗战时期去延安和重庆的文艺女青年）。这样的努力当然值得鼓励，在当前多数纯文学刊物市场堪忧的情况下，尤为难得。我每期收到一册，主编章云龙老师是我的文友，但从发表的作品质量来看，与发刊的初衷和目标仍有差距。

那年国庆节，我回到了江口中学，父母非常高兴，问长问短，尤其是父亲，对我关怀备至。虽然我们只分别一个月，却已是最长久的一次。三天的节日过完以后，我又多停留了两天，之后，漫无目的地回到县城。原本打算继续我的探索，没想到的是，到了10月21日那一天，父亲突然兴奋地告诉我，大学恢复考试招生了。

# 海上千春住玉环

苏沧桑

"玉环山……在海中，周回五百余里，去郡二百里，上有流水，洁白如玉，因以为名。"这是《太平寰宇记》卷九十九关于我的故乡玉环的记载。

玉环位于东海之滨、浙江之东、台州最南端，由楚门半岛、玉环本岛以及一百多个外围离岛组成，是徐霞客、谢灵运笔下的海上仙山、世外桃源。五千年来，兼有山仁水智的故乡人，依从心灵的声音休养生息，创造了农耕文化、海洋文化、移民文化水乳交融的独特文明。三十年前，我离开故乡到三百公里外的省城杭州读书并勾留至今。年岁见长，视力渐弱，故乡铭刻在嗅觉、视觉、听觉里的香味、色彩、声音却日渐清晰。

香味分别来自大地、大海。

大地上的香味，有的是生的，有的是熟的。浓郁的是漫山遍野的文旦柚花，恬淡的是后山带雨的桃林，清新的是井水镇西瓜、阳光蒸腾下的稻浪、一年一场大雪后整个大地的气息……熟的香味是粮食、果实散发出来的，文旦柚飘香，番薯粉圆从锅里逸出热气，除夕前夜的手打年糕刚出石臼……

来自大海的香味更浓烈一些。海风每时每刻清洌得如同刚从云里出生，海蜈蚣、望潮、虾狗弹、水潺、牡蛎、梅筒鱼、岩头蟹、海螺蛳等刚被打捞上来的小海鲜，散发着比海风更清洌的气息，煮熟端上餐桌时，才知什么叫鲜甜。每一个来过玉环的人都说，玉环人太有口福了。

来自大地的味道像母亲，来自大海的味道像父亲，香味渗透在世世代代故乡人的骨血里、精神里，将玉环女人滋养得肌肤白嫩、骨骼玲珑、气质灵动，加之见惯惊涛骇浪、生离死别，因而大气豁达、敢爱敢恨、敢做敢当；将玉环男人锻造得骨骼健壮，酒量惊人，聪明，豪放，幽默，自信，有本事。

故乡的色彩，则随季节变化而不同，但均如泼墨般磅礴大气。大片的蓝是天和海，大片的绿是郁郁葱葱但不太高的群山，大片的嫩黄是谷雨后的油菜花，大片的金黄自然是霜降后的丰腴。

奇特的是黑沙滩、黑泥涂，缎子般光滑细腻，在阳光或月光下闪闪发亮，故乡人赤着脚，从黑色的泥沙中讨来大海的馈赠——鱼、虾、蟹海蒜、牡蛎、海苔等，还有盐。更神奇的是坎门后沙的潮水退去后，黑沙滩上会现出一幅幅"沙滩画"，有的像白桦林，有的像巨幅山水，有的像几棵白菜，有的像凡·高的《星空》。孩子们在吹泡泡堆沙玩，恋人在拌嘴，老人在自拍。人们从东沙渔港的山坡拾级而上，站在古老的灯塔前眺望东海，观看或抚摸海洋文明留下的痕迹。黑沙滩，从前的讨海谋生处，此时的旅游怀旧地。

最斑斓的是漩门湾湿地的花海。楚门半岛和玉环本岛之间的漩门湾曾经是一个鬼门关，渡船在惊涛骇浪和巨大的漩涡中行进，命悬一线。漩门湾大坝筑成后才变成了通途，如今，这里成了一个巨大的湿地公园，是人与自然和谐共处的所在。小船静静划过碧水，白色的水鸟划开蓝天引路，一条黑色鲤鱼跃上船头时，一片广袤的花海如 3D 电影扑面而来，雏菊、薰衣草、格桑花……一望无际。我曾看见一位离乡多年的老人站在花海中久久不动，像定格在一幅油画里，然后，风吹落了他眼角的一滴泪。

还有一种少见的奇异色彩，是大片粉红到金黄的过渡，环绕着整个玉环岛：连绵不断的一排排箴席在海边依次排开，上面晒着各种鱼鲞，新鲜的鱼肉是粉红色的，经过太阳的暴晒，会慢慢变成金黄色。阳光将箴席和鱼鲞的影子投在地上，地上便像盛开着花朵，绵长的海岸线像印花彩缎，将玉环环绕成一个粉红色的、金黄色的"玉环"。

黑色的夜，璀璨的灯火，夜色中的玉环像遥远的天上的街市。千年古刹、文玲书院、楚洲文化城、龙溪山里、石峰山村曼里、干江白马岙交织着古老与新文化的华彩。我的母亲和姑姑、姨妈们常怀着虔诚之心，去寺庙里住上几日，祈祷词的第一句是"国泰民安"。我的邻居老大哥、我的高中女同学、我的八十多岁仍风度翩翩的中学老师，常去书院和文化城看书、跳交谊舞、唱越剧。而去"山里"看海，是故乡年轻人的新时尚，摊开四肢，躺在被重新赋予文化气息的村庄里，可俯瞰浩瀚东海、万亩盐田，可进书香亭读书，可在山顶找萤火虫，看一整条银河从海平面冉冉升起。来自五湖四海的音乐人聚拢而成的"放牛班"，以山里为家，创作、演奏、唱歌，为人们举办别样的"光阴故事"同学会。这些闲暇方式，原本都是别人的故乡才有的，如今，越来越多像"山里"这样深具人文气息的地方，正从沙滩边、泥土里冒出来。

五千年来，故乡不绝如缕的香味和色彩里，跳跃着一个个水珠般悦耳的声音，落进每一个游子的梦里叮当作响。流水声，风声，涛声，锄地声，扬谷声，船帆声，撒网声，哈哈大笑声，喝酒划拳声……

最有趣的是听故乡人聊天。玉环由温州人、福建人移民而来，加上本地人，一个小小海岛便有三种完全不同的方言：漩门湾以北是以农耕文化为主的楚门、清港、芦浦、龙溪等江南小镇，说的是台州方言，漩门湾以南是更靠近大海的海港渔村，说的是闽南话、温州话，大家交流起来居然毫不费劲，要么说对方的语言加手舞足蹈，要么讲玉环普通话，再也没有这里人那里人之分之隔，早已是同舟共济的一家人。

外乡人的声音如一股细流，也慢慢融入了玉环的乡音里。一个叫洪世清的老艺术家，把生命里最宝贵的时光给了我的故乡，在孤岛大鹿岛上以石赋形，创作了近百件令世人惊艳的海洋动物岩雕，涛声里至今仿佛还回荡着叮叮叮的凿岩声。来自邻县却错将他乡作故乡的父母官们，青丝渐成白发，说起话来也"好用好用"（好的）的了。还有跨海大桥脚手架上穿橘红色衣服的毛头小伙们，玉环湖贯通工程的治水专家们、建筑工人们，骑着电瓶车穿梭在球阀厂、家具厂和大街小巷的四川人、江西人、湖南人，他们有的就租住在我娘家小院旁，门口晒着花花绿绿的衣被，门前扫得干干净净，低矮的房子里，飘出的不是玉环当地的台州话、闽南话、温州话，而是辣椒炒肉的香。

站在大海边侧耳倾听，还会听到更多新的声音。

大麦屿港口，细浪拍打着"中远之星"号白色客轮，发出"唰唰——哗"的声音，又一次迎来了宝岛台湾的自驾考察团。大麦屿港是浙江离台湾最近的县级一类口岸，是浙江乃至华东地区赴台的最佳海上通道，台州也是继厦门之后，大陆第二个、浙江第一个实现两岸车辆"登陆"的城市。如今客、货直航都已常态化运行，玉环人去台湾，真正成了说走就走的旅行。

乐清湾方向传来轰隆隆和刺刺啦啦的声音。玉环连接温州等地的乐清湾跨海大桥即将完工，架桥机轰轰作响，焊接钢板火花飞溅处，有汗水滴答……当这些声音骤然停止，代替它们的是车轮时速一百公里的唰唰声，原本两小时的路程只需二十分钟。而不久之后，玉环岛三个不同的方向，会响起更多轰轰隆隆、叮叮当当的声音，一把铁铲，第一次将"高铁""轻轨"这些字眼种入玉环的历史里，高铁、轻轨和跨海大桥，如同玉环岛拥抱世界的臂膀、腾飞起舞的双翼。

我曾经羡慕别人的故乡很富足，故乡人很自信，自己那曾处于交通末端的故乡像一个离群索居、不被关注的人，有着难以言说的自卑。而如今，玉环实现了向海湾城市的华丽转身，除了美，还帅，经济综合实力居全国海岛县首位。更难能可贵的是，故乡大地上弥漫着的，始终是蓬勃的气息、洁净的气息，故乡这棵大树上，正郁郁葱葱生长着新的骨肉和精气神。

"蓬莱清浅在人间，海上千春住玉环。"清人王咏霓在咏颂玉环时，不会想到，2017年的谷雨来到故乡时，玉环岛被一场春雨变成了玉环市，人们被这场金色的谷雨淋湿，欣喜自豪，奔走相告，我也是其中一个。一字之差背后，是一个新的春天的开始，是千万个新的春天的开始。小满时节，我又一次踏进了故乡的娘家小院，石榴树上传来一声青翠欲滴的鸟鸣，鸟鸣反映了树的内心，树的内心如同故乡的内心，青翠欲滴，从未老去。我将嘴唇圆成一个圆圈，像对一个刚刚诞生的婴儿，轻轻说了声：玉环市，你好，祝福你。

# 静静的皤滩　精美的花灯（外一篇）

林海蓓

　　周日，陪朋友到仙居看宫灯，到了之后才知信息有误，这里的宫灯生产并不是强项，但我们看到了另一种风景——仙居花灯。

　　说起仙居花灯，我略有所知，并在市里的一次工艺美术展览中看到过。有资料记载，仙居花灯又称"针刺无骨花灯"，是仙居传承了一千多年的手工艺术，被专家称为"中华一绝"，被列入国家第一批非物质文化遗产保护名录。它源于唐朝，灯身无骨架，通体由针刺花纹纸片粘贴而成，具有精美、古朴、典雅、玲珑等特色，曾获中国民间艺术作品金奖和第四届国际艺术博览会金奖。而到皤滩古镇仙居花灯原产地亲眼看到此灯，又有另一番感受。

　　上午，徜徉在雨后静静的龙形古街，犹如走进了一段被遗忘的时光。据介绍，皤滩有人口一万四千人，有两千米长、保存完好的浙江第一古街——皤滩古街以及桐乡书院、三透九门堂等古迹。可在这里，我们看不到行人，许多沿街的门窗都已关闭，好像从没有人居住过。偶尔有一两扇门开着，或者只看到墙上贴着历史久远、色彩黯淡的图片，几张破旧得看不出颜色的桌椅，磨打出许多缺口的茶具；或者有一两个沉默的老人，低头擦卷着蜡烛芯，打发着落寞的岁月……

这就是当年连武则天都说过的"民风强悍"的仙居？静悄悄的古镇用衰败的街面、冷清的庭院迎接了我们。

想起了台州作家周春梅先生《皤滩写意》中的文字："一个起于唐成于宋，盛于明清的小镇古街就如此袒裸地展示其某种文明的终结。在唐朝形制的水井边，已看不出初唐的勃发，盛唐的张扬，晚唐的深沉；在宋代的水埠上已体味不出《清明上河图》式的喧嚣与繁华；在明清的庭院里已找不到庭院深深的哀婉……"

文明的衰落有时是那么不动声色，这也让我联想到以前去过的那些曾经灿烂现已衰败、废弃的古城。然而，皤滩在接受淘汰命运的同时，却又为后人留下了一些灵动的、精美的记忆。其中花灯就是这些记忆中最璀璨的部分。

花灯又名"唐灯""神灯"。传说唐开元年间，有一秀才，夜行深山迷了路，被一仙女救起，并赠他神灯一盏。此灯造型别致、工艺独特、古朴典雅、小巧玲珑、制作精美，更奇的是灯身没有骨架，全由用绣花针针刺而成的各种花纹图案的纸片粘贴而成，玲珑剔透，轻巧能飞，它带领秀才安全返家。秀才回家后，为了纪念这一奇遇，按神灯的模样进行制作。灯制成后，秀才将其悬挂在自家的书房内，灯盏熠熠生辉，散发出奇妙柔和的光彩。亲朋好友们观之，赞叹不已，均称"神灯"。于是，也学着进行仿制，从此神灯的制作工艺就在民间流传了。

由于种种原因，花灯制作工艺一度失传了五十多年，到1984年才重新被发现、抢救、发掘、整理，使之重放异彩。目前，仙居针刺无骨花灯有八大类、二十九个品种。

一路上，陪同我们的当地工艺美术大师李老师如数家珍般地轻声介绍着仙居花灯的传说、种类、制作工艺、传承情况。李老师退休前是当地文化站站长，还有一位作陪的是原县文化局局长。李老师说上午这里很少有人，旅游团的行程是先玩神仙居、永安溪漂流，有时间的话再到皤滩古镇转转，安排一下午饭。看得出，他为这门技艺的现状、前景深感担忧。

在花灯样品展览厅，我们为那些精致而古朴的花灯惊叹不已。李老师说，这些都是他的学生的作品，等会儿有时间再去看他的陈列室。

同行者看到如此复杂的工艺，多次好奇地询问花灯的价格。李老师再三说这些工艺灯是不卖的："做一盏灯，人工要十多天，一个针眼一个针眼地扎出来，再加上每盏灯的不可复制性，怎么论价呢？县里有时需要少量代表当地特色的花灯做礼品，其他大多收藏了。"

走在鹅卵石铺就的小路上，李老师还说了这项传统工艺面临的困境、延续和发展。我理解，就像我们黄岩的翻黄艺术一样，在所有商品都工厂化、大规模、批量生产的背景下，纯艺术品的生存、发展难免举步维艰。我一边听着，偶尔也插几句自己的看法。李老师有些惊喜："你说的就是我在思考的啊！"

除了花灯之外，李老师很少说话，至少在餐桌上没有听到他说过一句。想到民间一些大师们身怀绝技却沉默寡言，大隐于市，就像我的一位老师，博览群书，满腹经纶，深谙世事，却从不张扬，给人谦和、内秀、宽容的感觉，所有的思想、才情都付诸笔端，虽然沉默少语，却也同样受到大家的尊敬。

吃过当地的农家特色菜——实实在在的"八大碗"，我们返回时又途经那个展览厅。有人提议合影留念，李老师欣然同意，并问我是否要拍一下展品。我笑着指指门口"谢绝拍照"的牌子。李老师说："没关系，你去拍吧。"并指给我看最具特色的几盏灯。

临走，李老师说："我下次到市里开会，给你带一盏做纪念吧……"

想起那句老话，有些东西，是无法用金钱来衡量的。


# 九峰清绝胜蓬壶


我想写写黄岩九峰，这个愿望由来已久。

写写她春天游人如织的闲适，写写她夏天树下喝茶纳凉的惬意，写写她秋天登高赏月的清雅，写写她冬天黄城漫天雪的寂寥……

写写她的华盖峰、文笔峰、灵台峰、接引峰、灵鹫峰、双阙峰、卧龙峰、翠屏峰、宝鼎峰，九座山峰连绵起伏，峻碧摩天……

写写她的米筛甘井、铁米筛井，马尾水长年泉水清流，永不枯竭……

写写她的桃花潭文人墨迹遍布；写写她的方山双塔"双峰插云"；

写写她的报春园梅桩盆景千姿百态；写写她的龙珠湖水光花气清幽宜人；写写她参天松柏之中的瑞隆感应塔直指九天，"平林塔影"……

这里，实在是凝聚了黄岩的自然景观与人文景观为一体的幽胜所在。

《九峰的早晨》是我来到黄岩之后写的第一篇散文，其实也应该是我公开发表的第一篇散文作品——尽管是在黄岩文化馆的《橘花》报栏上。

那时，刚到黄岩，正是青春萌动的年龄，对一切都充满了好奇。告别了干燥的北方，感觉这里湿润的空气都是甜的。

每天早晨，我都与一群刚结识的女孩子相约一起到九峰公园晨练。马尾水、铁米筛井、百步峻……我们跑步、打羽毛球、爬山。那时候，这里是黄岩人锻炼身体、交流交际唯一的也是最佳的去处。

九峰山其实体量并不是很大，占地面积一百一十二公顷；山也不是很高，最高峰只有五百多米。过去汽车从黄土岭山路上转过来，首先看到的就是九峰山，看到她就标志着已经进入黄岩境内了。

黄岩九峰公园于 1959 年正式建园，是浙江省最早开园的县级公园。因风景秀丽、古迹诱人、灵气和神韵俱佳而在 20 世纪 60 年代就已被载入《中国名胜辞典》，成为入国家名录的公园。

在这里，古往今来的文人墨客留下大量文化遗迹。有康有为对她的赞美："九峰环立，峻碧摩天，分雁宕之幽奇"；有郭沫若、沙孟海、张乐平留下的墨迹；有乡贤朱幼棣笔下的"古塔、古刹、道观，山溪、桃潭、曲桥、疏林、老树、花径"；也有许许多多古人留下的不少吟咏九峰的诗句。如明人方礼重返故乡写下的《九峰绝顶》：

> 东风吹我上崔巍，回首尘寰图画开。
>
> 九朵峰峦连山寺，一弓江水护楼台。
>
> 鲁桥车马随花影，彭冢麒麟卧草莱。
>
> 说起兴亡吟不了，特敲松屋问寒梅。

如东林党人黄道周在九峰流连时，写下的诗篇：

> 火云未断山欲燃，一缕寒烟千寺禅。
>
> 松下青鞋生自贵，岩间白发老能玄。
>
> 蝉哑猿枯风未休，道人生计少能周。
>
> 一樽洒漉九峰塔，五瓢石安大海流。

而给我留下深刻印象的则是明代因进谏之祸被贬到黄岩的南海人邝文，从他的《游九峰》，可以看出他不平与感伤的心境渐渐被抚平：

> 九峰清绝胜蓬壶，扶病闲过问野狐。
>
> 诗为青山行处有，悉因樽酒醉来无。
>
> 石潭水暖龙吟梵，花坞风晴燕引雏。
>
> 更喜老僧忘世虑，倚栏终日看草蒲。

九峰中最高的山峰华盖峰，也叫紫云峰、紫凝峰。这些年，我爬九峰山的次数越来越少，总觉得爬山会影响膝盖，这也是一种对岁月妥协的心态吧。

记得刚到黄岩时，经常会和小伙伴们相约爬方山——这是对九峰的统称。我们有时从百步峻拾级而上，有时从方山路这边的小路走。

百步峻在我眼里像是泰山"紧十八，慢十八，不紧不慢又十八"中的"紧十八"。每级台阶均匀分布，有些陡峭，数过好像有几百级，所以称百步峻。我们时常比赛般地一口气登上去，还真有些气喘吁吁。好在那时年轻，每次下来腰酸腿疼很快就能恢复。

上了百步峻，黄城基本上尽收眼底。我们会在山上寻找自己家的位置。当年高楼不多，视线很好，我们很快便找到各自的家，兴奋之情溢于言表。

再往上走，就会看到一座寺庙，一个水库。

寺庙里香火长年不断，水库边也是许多人夏天游玩的地方。记得有一年，机关团委组织了一次春游，我们在水库边唱当时的流行歌曲、跳时兴的交谊舞，青春定格在美好的瞬间。许多年过去，大家生活的轨迹不同，容颜已改，可是说起往事，依旧会记起九峰山上的鸟语花香，茂密林地，幽幽深谷。

在方山顶，有一座电视转播塔。在没有闭路电视的年代，黄岩的电视信号就是由这座塔发射出去的。我在广电系统工作十六年半，曾多次与同事到那里。有时是出于好奇，到山顶游玩的同时看看同单位不同部门的同事们的专业工作；有时是台风过后他们检修，我们拍新闻。

从山顶看黄岩，更是美不胜收。永宁江旖旎而来，穿城而过，有时云蒸霞蔚，有时无垠旷远。人在此处，红尘中的烦心琐事，豁然走远。

在九峰华盖与文笔双峰之巅，建有方山双塔。一个是紫云，一个是阜云。"双峰插云"是九峰古十二景之一。相传双塔"宋南渡即有之"。几百年来，风雨侵蚀，屡毁屡建。2004年的那次集资修缮，我们和周边许多朋友一起解囊相助，为的是抢救文物，也为了她们有着那么美好寓意的塔名——华盖与文笔。多么希望素有"江南小邹鲁"之称的黄岩，文脉绵延，福及子孙。

古人的学问，体现在方方面面。给方山上的众多山峰赋予形象而有灵意的名字，可以看出古代黄岩人才济济，文风鼎然。

山脚下桃花潭居九峰公园中心位置，据传是因九峰大溪（桃花溪）支流两岸桃林而得名。九峰桃潭曲桥、潭畔的镜心亭都有近百年历史。这里的楹联，则汇集了近代黄岩文人的妙手佳作。

周慕庵的魏碑"此地偶题认影句，前身我亦住山人"；柯横的草书"潭水不逢洗耳客，桃花长笑问津人"；任重的"胜景九峰两文笔，仙源千古一桃花"；榜眼喻长霖、进士朱文劭、举人王松渠……九峰的荒寺古木、塔影斜阳、亭台楼阁正因为有了文人的风雅，有了和自然山水对接的诗词楹联，有了文化，才成了江南一座小城的代表性风景。

位于原九峰书院旧址的报春园，也是黄岩一宝。报春园内的黄岩梅桩，以"古、奇、曲、老、瘦"的特点闻名全国，自成一派，成为全国自然型盆景的典型，被誉为"黄岩风格"，有"黄岩梅桩惊天下"之说。

如今，九峰公园不仅改造恢复了"双峰插云""沙堤烟雨""桃潭夜月""春留桃园""九凝积雨""马尾飞瀑""米筛古井""瑞隆感应塔"等旧景观，又引进了徽派古建筑、激流勇进、金龙滑车等项目。许多人记忆中陪伴成长的儿童乐园，也成为几代人相依相伴的好去处。

　　"开门见山""抬头见山""紫气东来"，在黄岩，如果从没有去过九峰，就不能算一个真正的黄岩人吧？远方来的客人，如果说不去九峰，就不能算来过黄岩吧？

# 灵湖随想

喻慧敏

　　三十年前，我客居临海古城时，灵湖还没有诞生。那时，肯定连孕育的念头都还没有。大抵对临海有点儿了解的人都知道临海有个东湖。那是城中唯一的湖。到了临海，游东湖成了人们的一个好去处。东湖与这座城市紧紧相依存，成为城市标志性的一个景点。东湖很老很古朴，已经没有人去追溯它的起源，它与灵江以及古城墙、古街一道成为这座古城的元老，是这座历史文化古城的精髓，早已融入临海人的心目中。

　　去年，才从临海的朋友那儿得知，临海又有了一个新的湖，叫灵湖。在见到灵湖之前，在朋友的诗歌与一度的热议中，灵湖变得朦胧而神秘。幻想中的灵湖，湖水粼粼，泛着清冷而高傲的波光，湖边长满了芦苇，一条小径从中穿过，几只水鸟扑棱棱地起飞。当然，少不了还有几座凉亭、几条回廊等。这样的湖，它很缥缈，避开浮华，远离现实，有点荒凉，只存在于我的另一个很自我的意识里。这样的湖在我觉得就已经够迷人的了。我会带着我满怀的心事，游荡在芦苇丛中，静默宽广的湖以及行走于草丛中瑟瑟的风便是我最佳的伙伴。我会沿着湖畔，跟着风一路寻寻觅觅，回到最初的美好。

我头脑很简单，思想也肤浅。真正的灵湖，除了那一湖的水在意想之中以外，所有的一切与我的想象显然是格格不入的。站在宽阔的广场上，面前是宽广的湖，远处是正在泛绿的青山，左右边是盛开的樱花。湖中一长列喷泉随着嘹亮的音乐，踏着优美的舞步，变幻着曼妙的身影，很优雅、很洒脱的样子。人在湖前，不过是个小不点。而人却造就了灵湖，最终还是人在主宰着这个世界。

眼前的灵湖，地处临海新开发城区中心地带，于2003年7月1日破土动工，整个水域面积约为三千七百亩，分七个生态区、二十二个景点，总投资达二十亿元。湖面很大，人心比湖面更大。浩大的灵湖工程建设基于治水利民，通过开挖扩充湖域、河道截弯取直来增强平原地区的纳洪滞洪、防洪排洪能力。同时，为打造生态复合型现代化新城区，许多原住民从这片土地上迁出。人挪窝了，却给人以外的生命腾出一片广阔天地。将有许多不同的生命在这里安家，是灵湖安置了它们。诸如：一石一土、花草树木、候鸟鱼虾，以及这片土地上、湖水里我们瞧不见或者根本注意不到的卑微的生命。它们都将成为这里的居民，依附着灵湖而生，组成灵湖的一部分。它们来到此地生息，是灵湖的需要，也是它们的命运。就像人类的漂泊迁徙，分散在全球各地，生根发芽繁殖，营造出一个崭新的天地。人的让步，是一种壮举，也是为了自己的千世万代。

灵湖里藏着一个世界。这个世界为人所造，最终也为人所利用、所欣赏、所受益。契合了一种自然规律，暗藏自然法则的玄机。人类所做的一切，好的坏的，最终都将回归到人类自己身上。灵湖很美，无可置疑。不管站在哪一个点上看都有一道风景潜入眼底，而每个人的眼里又会有不同的风景。灵湖的建筑造型糅合了古典江南园林的风格，又不失现代感。环湖走上一圈，亭台楼阁、小桥流水、清幽小径，足以让你慢下脚步，看上一天半天的。

去年有个机会，我曾看过灵湖的一角。那时满池荷花盛开，荷叶田田。而今我又一次来到，却已是桃红柳绿，荷花早已枯萎，茎秆却不曾离去，立于水面，像一杆杆不倒的旗帜，像是在缅怀什么，又像是在牵挂着什么。所有茎秆的坚持，共同勾画出一幅幅别致又壮烈的水墨画面。这样的坚持，直到夏天的来临，等待新枝叶的更替，才算是做了个彻底的了结，完成了自己的历史使命。如今，这边桃花正艳，柳丝轻拂，这一红一绿才是这个季节的信使和主角。樱花像一个新嫁娘，在这里安家落户不久就迫不及待地吐露着芬芳，吸引着一拨又一拨人前来观赏留影。没有人能拒绝纯粹的美。生命的出生地或许没得选择，但活得精彩却是每个生命的愿望。灵湖一年四季都穿着不同的花衣。梅花、山茶花、桃花、樱花、紫薇、荷花、睡莲、鸢尾花等络绎不绝地盛开，它们是灵湖耀眼的色彩。其实，花草树木湖水石头都在走着各自不同的生命之路，并不是一张照片里的美那么简单，也不是一张图片就能说明的。它们各有自己的来历以及自己的未来，以不同的风格、不同的色彩、不同的气质、不同的韵味构建出这个五彩斑斓的世界。如果你能沉醉其中，那么，灵湖就是你的，你就是幸福的。

　　湖中有两座人工小岛。从水里长出来的岛就像人工授精的婴儿，本身就充满着奇幻。看着被水分隔、远离陆地的小岛，好思想的人总会生出种种好奇之心。其中一座小岛仅供鸟类禽兽专用，人类至此止步，只有眼睛能够到达。这块小小的土地，为人类所有，却没有人类的足迹，那是候鸟们的独立王国，纯粹的家园。越来越多的白鹭等候鸟到此栖息，盘旋在上空，成为灵湖的另一陪衬。湖中心的湖心岛，择日向人们开放，身处孤岛，漫步在芦苇岸边，夕照映入湖水，湖面泛着晶亮的波光，芦苇枯黄，芦花簇团，这是《诗经》里的湖畔，也是我的梦中湖畔。此刻，我是孤单的，却并不孤独，有种叫"情调"的东西轻轻地将我围绕。世界如此喧闹，而这一刻如此静好。当然，你也可以静坐一隅，临湖品茗，看湖光山色，亦可以漫步幽径，轻踩脚下瑟瑟枯叶。你可以赏花观鱼，亦可以轻抚芦叶静听风声。这样的时光就能把你抛掷在这岛上，从此不问归路。

　　世上所有事物的产生都是不同历史时期的产物。灵湖也不例外。灵湖的出现历经几年的酝酿、计划与实施。灵湖是个备受瞩目的宠儿，自始至终都将受到百倍呵护。灵湖虽为"试管婴儿"，"父母"却努力让其在自然环境里生长。为了让改造后的灵湖更接近自然的原生态，小径上的落叶不必去清扫，石缝间的青苔不必去剔除，游乐园的设施拒绝引进。灵湖是纯净的、娴静的，在没有风的日子里，湖面平静如镜，人一旦走进灵湖，也可以将千念万念都归隐于身体之内。

　　人类总是在不断地扩张着自己的地盘，造永远也不嫌多不嫌大的房子，而灵湖也因此奠定了自己脚下的土地。许多事物都会随着时间的流逝而消失而无踪，相信灵湖不会，灵湖的水不是一潭死水，它流进灵江，流向茫茫大海。灵湖或许会存在到海枯石烂的那一天。一座房子只够一家人欢喜，终究人会没的，房会倒塌的，而灵湖会一直在，造福一方。这或许就是灵湖存在的最终意义。灵湖给予人的不是震撼，而是平和的美。真正的自然已然越来越少，能够求得这种仿自然的已属不易。百年千年之后，谁说灵湖不能融入自然，属于自然，就像东湖一样深入人心呢？

# 白石驿道：一径通南北，兵戈几度起

吴万红

出黄岩城，东官河水迤逦东流，丫髻岩东面坡地，山势离坡而下，与大仁山夹出一道相对低矮的垭口，白石古道便从垭口穿过。自古而今，白石古道步履声声，是东官河水哗哗东流的久远伴奏与回声。

时至初夏，丽日晴好，驱车到唐家岙村，寻访传说中的白石古道。恰逢村中修桥，往白石古道的路上，一辆水泥搅拌车正在灌浆，车子无法通行。村中老人告诉我们，绕村而过一直到水泥路的尽头，沿路前行，就能到达白石古道。于是绕了个大弯，沿唐家岙的外围进入到白石岭脚下的武圣庙。沿路见到两个隧道入口，是已经建好的白石关隧道，隧道长一公里左右，北起黄岩的唐家岙村，南至路桥的埠头堂村，建成之后将在很大程度上改善绿心南北的交通状况。白石驿道，将被新建成的白石关隧道替代。

## 白石驿道　贯通台州南北的交通要道

存留的白石驿道从武圣庙开始，一直延伸到古道南面的 Y 形分岔路口，通向路桥的埠头堂和盐岙。黄岩东部，一山横亘，隔绝南北。只此一段，地势平缓，海拔最低，山形最窄，又地处永宁山系的中间位置，是天然的通道。关于白石驿道，早在《嘉定赤城志》就有记载，叫白石岭，属于畲铺类。明代因抗倭需要，在此设置白石铺，并在此筑白石关，知县唐师尧率领黄岩军民在此大败倭寇。白石古道北通江北、海门等地，南达路桥、太平、温州，唐宋之前就是贯通南北的要道，在明初黄海驿道建成之后，更是通向台温、黄太两条驿道的要冲之地，比绕黄岩县城而过缩短了三十多里的路程。

古道由片石和卵石铺就，因这一带地势平缓，地质构造稳定，路面保存非常完好。千百年间，一代一代行走的人，无数的脚步磨出光滑如玉的岁月包浆，在现代的阳光下熠熠生光。

## 白石亭　一亭说尽千古事

出武圣庙，沿路转了一道弯，就到了白石亭，白石亭建于1998年，为六角攒尖单檐石亭，亭口蹲伏两只小石狮子。檐枋外侧刻有林木花鸟画，入口处书有"白石亭"三字，其他五面皆刻有林木花鸟。圆柱上的对联写有：活水有源头万顷雨盈晴不涸，崇冈有好处片云朝去暮还来。檐枋内侧一面刻有白石亭缘起，有"行人暂休息，健步上山岗"和"明清抗倭寇，守关保卫城"等句，其他五面刻着募捐者的姓名。六根光圆石柱，内侧刻着三副对联，亭顶刻有花鸟。亭，停也，一般建在交叉路口或者是转折处，提供休息，也可以观赏风景。时过境迁，白石驿道的脚步不再匆匆，来往寻访古道的人可在此观山上林莽秀逸，白云往来。亭身同时也是风景的一部分，白石亭轻盈秀美，如一只白鸟停栖于路边，羽翅高展，正待高飞。

## 白石山 台州的昆仑山

从多个角度看丫髻岩，皆是女性的如云发髻，白石亭所见的丫髻岩却像秦皇兵马俑中士兵的髻。宽阔的山谷从丫髻岩一直蔓延至白石岙村，满山遍野的枇杷树，将熟的枇杷被当地百姓包上报纸，整片山仿佛覆盖了一场将融未融的雪。《嘉定赤城志》记载，白石山在县东十一里。按照地理位置，白石山应该就是眼前丫髻岩所在的这片山。白石驿道、白石驿站、白石车、白石王村、白石岭、白石岙，这里很多地方都以"白石"两字命名，但我问当地人，都说不出白石山到底在哪。关于白石山，最早在东晋孙诜著的《临海记》中就有记载："白石之山，望之如雪，金鹅所集，八柱所植。"《淮南子》记载："天有九部八纪，地有九州八柱。"《河图》言："昆仑者地之中也，下有八柱，互相牵制，名山大川，孔穴相通。"大山峭壁摩天，峡谷秀逸，高峻雄奇，别有英灵气质，难道在古人眼中，这里就是古时临海郡人所认为类似昆仑的神圣而神秘的地标？

## 白石关　明嘉靖间在此大败倭寇

白石亭至白石关的中间有一座小庙，叫作半岭朝阳宫，供奉狐狸娘娘，据村民讲这里曾出过狐狸精。路的转折处，远远见到一列墙被青色藤蔓覆盖，这就是台州抗倭史上鼎鼎有名的白石关。白石关的南北城墙依傍两边的山壁切断了白石岭，构成了一个对距为五十米的梯形城池。北面城墙保存完好，南面城墙为新砌。明洪武二十年（1387），因倭乱设海门卫时，增设桐屿铺和构筑白石岭关，成为防御倭寇的屏障，倭寇几次入侵黄岩，当地乡兵凭关据守，曾和倭寇在此有过小的交锋。1559 年，军情日紧，戚继光为从北向南逐步将倭寇驱逐入海，命兵备道唐师尧镇守黄岩，防止倭寇逃入温州界。戚继光于四月二十五日击溃包围桃渚的倭寇，五月二日与谭纶在海门合兵后进攻栅浦倭穴。四日，一股倭寇向黄岩方向逃窜，沿黄海驿道拥向白石岭。唐师尧指挥官兵与当地的管、张两姓乡兵在此坚拒倭寇。倭寇连续冲击几次没有得逞，损伤惨重，便从水路退往新河。这就是台州抗倭史上著名的白石关大捷，是台州抗倭战争取得决定性胜利的战事之一。黄岩的军民在此谱写了血的诗篇，彰显了山海之民好剑轻死、不屈不挠的精神和气魄。

## 白石寺　为祈求和平安康造的寺庙

据《黄岩县志》载，白石寺建于明隆庆四年（1570），为僧释涵阳建。此时离白石关大捷已经十一年。阿育王曾在硝烟之中遍起浮屠，这位明朝的僧人在刀光剑影的雄关之上起寺庙，应该是超度战乱死去的亡灵，并祈愿天下太平、百姓安康。现存的白石寺是 1988 年之后当地信众陆续重建的，茶亭和路廊虽是重修，但是茶亭的石柱依旧是旧时所遗留，石柱上刻有捐资人的姓名，其中钱资以文计。寺庙口路廊有清道光二十二年（1842）石佛龛，上为石脊、瓦檐，龛中奉泗州大圣石像。横书"长生供养"及纪年款，下篆"福禄"二字，左篆"喜舍"。路廊仍存石碑一块，立于清光绪十年（1884），碑中所书：狂途长每有风雨之患，峻岭讵无饥渴之危。偌华两岙之相接，赖一橡之所蔽。不料兵燹被毁，片石无存。这里所说的"兵燹"应该是唐家岙村民所说的长毛乱，即太平天国李侍贤部入台州一路烧杀抢掠，遭到台州一地军民抵抗发生的战事。当地村民说有大批长毛的坟堆在白石岭南侧，后铲平种了杨梅。

出了白石关，便是平坦的下坡路，两旁绿林深茂，放眼望去能看到远处白晃晃的飞龙湖。行不久就见到所立的白石驿道的石碑，石碑背面书有白石驿道的介绍文字。Y 形路自石碑不远处分出，一条通往埠头堂，一条通往盐岙。

这一路走来，满山遍野都是枇杷和覆盆子，凉风遍起，煞是宜人。不过二三里路，唐家岙村有娘娘庙，山脚的武圣庙供奉的是关公，半岭朝阳宫供奉的是狐狸娘娘，而白石寺属于佛教，白石关响彻过抵御倭寇的刀枪声，唐家岙村发现过商周印纹陶遗址。人迹在时光中板结，兵乱远去，历史杂糅交融，然后沉淀，一座城市的厚度与深度，一城百姓的胸襟和气度大半在这条路上了。

# 章安古井，一井一故事

张亚妮

在传统农耕时代，城镇最初都是由水井边的小小集市形成的，所谓"市井"生活，当然与井有关。

走近章安的古井，窥视一方情缘。古井，在乡人心中，似乎与乡愁相连。那些散落在章安城乡的朴实无华的井，述说着章安人那些年绵延不绝的"市井"情缘。

## 金鳌山井

金鳌山井原有四眼，分别位于章安街道华景村金鳌山东北、西北、西南、东南四角，现在还使用的为位于金鳌山脚东北麓石牌坊下左侧的金鳌古井，西紧靠上山步道，东临道头路，白石整块砌圆形井圈，口径 1.09 米，井壁块石砌成，具体修造年代无考，但据井中出土文物推测该井群应修建于唐宋之间。

相传，章安金鳌山麓有一座很著名的金鳌书院。唐朝时，有一位叫王万堂的先生在这里招收学生讲学。有一个学生叫崔士弼，崔士弼天资聪颖，很得先生的赏识。

一个海风呼啸的晚上，书院外面一片漆黑，其他学生修完夜课都休息了，唯独崔士弼来到先生面前说："今夜外面声音有异样。"王先生叫崔士弼和另一个学生到外面看看。打开门一看，崔士弼吓了一跳，安安静静的江边小山不知什么时候变成了一只大鳌龟，在海浪中忽上忽下浮游着，好像正在叼食鱼虾。

这时正值子夜时分，崔士弼赶紧跑回来把看到的情况告诉王先生，王先生又问另一个学生看到什么，那学生说外面天漆黑的，什么也没看见。王先生心里明白了，这山的玄机，只有崔士弼这样的贵人才能看透，肉眼凡胎是无法看见的。天机已经泄漏，再也没有办法了。

果然，天上的神仙为了不让这只鳌龟作怪扰乱人间，就在它的四条腿上钉上钉子，把它永远地钉牢在原地了，久而久之固化成山。后来，人们就把这座山叫作金鳌山。原来的金鳌山东、西、南、北山脚各有一口井，传说就是当年神仙在鳌腿上钉了钉子后留下的洞窟。

千百年来，人们络绎不绝地前来取水，在井圈上留下了印痕，为古井增添了古朴的历史沧桑感。

## 墩头山下王家井（凤凰井）

王家井位于章安街道建设村墩头山下王家。井口为下圆口方，口径为 1.5 米，井深为 3.5 米，井龄两百年以上。

很久以前，椒江北岸墩头山的东南山脚有个村庄叫山头下，村里有户大户人家，家中人丁兴旺，十分豪富，有房屋三台九明堂，前有晒谷坛，后有跑马楼，还有三万亩田地，其中一万亩高田，一万亩烂田，一万亩不燥不烂田。因此不管九龙大旱还是洪潮水灾，总是年年旱涝保收，所以上下三村都叫他"王万三"。

可是王万三家里虽然豪富，吃水却不方便。上半年吃坑水，下半年吃塘水，他很苦恼，只想挖口山水井来，省得每天辛苦担水。无奈挖了几次底下都断了水，这次他就特意请来一位风水先生。

风水先生望来望去，就是没有一块恰当的地方，就对王万三说：这座山生得很像凤凰，内有五凤朝阳之象，水源是很丰富的，但挖不好日后恐有败家之祸，风水要走。王万三半信半疑，又觉得自家财大气粗，破点小财不要紧，就说：只要有水吃，家私败点不要紧。风水先生知道他求水心切，只好叫他在道地头挖口水井，说这口井保他细水长流，大旱不枯。

王万三马上叫家人动手，不到一日工夫便把井挖好，只见井底冒出红黑色的水。王万三问先生：这是什么缘故？先生说：你先别慌，快拿白布把井盖上，再在井上造一间小屋，三天之后揭去白布，保你水满井沿。这样，到了第三天，果然是满井碧绿澄清的山水。

可是，好景不长。自从王万三挖井以后，家里一直不顺当，天灾人祸接二连三发生，田地一点一点败光，最后落得一门香火断绝，只剩一只马槽、一口水井，令人唏嘘。

王万三一家败落，据说就是因为凿了水井的缘故。当时风水先生看出这座山是凤凰山，其他地方挖井不可能出水，只有在凤脉上打井才能出水，结果挖穿凤脉见血水破了此地风水。但留存的王家井水清澈甘甜，久旱不涸，成为远近村民取水的好去处，因为这口井处在凤脉上，又处在凤凰山脚下，人们又称其为凤凰井。

## 蝴蝶泉

蝴蝶泉位于章安街道东西村文化礼堂。井口呈圆形，口径为 0.6 米，井深为 3.4 米，据陈氏宗谱记载，该井于宋真宗咸平年间修建，井龄一千多年。

相传在宋真宗咸平四年（1001），此地有一股热气袅袅上升，雾气绵绵，常年不绝，村民们都不知道是什么原因形成的。

时隔数年，热气仍然不散，村里一位长者建言，不妨在此地挖土，看看地下有什么东西，当挖地数尺深时，一股清泉喷涌而出，众人品尝后，泉水清凉可人，回味甘甜。

众人不解，请教长者。原来村庄后有一小山，此山如一只蝴蝶展翅伏之，俗称"蝴蝶芯"，传说有一只蝴蝶采庄家吞奇花仙草，静伏此地修炼，后羽化升天，留下的躯体就成了一座大山，在修炼过程中分泌的精华就泄入山脚下，汇之此泉。众人恍然大悟，此乃蝴蝶芯带来福音也，就在此地挖土修井，供村民饮用，称之为"蝴蝶泉"。

村人在井的南侧五步处植樟树，以供村民取水遮阳。如今，古樟参天，需五六人展臂合抱，但主枝干因年久中空只留三分之一仍顽强挺立着，枝叶依然苍遒茂盛，让人称奇。古井宋樟相守千年不离不弃，成为当地一胜景。

# 碧泉井

碧泉位于章安街道谢杨村官坟山北麓，井口为下方上八角，口径为 1.6 米，井深为 3.1 米，井龄三百年以上。

章安谢杨村官坟山旁有一口古井，传说此井开挖于西晋时期。离此井不远有一座古墓，规模宏大，当地人都叫"官坟"，坟所在的小山亦称"官坟山"。

相传坟墓的主人是西晋大官，位居要职，而且居住在附近。官府三透九明堂，前有花厅，后有花园，这口井原来就在花园中，称"碧泉井"，井水用于浇花种草。直至如今，此地仍然叫"后花园"。

20 世纪 40 年代，这里还留有很多大树，树上白鹭成群栖息。因为井水清澈，近来常有村民来此取水烧茶。

# 洗钵泉

洗钵泉位于章安街道山兵陈宅摄静寺内，建于南朝陈时，井龄一千五百余年。

山兵摄静寺，原称"无碍寺"，为南朝古刹，几经兴废成如今模样，但创始于灌顶禅师的八景，流传千年几经辨析依然有迹可循，锡杖峰、浣月溪、谈经石、罗汉岭、翠屏岩、隐龙池、洗钵泉、锁澜桥，为一方胜景。

这里绿树葱郁，循溪而西，罗汉岭下，四围怪石或列或跪或仆，风景奇丽；谈经石之上，为最高峰处，西北两面皆层层叠嶂。小雨淅淅，烟雾犹凝，丰草著露，青翠欲滴，禅音远播。

洗钵泉虽是小小一潭寒碧，但因南朝陈时立寺以来一直是历代高僧洗濯之所，又因其久雨不溢，久旱不枯，平淡中自有胜迹焉，因此被列为摄静寺第七景。

（感谢杨计兵先生为此文提供史料）

第二辑

意味

# 在国清寺（外一篇）

孙敏瑛

　　走过丰干桥，当我站在明黄的照壁前，注视着"隋代古刹"这几个苍劲古朴的大字时，内心忽然一片宁静。

一

　　循着朱漆的木门进去。

　　我在大雄宝殿外静静地站了片刻。参天古木掩映里的古刹显得如此静谧和清凉。

　　似乎没有多少香客。两个小沙弥经过香炉旁时正低声交谈，虽然离得很近，却听不真切在说些什么。他们没有留意香炉里缭绕的青烟，也没有留意我。在他们的视线里，我只是一颗俗世中的浮尘，他们飘然的背影在这秋日的午后显得格外轻盈。

我在大雄宝殿东侧的一个小天井里找到了那株隋梅。这株苍老的梅树，相传是国清寺第一位住持灌顶禅师亲手所栽。阅历了古刹一千四百余年的兴衰荣辱磨难沧桑，怕是早成精了吧。坐在梅亭里，我细细地端详它。它的主干已经朽了，却生出许多的旁枝，很认真地缠绕在主干上，那映在蓝空里干净朴素的枝子每一处皆不稠密，每一处又皆不疏朗，那沉静的对生命的表达让它看上去不像是一株树，倒更像是一位智者。

一位须发皆白的长老告诉我有关这古梅的故事："文革"期间，寺里的殿宇被破坏、佛像被摧毁、僧侣被迫离散，坚守下来的，被勒令不准诵经、不准做早课……在每一个白昼，每一个暗夜，那些弟子们沉默着，在沉默中掩藏着他们内心的迷茫、疲惫和痛苦。

自佛像被推倒那年起，这株古梅便不再开花也不再结子了。一年，两年……一直等到这场浩劫结束，古寺重光、佛像重修之后，那一年的春天，寺中的僧侣们惊奇地发现，古梅又开始漾开缕缕的清香了，又开始结那酸酸的梅子了……

出家人不打诳语，我知道长老不是在故弄玄虚，他在告诉我树也有生命，也有知觉，更有澄明的心境。

我也明白，在他的内心深处，有对佛的敬畏。

## 二

静坐良久，忽闻一阵悠扬的钟鼓声。到大殿外探看，只见东面的角门里依次出来几个穿着大红袈裟的禅师，他们步履稳健，神态庄重。在他们之后，鱼贯跟着近百名穿着黑色海青的皈依弟子，他们皆是拜了寺里的禅师为师的吧。他们有师父给的名号，常到寺中来聆听佛家的教诲，他们也诵《法华经》吧，也诵《楞严经》吧。他们的禅师进大殿里去了，他们就密密匝匝地排在大雄宝殿外的石级上，默默敬候着。

诵经开始了，夹着钟磬声，相同音韵的梵唱很悠扬很温和地传来，像音符一样的梵声流淌在这古寺的每一个角落。我看到那些弟子，他们的瞳仁里满是期待。

他们在期待一些什么呢？平安吗？幸福吗？然而佛祖说过，生命的真理是无常啊。

大雄宝殿里端坐着温和微笑的佛祖，两侧分列着十八罗汉。不知高高在上的众神可否听清了那些人内心的声音，可曾解了他们的苦，涤清了他们凡俗的杂念呢？

## 三

时近傍晚，走出山门，我在丰干桥上小坐了一会儿，望着桥下清澈的溪水，我想，它该是东溪吧——据说，国清寺前共有三条溪，东边的叫东溪，西边的叫西溪，在国清寺的山门前汇合到一起流向南叫南溪。

桥边一棵大樟树下竖着块石碑，上刻"一行到此水西流"。

我知道，这是一个与一行禅师有关的故事——唐开元九年（721），因为当时通行的《麟德历》推测日食不准，唐玄宗就叫一行研究诸家历法短长，改编新历。一行打听到国清寺的达真法师精通算法，于是不远千里，前来求师。达真对弟子说："今日有弟子从远方来此，求我算法。"又说，"如果门前山溪水朝西边流去，弟子已到。"一行到时，正赶上山里下大雨，从东溪冲下来的大水，南溪来不及往下流，就顺着西溪倒流了回去……

这真是一个耐人寻味的故事。

这位精通天文与历法的禅师，曾与梁令瓒同制黄道游仪，在全国十几个地点进行天文观测，用以重新测定一百五十余颗恒星的位置，比较准确地掌握了太阳运动的规律。所记所述，比 1718 年英国科学家提出的恒星运动理论早了一千年。一行在国清寺拜师学算且创立了密宗，著有《开元大衍历》《摄调伏藏》《释氏系录》《大日经疏》等书，卒谥大悲禅师。国清寺外的七佛塔——唐一行禅师之塔，就成了他走访国清寺的永久留念和最终归宿。

此外，济公和尚也曾在国清寺出家修行呢，丰干、寒山、拾得三位高僧也曾在此修行。国清寺当真是一个藏龙卧虎的地方。

## 四

山门外的稻田里，有农人驾牛在耕着他的田垄，山野一片寂静。山道上，时不时有枯黄的树叶冉冉飘下。穿着宽大黄袍的僧人，肩上挎着简单的行囊，步履匆匆。他们是要去云游吗？在他们最起初的来处，可还有可以探望的亲人？

在回程中，我的冥想里皆是一幅一幅的画：爬满藤萝的古墙、山道上徐绕的清风、翩然飞舞的黄叶、结缘的香客、梅树的开花与结果……

# 写意方山

## 一

　　近年来，附近的几座小山都已被我走遍。我相机里所有好看的照片，几乎都是山上的风景：斑斓的树叶、幽深的山谷、柔软的轻云，抑或荒草野径中一两片碧绿的青苔……这一切，时不时地，会勾起我心底亲近的欲望。一步一步朝上迈进的时候，肢体的倦意可以慢慢让心思简净起来，我由此常常愿意抛开一切去山间走走。

　　我曾去过方山好多次，大多是在惊蛰过后清明未至的时节，那会儿，山上的花草最香。一溜儿一溜儿的山风吹到脸上，清清爽爽的，植物的香气让人心情愉悦。青山绿野间，随处可见柔细的茸茸的草芽围着山石生长，众星捧月一般。如果是雨后，草叶上坠着湛清的雨珠，更能让人感觉到自然的趣味。有一次，我走得乏了，靠在路旁的一块山岩上，闭上眼睛休息，就那么一会儿，我感觉到离自己最近的一株野藤，正借着暖暖的春阳、柔柔的春风，从枝蔓上抽出杏黄色的小芽、豆绿色的小芽、紫红色的小芽、奶白色的小芽，从一片到无数片，和漫山遍野随处爬开的野藤一样，在风里漾开清香……睁开眼睛的时候，我不知道刚才那美妙的画面究竟是一个梦，还是只是我片刻的幻想。

　　有一次，也是在春天，我在上面的会馆里住了一宿，早晨起来，我只是随意地在身上披了一块披肩，就去会馆外面晃悠，素面也不怕，反正都是不可能再见的陌生人，他们也不知道我是谁。我一个人，在馆外池子边的石头坡上坐着，又在油菜花地里流连，感受山间才有的清爽气息。后来，有个陌生的旅人帮我拍了几张相片，我当时选了选，只留下一张，还是侧面的。被删掉的那几张虽然背景都一样，金黄的碎花，湛蓝的天空，但是，这侧面的一张，可以看见长发在风里飘动，那些漆黑的发丝掩去了我的面容，牵绕着我仿佛又回到已经渐渐邈远了的青春时代，自己看了也觉得心动，便好好珍藏了起来。

方山上也有瀑布，就在半山腰的方岩书院外，却不常见，只在雨水充沛的时候才有，而且水量并不大，一缕一缕，飘飘洒洒地从半空里下来，像凌空开了一朵朵素心兰，落到潭水里，溅起千万个小波纹——潭水是绿的，润人的眼，却只可远观不可亲近，因为崖下并没有修路，随处有嶙峋的山石、丛生的野树阻挡着。

## 二

炎暑时节，方山上的香气会淡许多，但还是有的，只是变得隐隐约约、丝丝缕缕，似美妙的曲子已经奏完，却仍余音袅袅。

在山道上行走，各种各样的枝叶尽力在天空为我遮出成片的浓荫。风吹来，脸颊、发丝、裙摆，都可以感觉到它们传递过来的柔和的、明媚的、善意的清凉。这些满含绿意的山风，可以轻松地穿过我的身体，把我的一部分灵魂掳走，让我变得比往日轻盈，也让我变得比往日清凉。在城市里日日背负沉重的溽热，到了这里，便像是脱了枷锁一般。

相较许多名山大川，方山是不高的，也不陡，即便是久居城市的人，也一样可以将步子迈得轻松，只要保持一个相对来说慢的节奏就好了。从山脚往上，不过走个十几分钟，就能找到一个歇脚的地方——方岩书院，我有好几次上山的时候在里面喝过茶。杯中茶叶就产自方山，名曰"云雾茶"。茶水清冽，茶味清淡，喝惯了普洱的人或许会嫌它不够味，我却非常喜欢它略含的青草香。

山外赤日炎炎，书院却总是笼罩在一片清幽里。耳畔时有夏蝉在歌，声线清亮，却不似惯常听的骁勇且直白的那种，而是婉转的，鸣一会儿，歇一会儿，更像是鸟儿的叫声，有些特别。雕花的石栏下置着几个旧石槽，槽里种着睡莲，正开着一两朵。纯白的花瓣在嫩黄的花蕊四周一层层散开，碧绿的圆叶则安静地在水上漂着，每一片叶子都裂着一个狭长的小口，看上去却是那样完美。睡莲的花只开三五日，能遇见，便算是有缘，它们给这夏日的空山添了几分禅意。

书院并不大，不过三四间狭长的陈列馆，展示了当地的历史、人文或习俗。橱窗里还有当地宋代五进士画像，其中一位叫王居安（约1167—1232）的，我非常喜欢他作的一首描写方山的诗："方岩胜处是仙家，时有轻云薄雾遮。我欲去时君共去，溯流而上看山花。"诗句极为巧妙，充满情趣。据说他是朝廷里的一个大官，虽然人生屡有沉浮，但终究做到了工部侍郎，著有《方岩集》。

同样从方山脚下出去，我略知的还有一位，是谢铎（1435—1510），书院里有一尊他的蜡像。据说他博通经史，文学造诣极深，曾三次出仕，又三次辞官回乡，后来做到礼部右侍郎兼国子祭酒，七十二岁才告老还乡。民间还盛传他用箬叶戏弄皇帝的故事，也不知是真是假。

从古至今，方山脚下多如野草的芸芸众生，只有这几位被记录下来，更多的，他们的族人、同窗、乡邻、友人……皆化为缕缕尘烟，再无可追寻。

三

站在书院外，抬起头便可瞧见西边的崖顶上有一座玲珑的小塔——那便是云霄寺前的七层宝塔了。许多年前，我与友人曾在那座寺里吃过素斋，记得当时提供的斋菜里有"素火腿""素烧鸡"，几可乱真，皆风味独特，至今不知如何做成。倘若只在书院这边往上看，根本就不知道那塔边还有寺，也不能猜到寺边会是怎样的一幅景象。

我因为去过太多次，闭上眼睛也能把顶上的风景给勾勒出来——寺边有一小块田，夏日里会种一些南瓜和蒲瓜，南瓜的花是黄的，蒲瓜的花是白的，一朵朵，在宽大的叶间起伏；倘若在冬日，里面则会种一些叶子宽大的芥菜或经霜后尤其鲜美的青菜。这一小块田地，相传是一个道士开辟，他独自在绝顶上缚茅而居，趺坐修炼，吸日月之精华，终于练成道术，后驾鹤西游。如今，他栖身的茅庐已渺无踪迹，他开垦出来的田地被当地百姓称为"仙人田"，由云霄寺里的师父们在耕种着。

从方山脚下开始，一直到山顶，所走过的石阶几乎绕过大半个山头，在茫茫的山野间，可以依次邂逅一只单独的石象，然后是一大一小两只母子石象，最后，在方山北侧悬崖那儿，会遇见石象群——五只石象一只挨着一只，领头的那只分明甩着长鼻，仿佛只消喊一声，便会扑扇着蒲扇般的大耳，迈动肉墩墩的粗腿奔过来——整个方山简直就是个野象的乐园。

# 四

由云霄寺再往上行一会儿，便到山顶了，这里视野豁然开阔。

山顶除了巨大的方形的山岩，还有凝碧的"瑶池"，上悬一座"鹊桥"，桥是狭长的，人走在上面，晃晃荡荡。站在桥上，可以望见很远很远的山谷、林木、巨石，山风呼呼地从耳边过去，仿佛要把人扯走。辽阔的苍穹，有轻云在飘荡。

方山顶上有两个小池，被称为"上下天湖"，池水是绿的，皆极清，却不能见底，只是被风吹着，皱了。坐在池边歇脚的片刻，心里平平静静。方山算是温岭十景之一，这两个小湖则另成一道风景——清朗的月夜，一上一下两泓明澈的池水里各映着一枚晶莹的月牙，水里，月光淡下来的地方，还有疏落的星，一颗，又一颗，是那样干净、美丽。

山顶上的树木都不高，但是，没有一株是随随便便长出来的，在这里，就算只有两三尺高的矮松，也有可能已在世上度过了千年。阅过千年风霜的它们，通常以沉默的姿态示人，像一个个智者，与它们对视，让我神思清明。

云霄寺外通往宝塔的小路旁有几株矮松，蓬蓬勃勃，松旁立一小块木牌，上面写着：青青翠竹尽是法身，郁郁黄花无非般若——是寺里的师父们立的吧，为了让来到此地的善男信女能爱护花木。在他们看来，这也是积功德，且功德无量，爱护花草，一样会有福报。

我深以为然。

再过去，便是南天门了，那边就是下山的路，因为是温州的地界，若要继续游玩，得重新买了门票才能过去。

与这边景致截然不同，那边似乎没有寺院，从山腰开始到山顶，挨挨挤挤密密麻麻地建着许多不同风格的道观，我曾在山道上遇见过一位留着大胡子盘着发髻的道人。

我已经到过方山许多次了，但是，所看到的景致不过方山的十分之一。我还没有见过方山的雾景呢，一个喜欢摄影的朋友告诉我，方山上起雾的时候，山顶上的风，会把雾从山崖上吹下去，远远看着，就像是半空里忽然多了一道巨大的瀑布。还有，冬日，当冰雪覆盖住一切，整个方山，那些一亿多年的老石头也会晶莹而美妙，像一个个童话……

去年夏天，有一次游玩方山的时候，因为盘桓了太久，下山的路上，游人渐渐稀少，天色不知不觉暗下来，夜渐渐掩去我身上的光和色彩，也掩去周遭的树木、花草，把我也变成山石的一部分……

# 古城古街行吟

卢云芬

离开古城临海到别处谋生已有些年头。不知从何时起，一汪心绪受那方山水的羁绊，竟有了剪不断的滋味。

古城有一种淡定的力量，抗拒着现世浮华躁动，一路延伸传统文脉和历史卷轴。古城有一种沉厚、典雅、温存的东西，这种东西如麦香，如混沌的月色，弥漫着，萦绕着，仿佛渗透在空气中，让人无法抗拒。古城的风神韵格使我魂牵梦萦，灵江的波光水色让我思绪飘忽，于是，我的灵魂再也找不到更好的码头登岸了。

总想给古城找一个恰当的比喻，左思右想，还是把古城比作一位婉约、内敛且不乏悠远风情的少妇吧。清韵有致如同一篇美文，读起来韵味十足，意境幽远。岁月把少妇打磨成了一块温润的羊脂玉，质感、色泽都无与伦比。她诠释出一种独特的人文意识：固守优雅，不急不躁，安之若素。于是，她便有了一种境界，一种韵致。

把古城比作少妇似乎有点俗，那么，就把古城比作一幅气韵生动、笔墨疏淡有致的水墨画吧。尤其是雨季，烟雨蒙蒙中，穿行旧城的巷陌，踩着石板拼接成的悠长的古街，看青砖灰墙、飞檐斗角，看四合院里拄杖的老人、摇拨浪鼓的幼童及挽袖搓衣的少妇，看漫上台阶的青苔、尘埃落定的木格花窗、梁上燕子弃置的旧巢，历史洇染而成的痕迹竟是如此入画，人便有了恍如隔世之感。历史遗存，千年风情，浓郁无华的本色生活，这些显然不是一座城市的亮点，但这些东西就是城市的本质，足以垒起城市的厚度，诠释城市的深度。

要挣那么多钱干吗？在古城，你会不经意间听到这样的话语。然而，生活毕竟离不开钱，钱多了也不烫手、咬人。闲适不等于懒散。在这座城市，同样可以看到忙碌的身影。忙碌与悠闲共存，现代与传统兼容，这是古城的一大特色。泡茶楼、喝咖啡、玩古董、养花鸟、练太极、拉二胡、习书画、搓麻将、晨练、爬山、垂钓……古城的人们总能寻找到属于自己的一种生活方式。

也许，有人并不赞同这种散淡的生活态度和悠闲的风情，但我欣赏。悠闲、散淡，说不定是新一轮时尚。在这块土地上，疲惫的身心可以找到柔软的温床，得到疗养；在这方山水里，你会感受到王维山水诗般至淡的禅意。一座城市如同一个人，有内涵就不必过于张扬、喧闹，淡雅、深沉更有一种含蓄美，而这种美会渐渐打动人、撩拨人，让人迷醉。

有人问我："双休日回临海做些什么？"我说："找一家能看风景的茶楼，约三五老友，跷起二郎腿，喝茶，闲聊，看浮世烟云。或者，起个大早，用双脚和心灵去抚摩古长城。"

　　许多东西，当你远离它，隔着时空距离时，才意识到它已镌刻在心灵的印石上，难以消磨，比如特定的一座桥、一堵墙、一棵树、一畦菜地、一条古街，等等。

　　紫阳街，是古城临海一条斑斑驳驳、逶迤曲折、细如飘带的时光河道，它穿越千百年沧海桑田，沉积江南古城多情、典雅的梦呓。

　　古街悠长，如一弯袅绕缠绵的炊烟，一笔飘逸秀丽的行草，洇开人们温情而感伤的记忆。

　　许多时候，尤其是暮霭散淡的黄昏，紫阳古街会使人产生幻觉。

　　吱呀一声，一扇沉厚的杉木门打开一道口子，露出一个面容姣好而又似曾相识的女子，她青丝如云，面如新月，明眸皓齿，淡淡的笑意飘忽如梦。不远处，静立着一位年轻儒雅的多情才子，仿佛来赴前世约定。此刻，他怦然心动，目光发直，凝神凝眸的模样定格在昏黄的时空中。女子忽地从他的视线中消失，杉木门无声合上，不留些微缝隙。于是，这位年轻才子便禁不住对着木门做无边无际的怀想：她是从古代戏剧、诗文和绘画中走出来的女子，是戴望舒笔下丁香般结着幽怨的女子，还是养在深闺人未识的秃头阿三的乖巧小女儿？她的名字叫紫烟、青苔、红杏还是丁香？芳龄十八还是十九？爱穿一件大花小袄还是丝质碎花旗袍……

　　江南的雨细如牛毛、针尖，缠缠绵绵，恍恍惚惚，朦朦胧胧，如一首哀怨而动人的情歌。他在一个烟雨迷蒙的时日候在对面古朴的檐下做殷切的守望和期待，期待她打开木门，撑一顶油纸伞走进悠长的小巷，轻轻巧巧、苗条娉婷的身姿融入古典诗文和水墨画中。

　　许多个阴湿的日子过去了，江南的天变得明朗、燥热，阳光有些刺人眼目。那扇木门开了又合，合了又开。坚守的人开始变得焦灼不安，而那位面容姣好的女子始终没有出现。于是，守望的人便怀疑先前的情景是不是特定时空中的幻象。好生失望中，他留给古街一声凝重的叹息，一个无奈的背影。

数年后，儒雅才子旧地重游，不料在小巷的另一头撞见当年那位女子。他在她抬头凝神的瞬间得以肯定，是她，绝不会有错。他按捺不住心头的喜悦，禁不住启齿唤她的名字，可他终究不知道她叫什么。尽管如此，他还是在心里唤了一声"紫烟"。紫烟是昨日的紫烟，紫烟已不是昨日的紫烟。紫烟的眉宇间有了淡淡的幽怨，眼角眉梢点染上薄薄的岁月风霜。正因为有这般幽怨和风霜，紫烟的身上才散发出多情而迷人的少妇所特有的气息和风韵。

哦，紫烟，你是紫阳的妹妹，是青青莲叶上的一颗露珠，是细白茶具上的一缕茗烟，是静立于木格花架上的一个青花瓷盘，是微风细雨中颤动的一片叶芽，是戏剧舞台上咿咿呀呀的柔弱青衣，是云里雾里飘飘忽忽的倩女幽魂，是多情才子心底一个永远的怀想和伤感的情结。

# 天台石梁的夜游（外一篇）

胡明刚

　　石梁飞瀑是浙江省天台山的标志性景点之一，来自大兴坑岭头的大兴坑水踏浪而行，在中方广寺下与来自华顶的金溪水合流，化为三折冲过石梁桥，成为人间的第一奇观。若这里单是有天然的石梁桥，没有什么大不了的，但桥下却是飞流的瀑布；若单是有飞流瀑布也没什么了不起的，但这里有两个著名的佛寺，更何况佛寺是建造在石桥一端的悬崖上，翼然凌空，映衬四山的烟岚和翠色，确实能旷人心目。如果在白天来，或许一览无余，风景直露些，游人众多，显得嘈杂不堪，而当夜深人静之际，约若干知己，或静卧中方广寺昙花亭上，或小坐瀑布之下溪石之间，或把酒品著，或高歌长啸，或品诗论文，或谈笑风生，心情也该舒畅得多。这不免为人生的一大乐事。

　　石梁瀑布的夜游，的确让我忘情。石梁的夜色如茶，能让我细哑慢品。

我对石梁夜色是情有独钟的，我已经在石梁方广寺中度过好几个夜晚了。我第一次是住在中方广寺的昙花亭里，那时没有月亮，只有疏淡的星光，一片幽邃，对面的远山和下方广寺的灯火也一片朦胧，如梦如幻。因为没带手电，我们就靠在昙花亭的栏杆上，静静地端坐。

一位年近古稀的僧人给我们递上一壶清茶，茶是正宗的华顶云雾茶，水是原汁原味的石梁山泉水，细细一品，清香而且甜润，一片温情透入肺腑。那僧人告诉我，这昙花亭是宋代天台宰相贾似道初建的，亭子建成后，寺僧以茶供佛，茶杯中现出瑞花朵朵，稍纵即逝，故名。这有点过于玄虚了，但是我宁相信其有，不相信其无，特别在这山水形胜之地，有类似这样的几个神奇传说，恰似锦上添花，更使名山风景神采飞扬。

我们只是静静地在昙花亭上品茶。石梁的夜色便像这云雾茶的味道四处漾开。寺里钟鼓和木鱼的声音响成一片。下方广寺的梵呗也唱起来了，回应着，融合着，升袅着。在这幽深的山谷里，我突然感觉到一种清灵之气，渐渐地在脚下腾涌而起。我忽然觉得脚下瀑布的声响也宏大了许多，浑厚了许多。现在细加体味，觉得它是那么富有灵性。

忽然想起玄奘在《大唐西域记》中所说，佛言震旦（中国）天台山方广圣寺，为五百罗汉的道场，那瀑布中闪现的是五百罗汉的身影，夹杂着老者沙哑的哼唧，还有小孩的尖叫，当然还有汉子们五大三粗的呐喊，忽然觉得，这石梁飞瀑就像冥冥中演出的一台大戏。这石梁就像一个大舞台了。你看瀑布回旋了几下就猛地冲过石梁桥，在四五十米的断崖上翻翻而下，发出震耳欲聋的绝唱，坠入深潭之中，腾起随风飞扬的水雾，充盈在我心头的是一种自始至终的壮美，一种类似于英雄先烈慷慨献身的壮美。有则民间传说讲，罗汉是战国田横部下的壮士，他们听到田横的死讯后，就联手在石梁瀑布上跳了下去。

石梁的雄奇令我肃然，那瀑水已经献祭了亿万斯年，一直把这苍山翠崖当作神圣的祭坛，让无依的灵魂找到归宿吗？在一轮明月和一河星汉的烛照下，我也就得以涅槃新生了。

在昙花亭里静坐品茗，似乎是追求心灵的一种宁和，但这瀑声却让我慷慨激昂，我总不能把激烈跳动的心平静下来。有一年，我带着外地的几个朋友到了这石梁飞瀑，那时正值台风过境，溪谷水流暴涨，石梁下的瀑水一时难以宣泄，竟从梁上飞出，急遽地迸涌喷射着，水声更宏大了。夜幕正降临，那瀑水竟将一片帘幕直向我罩压过来。瀑下已经难以站人了。坐在下方广寺的山门旁，远远地望着，总觉得飞瀑几乎把我们压成齑粉，化为碎末了。雨中石梁夜游的奇特意境，可能在我的一生中也仅此一次了。我已感受到极大的震撼力，可惜我没有在瀑下站立多久。

我总觉得，在静夜里，没有星月的夜里，尤其是雨中，石梁飞瀑给我的印象除了灵奇以外，就是伟大二字。石梁飞瀑真不愧为山中的大丈夫！

让我真正感悟到石梁飞瀑的温情，则是在三年前的一个晴朗的月夜。

我与一个四川来的朋友远远地赶来，到石梁已经是傍晚了。夕阳从西山落下，把金色的光影涂抹在石梁飞瀑和周围的山岭上，寺庙的飞檐黄墙和树木的枝梢罩上了一片金色，让我们体会到这里的一派肃穆庄严。我们在石梁飞瀑附近的下方广寺订好一间客房，皎洁的月亮就从东山上升起来了。那月亮升起的山岗就是我的老家华峰。柔和的月光笼罩着石梁飞瀑以及身边的一切事物。微小的山风吹拂着耳际，如母亲的手抚摩着我的肩头。天山一碧如黛。我们首先来到瀑布的底下，仰望石梁，我觉得它不像苍龙耸脊，而像一个老妇人弯着的身背，在一下一下地舀着水，在一下一下地纺着纱，在一下一下地织着布。白居易的诗句"缭绫缭绫何所似？不似罗绡与纨绮。应似天台山上月明前，四十五尺瀑布泉"，说的不就是眼前的景象吗？我的母亲早已故去多年，但今天我不得不把她苍老的佝偻的身影与石梁飞瀑连在一块。她一直在不知疲倦地舀水纺纱织布，时刻准备着我们这群游子的衣食之源，我看到的是她安详中蕴有的意志力，一种来自此间农民朴素而顽强的进取心！这里的山水是瘠薄的，但她能安然面对，就这样一手纺纱一手舀水，经年劳作，毫无怨言。她终于让我打消了许多不切合实际的想法。我分明看见母亲不停劳作的憔悴的脸，漫天飞溅的玉色珠花是她的清泪吧？她边撩水边清唱着谁也不懂的童谣，我想，能听懂的应该是我了！当山间悠远的钟声响起，当远寺梵唱缥缈的时候，谷底的雾霭也轻轻地凝聚起来时，我想，我石梁的母亲也该看到她漂泊而倦归而憔悴的游子了吧。

　　那个夜晚我把那石梁飞瀑比作我不幸的母亲，最重要的原因是我就是石梁小镇华顶山麓的农民，因为我对这里的农民生活犹如对这里的一山一石、一草一木、一虫一鸟、一寺一宇一样地熟悉，并且了如指掌。我的朋友沉吟良久，说终于听到了川江的号子。石梁把飞瀑当作长纤，拉着生活的沉舟，嗨哟嗨哟，丝毫没有浪漫的情调。它使我想起了故乡。这似乎也有点宿命的味道，但我们终于想到了一块了，我们的心胸已经与石梁的飞瀑共鸣起来了。

端坐在石梁飞瀑宁静的月夜里,怀想得多了,石梁的形象也就渐渐地淡化了,飞瀑的歌声渐渐地温柔了。但它能催我入梦。梦中,我看见月下的母亲拥我入怀,而那位朋友有谁陪着重回故乡呢?

我们枯坐了一夜。渐渐地,身上凉起来了。月光安详地照在我的身上,如披上一件薄薄的衣衫。

听家乡的朋友说,天台山要开辟夜游的项目,我很高兴,蓦然想起石梁的夜游,感觉确实有点与众不同。

# 素 斋

到天台山游览,应当去寺院里吃素斋的。尤其身处尘海中的朋友,吃惯了油腻荤腥,再去吃素斋,既可调剂胃口又可愉悦心情。在天台山寺院吃素斋,在于"多说多听多看多想"八字,素斋才显其旨趣。国清寺的素斋制作比较精致,花样和种类也繁多丰富,譬如豆制品就有豆腐干、油泡、油舌、麻辣豆腐、菠菜煮豆腐,还有素火腿、素鸡、素牛肉等,这些是市井人起的名字,但绝对是素的,采用植物油加工的,制作的讲究,不说不知道,一说真奇妙。席间说起名荤实素名臭实香的佳肴,宛如济公活佛一般,置于素斋餐桌,说起来亦是神采奕奕的。在方广寺吃素斋与此间不同,关键在于听。在小座听瀑布的轰鸣,还有丛树振叶的簌簌,雀鸟的啁啾,风拂竹林如箫管的声音，便是一种绝妙氛围，如若有梵钟佛唱之融合，更觉此间素斋的味道当属上品了。在华顶寺吃素斋应当先看寺外那几棵大柳杉的摇曳，云雾缭绕的山峰，尤其冬日的雾凇雪松，又是一种超然；在高明寺吃素斋就得与想相结合了，食中有想，想中有悟，便有了一种禅家的风景。

　　小住高明寺七天，确实不一般，写了一段文字，就听梆声橐橐地响，我知道开饭的时间到了。高明寺早餐定六点半，中餐定十点半，晚餐定五点半，僧人的生活颇有节律。食堂（客堂）内悬一匾，曰"大彻堂"，令人拍案叫绝，大彻大悟在于饭食之间，果然不同凡响。走进餐室又见一匾曰"当思来处"。入席甫定，思我来处思他来处还是思食来处思佛来处？可见佛家也是深得攻心之法要的。高明寺交通不便，买东西得肩挑手扛走十来里山岭，你若不小心洒落饭食，自然感到过意不去，也就当思来处之不易了。高明寺的斋饭是清苦的，但颇能中饱肚腹，虽米饭粗糙，菜也简疏，但尽出天然没有人为之加工痕迹。尤其一种叫苋菜果的，本是凤仙花的茎秆，去硬皮后或煮或腌，入口颇觉清香，倒还开胃。吃过数餐素斋，食欲大增。尽管人说高明寺素斋可算是真正的粗茶淡饭，虽不丰盛但照样使人吃得乐趣无穷感慨良多。席间谈到诗僧寒山子本是国清寺一烧火僧，常将众僧遗落的饭粒洗净晒干置于竹筒内，背负到寒岩，诗句也就连绵不断地出来了。无独有偶，前些年我在高明寺认识一个叫法喜师的，与之如出一辙，出言无状却甚超然，可惜他已经去世了。但无论如何，僧人颇讲究节俭美德，在他们眼里，暴殄天物就是一种罪过，想起如今浪费惊人的事例，不觉揪心。

　　在高明寺吃素斋多少有点开悟，几位同行起初不习惯，但到后来就习惯成自然了。从不自觉到自觉，就是一种造化，而素斋所体现清净淡泊的情调，也是文化在心灵中的涤荡。在这里安安闲闲地吃素斋，的确有无为的心境，所有尘俗的烦恼浊念消泯一空。素斋赋予我们与世无争、与人无斗的心境，让我们显得明澈无私、襟怀坦白。在食堂里，我听管厨师父说："你随便吃吧，里镬外镬一样无分彼此，结缘结缘。"我很感动，因为在市井中很少听到如此朴实而真切的话了。我觉得作为一个文化人是应当到寺院里吃点素斋的，体味体味方外人士的生活心态，你就心朗如素月了，再看看寺外的竹林稻田和乡村，便想到农耕与宗教相融的地方又是另外一种感受了。

吃吃素斋，当思来处，包括生活，包括我们自己。

# 走过大柳溪

蒋冰之

大柳溪，是一条溪，也是一个村。

大柳溪，相传村中山溪两岸早年多植桃柳，本名桃柳溪，后来大概有人觉桃之轻佻艳俗，便改成今名了。

大柳溪村在大柳溪两岸，大柳溪穿大柳溪村而过。村因溪而分成两半，中间以简易的石板桥相连着，却也因溪而多了一分风流、一分从容、一分淡定，加上一分淡淡的水乡韵味。然而，因深居深山，村和溪都有着更多的野性。

我曾在村外溪边找寻一些旧时关于桃柳的痕迹，这个村好像特别厌恶桃树似的，无论我怎样仔细搜寻，总是不能找到哪怕一根在溪边生长的桃树苗。能给我些许安慰的是，溪边有好几棵柳树，高高大大的，枝条垂在清清的溪水上，微风过时袅娜飘舞，山溪中坚硬的石头仿佛也柔软了许多。

我也曾试着问过许多人关于大柳溪的一些事情，但他们告诉我那些好听的故事，却不是我需要的。我需要历史，需要关于大柳溪的有关记述。

天台的有关典籍上记载有天台旧八景、新八景，说得上名的三十六景，说不上名的记不清，但就是没有大柳溪这三个字。这条发源于欢岙小吉岭的山溪太普通了，在天台的山水中大柳溪就像溪中的小石头，拿在手中是一块石头，掉在溪里要想找到它就太难了，你看到的都如你刚才手心里的石头。但它在你手心里转玩时，却又是那样地吸引你，你觉得它是那样地温润，质地是那样地纯洁，纹理是那样地独特，就是它身上那几十万年前甚至几百万年前在地壳运动中形成的瑕疵也是那样地与众不同。

当我们走入大柳溪时，立刻便为溪中的流水、山岩下的深潭着迷。山溪两岸时而为峭壁悬崖，时而为绝胜景色，时而开阔，时而狭窄，我们穿行在溪中石上，攀附着溪边峭壁，深潜在岩下潭中，清凉的溪水渗入我们滚烫的肌肤，漾开了心中的那种燥热，许久以来的烦躁一下子就融在这清冷的水中，心里只剩下山中的鸟鸣、身边的流水和天上的白云。

有个西方哲人说过，一个人不可能两次踏进同一条河流。这个说法听起来有点玄乎。但这个世界上不可能有相同的溪流，相信所有人都同意吧。每条溪流都有自己的特点、脾气、个性，因此每条溪流都生长在属于它自己的领地上。大柳溪，这条少为外人知的山溪，生在这个叫作苍山的旮旯里，过着它自己清静的日子。每年春天温情地流过它该走的路线，滋养着周边的生物；夏天有时会带着它澎湃的激情，裹着山上的石块泥巴冲出山沟，清洗下游肮脏的身体；秋日时又变得如唠叨的老农，叽叽咕咕地说个不停，算着这一年来的旧账；冬天来时，它明白，该潜伏了，为明春的生发累积力量，于是它让白雪覆盖着自己黑乎乎的身子，一动不动。

大柳溪的这个性格是我的一个战友告诉我的。他生长在大柳溪边的大柳溪村。他向我介绍他的出生地时，特别提到了这条溪。那会儿，他正从这个山村里走出来，满心希望从此不再回到这个叫作大柳溪的村庄，但他对这条溪又是那样地充满着感情。他向我描述，每年的春天，溪边那几棵梨树首先在枝头绽放，开着雪样的花朵，继而是山上的杜鹃一朵两朵几十朵地开着，在自己没注意时，满山就已红了。那时节，雨多，溪水就由冬天的叮咚声变成了哗哗声。当第一声雷在他家的房顶炸开时，晚上就经常能听到溪水的轰鸣，第二天早晨起来时，门外的溪水涨得大家过不了溪，上游冲下的大树有时就在村外的溪边搁着，有人为了争这些树而争吵也就是常事了。春夏之交，有月亮的晚上最好，月亮刚在村东的山脊升上，晚风就带着初熟麦子的香气和青草的气味从山谷深处而来，村边田里的青蛙起劲地叫着，晚饭已摆在门前平整的大石块上，一碗溪鱼，是从门前的溪里抓来的，一碗咸菜，一碟蚕豆，刚从菜地里摘回的蚕豆特甜，待父亲重一声轻一声的脚步声从村巷那头传来时，他就打开锅盖盛上饭。

"有酒吗？"

"哪里有？酒和肉只有过年时节或家里请客时才有的。"

战友家的人酒量都大，他说他曾一次喝过六斤黄酒而没醉。我相信。夏天最迷人，太阳刚从山头落下，半大的孩子早浸在溪水里打上

了水仗，穿着衣服的女孩子也找到一个水不大深的地方泡在那里叽叽
喳喳地说着她们自己的话，几个调皮的男孩会偷偷地过去扔一块石
头，溅起好大的水花，惊起女孩们一片尖叫，于是男孩们更乐了。
我想这其中肯定有他。天临黑时，大人们都收工回家了，这溪里就
成了他们的天下，一个个只穿了短裤露着古铜色的肌肤，用毛巾撩
着清凉的溪水擦洗浸透汗水的身子，放松一天紧张的肌肉；晚饭后，
这里又成了女人的天地，她们带着男人刚换下的臭衣服，在溪边清
洗，胆大的找一个角落也脱了衣服将自己洗个干净。溪边的捣衣声
是夏夜最清凉的声音，在村庄的上空飘荡，那时节，男人们都坐在
村边的大石上，抽着一角三分的大红鹰或干脆是从坦头集上买来的
旱烟聊着天，说种子、农药、化肥等与生产有关的事，直到捣衣声
渐稀，才一个个摇晃着回去。此时此起彼落的关门声关上了一天的
劳累。

　　秋风起时，溪水最清。大柳溪村家家户户背出一个个大木桶，在
溪边找一块平坦处放下，这是做沉粉的时候了。山上的番薯刚下，溪
边就有了忙碌的景象，男人将磨好的番薯浆倒在木桶上放着的漏笼
里，妇女则在漏笼里用手搅拌挤压，将番薯汁压到木桶里，过一夜，
倒掉木桶里的清水，桶底下便是白生生滑溜溜的淀粉了。多数人家还
将好的番薯切成条，晒在溪边的大石上，待干了才去收回。番薯干粥
喝起来有另一种风味，甜甜的糯糯的。我看他这时总舔着嘴唇，肯定
在回味那番薯粥的美味了。

　　山里人家最舒服的日子要数冬天。要干的活都已干完，田里的麦
苗已蹿出土壤，来年要用的粪肥也已堆积在田边。雪，就是这时候下
起来的。唰唰唰的声音非常清晰，雪花飘落在树梢上、屋顶上、溪中

石上，田野里白茫茫一片，看起来干净漂亮。四周静静的，除了风在门外四处乱钻乱闯，一切都好像归到梦中。到了饭点，家家屋檐上升起的一缕缕青烟，彼此相连融合，终于与溪上的白雾融在一起，在山村上空和山谷中形成一种梦幻般的意境。于是你知道这村庄是活的，这个世界是活的，一切生命都隐在这静寂的白茫茫的雪的世界中，在等待一个希望。这时你如果敲开某一家的门，门里是另外一个世界。你会看到堂屋正中有一个火塘，火塘中烧着红红的炭火，火塘边是围坐在一起的家人，有邻家串门的也坐在一起，火上坐着一壶开水，冒着吱吱热气，火里可能煨着番薯，此时正散发着那特有的香气，直叫人流口水。这种乐融融围在一起的场景也只有在冬天的山里才能看到。妇女是不闲着的，趁此空闲打上了毛衣，缝补着一些裂了缝的衣裤。

“这么美的生活，为什么想往外跑不想回去呢？”

“没有肉，也少有酒，不过瘾。有酒有肉，谁还往外面跑呢？！”

“哦，是这样。”

我那时好像理解他，又好像不完全理解，就存了一点疑虑。想什么时候去他的家看看，看看那溪那村那人那种山村的气息。

后来，我去了，他却不在家，说是外出打工，几年没回了。他的父母招待了我，有酒有肉，当然还有鱼，满满的一桌。看来，有酒有肉了，美丽的山村还是没有留住他。他还在追求什么呢？

我们在城市里生活久了，心烦气躁的，内心有着过多的不安，要寻找一个清凉所在，于是找到如大柳溪这样的地方。以为宁静的地方可以放置一颗不安的心，让这颗不安的心安静下来，但一颗不安的心到哪里也不会平静。也许到了青山绿水的地方身处自然，天籁无限，那一刻会以为静是一种享受。但内心的欲望还在，那灯红酒绿的生活还在吸引着我们，这一刻的宁静将隐藏更大的不安。

一个浮躁的世界，怎么能让一颗不安的心安静下来呢？我想，难。大柳溪也做不到。

# 只为遇见

李 鸿

## 一、邂逅木杓湾

太阳西斜，黄昏的色泽越来越浓郁，长满藤蔓的山路边，两条小黑狗沿路撒着欢，车子直接从山湾拐进时，这个叫木杓的小渔村就这样不经意地出现在我的眼前。

暮色中，海水已退至很远的地方，瞧不清海水的颜色，只剩下一片土黄色的沙滩。朋友说，这沙滩叫木杓沙滩，形如弯月，这村庄叫木杓村，面朝大海，背靠炮台山，两侧分别是木杓山嘴及炮台山的岬角。弯月、大海、岬角，初一听，这些名字让我不自觉地喜欢着。单木杓这两个字，便让我的思绪跳跃了一下，它有一种淡淡的温度，让我想到小时候母亲舀水用的那个木勺头，不长的手柄，却是每天烧饭做菜的必需品，我想不出眼前这沙滩跟这木勺有什么更多的关联，但这柔软和湿润的弯月形沙滩是我所喜欢的。

一片安静的沙滩，一条不宽的小街，一些素朴的小房，房前开满葱郁的花草，门前围墙上挂着一张张渔网，白色的圆浮球有着浓郁的渔村味，一些特色小餐馆在街边林立着，一些小海鲜放在柜台前：香螺、芝麻螺、辣螺、鲳鱼、蟹、虾、贝、佛手、海瓜子、牡蛎……眼花缭乱却又有着小渔村不动声色的自然和美好。几位渔民在屋前的空地上收拾着那些从海上捕来的海鱼，汗珠飞溅，光着双脚，脸上有着丰收的欢愉。这样的小渔村无比的鲜活和生动。木杓湾凭海临风，可以直接与大海对话，海风从窗口吹进来，没有浓重的海腥味，却是清爽柔和的，伸出双手想和海风来一个亲密的接触，却发觉风从手背缓缓掠过后就远远地走了，唯有指缝间残留着淡淡的海的气息。

夜色渐渐地暗淡下来了，天空蒙上了一层辽阔无边的黑纱，山崖的颜色渐渐转为黛青，恍如一场梦境的过渡。不远处海浪开始涌动起来了，一种缠绵而低沉的声音，随着潮水的涨落发出一种浅吟低唱的韵律。木杓沙滩上的游人不多也不冷清，我一人沿着木扶梯走向沙滩，这土黄色的沙滩如一块地毯，脱去脚上的鞋子，赤脚走在沙滩上，丝绸般软滑清凉的感觉从脚底传上来，让人特别舒服和惬意。沙是那种不沾脚的沙，清爽、干净，踩上去，会有浅浅的脚印，一个一个，留在沙滩上，有着寥廓的诗意。夜的柔软和温情，一点一点地在沙滩上弥漫，海水一浪一浪地涌上来了，浪花拍打着沙滩，那声音豪放而宏大，我临海而立，对面三门发电厂的灯光如银河般倾泻着光影，远处星星点点的一湾灯火，让木杓的夜色平添几许妩媚。

看过很多次海，也遇见过很多个大大小小的海湾和沙滩，木杓湾的雅致与灵动无法用更多的语言去描述，我只是来来回回地走在沙滩上，如孩童般与海水追逐着，当波浪镶嵌上一道白色的花边，调皮地冲到我的脚背上，我放弃了追逐，安静地站立着，细细地倾听这海浪的声音，心中充满了留恋与不舍。海总是那么大那么辽阔，大得没有边缘，辽阔得没有边际，人在海的面前却是那么的渺小，当风暴肆虐时，排山倒海般的惊涛骇浪会让海变得狂野而陌生。穿过时光的隧道，明朝末年，朝鲜进士崔溥因遭风暴漂流到沿赤牛头洋，同一片海域，却不知他是否也曾站在海边面对着这片海深深遥望？或许在他的《漂海录》里可以找到那些封尘已久的历史见证。

到浦坝港，邂逅这木杓湾，感受这一片海湾的温柔，忘了尘世的纷扰杂事。站在海边，很想大声地呼喊，喊什么呢？此时又觉得语言是那么地轻微，那么地无力，那么地多余，唯有把自己交给这一片海，让海水在指缝间来回缠绕，才是对海最真切的体验。

## 二、手摇渡

这是一条绵长的海岸线，高高的堤坝用水泥筑砌起来，把汹涌的海水阻挡在堤坝之外。坝脚有一大片绿色的芦苇，海风吹过，芦苇哗哗地喧响着。

那条小路就匿藏在芦苇深处，不仔细看还真难以发现，我从车上下来，循着坝脚凹凸不平的石砌台阶走上去，长长的裙裾被海风吹得猎猎作响，简易的小渡口没有一个人，海面上隐约漂着几条船，堤坝一直往远处延伸着，看不到尽头。从石坝缝隙里钻出来的小花小草倒是明艳得很，我惊异于这些花草的生命力，微薄的泥土竟也能让它们生长得如此开心。坝头有一间四四方方的浅蓝色小房子，安静地立在那里，这房子的色彩让人想到海水的颜色，可惜，此时的海水是浑浊微黄的，没有想象中的那份蓝。

坐在堤坝上，朋友告诉我，老艄公的手摇渡来回二十元钱，打个电话，他就会过来。

我用手机拨打了那个陌生的电话，不一会儿就听到老艄公陌生而热情的方言，意思是让我等会儿，他把渡船摇过来。我安安静静地坐在渡口，等待那条渡我去扩塘山的小船。渡船是带我上岛的交通工具，很多年没有坐过手摇渡了，手摇渡在我的心中早就成了一种记忆，没想到，今天却可以让我重温一下少年时的记忆。

此时正是海边光线强烈的时段，天，蓝得没有一丝云彩，扩塘山似一条安睡的美人鱼，静卧在茫茫的海水中。阳光垂直地撒在海面上，凝结成一片温柔而又明亮的光，海风吹过来，空气里全是海的气息，那种气息荡漾着一种柔软和温暖。潮水一浪一浪地涌来，又一浪一浪地散开，它们不断地击打着堤坝，哗哗的声音，似乎在娓娓讲述着什么。这泛着波澜、缓缓撞击的声响，像一曲乐章。有海鸟鸣叫着俯冲而过，抬头远瞧，隐约看见它优雅的姿态。

一条小船从对面的海面上移出，先是一个点，慢慢地越来越大，我看到了手摇渡模糊的影子，然后晃晃悠悠地在海面上漂移着过来，近了近了，渐渐地清晰起来了，艄公摇着一条尖尖的小船向我驶来，木船很旧，颜色黯然，油漆也有些驳落，老艄公吱呀吱呀地摇着橹。我站在坝上凝望着，骤然响起的摇橹声将我的喜悦和兴奋点燃了，久违的声音让我如孩童般雀跃起来，这就是手摇船，一条漂荡在茫茫海面上的渡船，很多年没见了，却依然让我如此愉悦着。

　　渡船慢慢地靠近，踩着细碎的石子路，我小心地上了手摇渡，脚底触到那一上一下晃荡的渡船，心里还是有点紧张。老艄公微笑地对我说："别怕，第一次坐渡船吧，先站稳再坐下去。"我依着老人的话在船的一条横档上坐好，手摇渡宽不过一米，两头尖中间呈弧形，形状像一颗饱满的豆荚，船尾有一个凸起的橹檐，一支橹搁在橹檐上。老艄公不紧不慢地摇着小船离开码头，小船微晃着，仿佛坐在儿时的摇篮里。老人站在船头稳妥地摇着船，小船似乎是个听话的孩子，贴着海面缓缓而过。我微眯着双眼，四周全是海水，茫茫的，看不到海的边缘。人在漂着，这船就成了唯一的依靠。艄公咿呀咿呀地摇着船，让我想起小时候跟母亲坐渡船去外婆家的零星记忆。我跟老人说可不可以让我摇一下，老人不肯，他说在海上是不能由着性子开玩笑的。我只好坐在手摇船上，任它穿梭在苍茫的海中。我一边听着窸窸窣窣的海浪声，一边让艄公放慢了速度。这时的海面格外宁静，微微的细浪制造着一份恬淡，小船轻飘飘的，感觉自己犹如坐在一片树叶上，思绪也变得迷离起来。海，离我如此之近，一伸手就能触到。但又有谁知道这辽阔海面下是怎样的一种状态？那些暗流那些波涛那些海底世界的生物，起起伏伏又怎能是世人能看懂的呢？我更看不懂这一片海，倒是海水闪烁着斑斑微光让我特别地安心特别地宁静。都说好景以静观为好，静观方能自得，面对着这一片无垠的海，我明白了坐手摇渡的妙处，时光在这一刻也变得缓慢起来，想起木心的诗：从前的日色变得慢／车，马，邮件都慢／一生只够爱一个人……

　　想着诗看着海，就这么恍惚间扩塘山岛越来越近了，那些岛屿也清晰起来了，绵长的海岸、嶙峋的岛礁、波动的海水组成了一幅图画，船微摇，那岛也在我的视线里微晃起来，海面被晃动的各种色彩延伸着，正如思维一样，一波一波地涌动着。

从渡口到扩塘山岛，只不过隔着一片茫茫的海域，我却好像穿过了一条长长的时光隧道，从坐上手摇渡到离开，其实也只是十多分钟，却感受到一种自然的愉悦，到岸后手摇渡静静地泊在渡口，跟艄公挥挥手，只身上岛，回望身后，一渡一船一艄公成了扩塘山一个经典的画面。

## 三、岛上的慢生活

只一眼，我就喜欢上这个叫扩塘山的岛。

那种莫名的喜欢，仿佛似曾相识，它如此安静如此从容，喜欢海的人自然喜欢着岛，海与岛总是如此相依着。从一座城到另一座城，从陆地到海洋，只为看这个岛。岛礁上的小路并不好走，那些经过海水和浪花侵蚀的岩礁早已满目疮痍，但色彩却是丰富各异，形态更是千奇百怪，礁石上那些化石重重叠叠，粗糙而怪异，像是石头上长出的眼睛，它们经过海水、浪花不停地冲洗、侵蚀，里面早已空洞无物，可外形看起来依然完好可人。

岛屿很安静，我漫无目的地沿着一条被海水和海风浸润过的泥土路悠闲地走着，阳光把我的影子打在路上，一会儿长一会儿短，我踩在自己飘忽的影子上，有一种天荒地老的感觉。越往岛的深处越感觉到这里的幽深，到处都是纷乱的枝叶和浅海边的大米草，不管你怎样行走，那些植物总以一种枝蔓横陈的娇态，吸引着你的眼眸。蓄着海水的养殖塘明镜似的，绿色的草样植物在水里无限度地扩张着，鲜活而膨胀，红色的招潮蟹挥舞着两只大钳，在潮湿的滩涂上肆无忌惮地爬着，稍有动静便纷乱成一锅粥。一群白鹭勾着脖子像在思考什么，静止的时候，像是开在水上的花朵。一些白鹭飞起来，细竹般的双腿剧烈地抖动着，似乎在挣扎与呐喊，等找到平衡感后，它将双腿绷直，缓缓地，恢复了先前的淡定与自若，然后自如地在水面上滑翔。这里的一切都是静谧的，很久很久没有嗅到这种气息了，发现自己心底里最柔软的一块被这一片景色所打动，那种烟波、那种水汽、那种阴性、那种柔美，以最自然的气息震撼了我。

走走停停，把岛上的一些支路、荒地、山弯都走了个遍。午后的光线越来越强烈，寻思着找一个清凉的地方躲躲，循着弯曲的荒路，在一个山弯平缓处看到了一座简易的小屋，四周全是绿意蔓延的野草，一扇旧木门，一扇敞开着的小窗，门口有一个十几米长的道地，地上置放着一些水管。我看到屋主人的时候，由于被茂密的植物掩映，并没看清他在做什么，直到从那条土路上拐进去，才看到主人的样子。一位六十多岁的大爷，正在长满青藤的架下采摘着新鲜的四季豆。当我出现在他面前时，他有些惊讶，但随即张嘴温和地笑了笑。一条土狗从边上跑出来，对着我汪汪地叫着。大爷将狗呵斥着往屋里赶，然后又笑着问我哪里来的呀？来岛上做什么？当我告诉他来岛上走走看看时，他似乎更明白了。他说最近总有人上岛，这扩塘山已成为旅游景点了，岛东南面礁石有"十里画廊"之称，去那边看看更有特色。我一边听大爷说着一边打量着大爷的家。这座用砖砌起来的简易房子，里面放着一张木板床、一个床头柜、一张桌子、一条木凳、一部老式的电视机，还有一口铁锅、一个电饭煲。一个简简单单的家，却透着人间烟火的味道。大爷见我不停打量他的房子，笑着对我说，进岛就是客，来，进屋坐坐吧。我有点累了，就不客气地坐下来。大爷把屋前摘下来的四季豆盛放在电饭煲里，加水开始清煮。阳光透过枝叶的缝隙筛落点点细碎，大爷脸上的笑容被光线笼罩着，看上去特别本真。问他一个人孤独吗？大爷笑着说，没什么孤独，在岛上住了几十年了，离不开这海与岛了。说话间，大爷倒了一碗茶给我，一口喝下去清凉清凉的。话匣子打开了，就与大爷聊起天来。聊他在岛外的儿女，聊他老伴在岛外带孙子，聊他一个人守着这岛和这片海。问他为什么不出岛，他憨厚地笑笑，说习惯了这海与海岛，在外面不习惯。到儿子家里去，进门还要脱鞋。我明白大爷的坦率，也明白他的不习惯。一个长年在海风里泡着的渔民，真的无法适应那种所谓的城市生活，看着大爷一脸乐在其中的样子，谁又能体会他的这种自在快乐呢？他说平常会到海边网点小鱼小虾，空闲时种点蔬菜，养些鸡鸭等，一年到头，也不需要操劳什么。想吃什么，去菜地割点。儿女都大了，有空也会上岛来看看。大爷说得很本真，脸上还微带着笑容。此时，海风轻拂，鸟儿在枝条上叫着，锅里的四季豆冒着淡淡的清香，在这个小小的石屋里，我体会到人与岛屿之间的温馨和幸福。在这里，见不到拥挤，只有满眼的绿色，一种简单、美好、质朴的情怀包围着我。耳边掠过荷尔德林的一句哲言：在人心浮躁的时代，一座岛屿无疑是灵魂的最好栖息地，它是某种来自大自然的暗示。

是的，每个人的心中都有一座美丽的岛屿，这扩塘山岛是大爷的生命岛，守着一座岛屿过本真的慢生活，也是一种幸福。如果有一天，想给自己找一处可以遁世、发呆、种地、煮茶的安静之居所，我多么希望是在这里。而在我身后，就是这座岛屿和那一片温柔而浩瀚的海。

# 一半安详，一半飞扬

## ——潮济之行侧记

子 秋

操着怯怯的乡音，以陌生人的身份近身于你，眼神里的慌乱和羞涩，怎能遮掩我这个土生土长的家乡人的无知和浅薄？

（一）

古朴、自然、素雅，甚至有些破败，写在你的门面。清一色的木板，清一色的石头，清一色的檐角翻飞。走过几百年的光阴，你将自己坐成静默和宁馨。

三毛说："如果有来生，要做一棵树。一半在尘土里安详，一半在风里飞扬。一半洒落阴凉，一半沐浴阳光。"莫非你浸染过文学的芳香，懂得在岁月中安身立命？

我总是担心我们的分贝，担心我们的足音，是否会惊动你，破坏你。如果可以，我愿意我们一行人，皆静悄悄地慢行浅吟，抑或不出声只对视，用心聆听便好。对于这个世界，心灵感应，往往比眼睛所视更真。诚如我固执地坚持：带着眼睛观色行旅远远不够，最重要的是，始终让一颗心与自然亲密接触。

支街东部有一家陈元生南货店，为清代建筑，坐东朝西，三开间店面，穿斗式梁架，两边墙体上有浅灰雕构件。街北路廊名为"沚江亭"，三个字墨色中透着的青色就是历史的见证，民国时期的字迹有着异于现世的孤傲，而那拱形的通道似一垛城墙，又似一条时空隧道，隔开了古今。随着历史的变迁、地理环境的改变，你已渐渐淡出人们的视线，后来仅作为符号独守一隅。

## （二）

你该是穿着对襟长褂的衣衫，我在年长的阿公阿婆衣着上似乎看到你当年的影子，尤其是一位老阿婆的斜襟，素色的白月兰，让我的目光停留了好一会儿，不觉眼眶湿润，因为她让我想起我已逝多年的外婆，亲切、慈祥、温馨。

两位阿婆摇着当年的蒲扇，在竹椅上把心事随微风缓缓流淌出来。眼眸里的深情，些许幽怨，些许欣慰。我试图解读她们的心，但我发现我终究不能如解读教材一般读懂她们，我只能在有限的历史知识中觅得你的芳踪。

　　黄岩溪、小坑溪、柔极溪的汇合滋养，使你成为九省通衢之埠，商贾往来之地。沿街一溜儿摆开各种店铺：药铺、米店、饭店、布店、银行、算卦摊……大有《清明上河图》之风。昔日的热闹和繁华可想而知，穿梭的人流，青石板小街的足音，阵阵回荡在岁月的上空。潮济，在唐宋时期称"潮际铺"。我似乎依稀看见成批的土特产正通过竹筏或小船，从山区运往城市，又将城市的一袋袋货物驮到山区。城里人吃着带有泥土气息的食粮，特有味儿；山里人用着城里的稀有物品，特新鲜。于是，交互往来，成了彼此的迫切需要，各自心里头的渴念，总在一条条船上，通过潮济码头迎来送往。

　　尤其当集市之时，这里更是热闹非凡。赶集的赶集，即便没事儿的也赶着空儿到小街上凑热闹。小贩的叫卖声，店家的吆喝声，人群的嬉闹声，男女老少，川流不息，生动成一帧帧远年里的风景。这样的赶集，我小时候常被妈妈带着，以致后来长大了，我还是愿意赶集去购物。走在这样的小街上，让我不由得想起我曾经生活过的乡下小街，也是如此高低不平的石板路，也是一样斑驳的木板门面，但沿街会摆着琳琅满目的货物，生活用品一应俱全。小孩的目光多半落在心心念念的糖果身上，有时候大人高兴了会买上几颗甜住我们的嘴巴，而有时候我们也会在失望中把糖果的物象寄存在脑海中。然而无论怎样，作为回忆的因子，这些美好的画面，又一次次生动了我的人生。而现在我们所居住的城市，基本没有"赶集"二字。我在担心，再过百年，"赶集"会从字典里抹掉，"小街"会从记忆中消失。

# （三）

阳光很好，将缕缕薄金洒进你的胸怀，一如你的乡人，真挚、热诚，边为我们带路，边讲述你的故事。在这条老街，我作为家乡的一个客人，踩着高低不平的石板路，心儿被一波一波搅动，温情、感动、羞愧，最后归结为小小的欢喜，款款的安然，长长的期待。

一位一身白衣的老公公（我且私下认他为潮济古村落的志愿者好了），他带着我们自由出入老街。那些廊坊上的牛腿雕刻，尽管有些斑驳陈旧，但依然可以看清模样，或麒麟或貔貅，均有一个娃娃在其身上，摆出各种姿势，一脸的怡然快慰，不知寄托着当年户主的何样祈盼。

老人说他有七十六岁了，我有些不信，因为他的容颜，他的精神面貌和笔直的腰板，以及爽朗的声音和热情的劲头，俨然一位精力充沛的资深导游。

老人告诉我，这个不大不小的古村落里，现在居住的多半是老人，好些老人已经九十岁，乃至一百岁了，而他只能算老人中的中年人。是谁给了这些老人年轻与活力？生命的资本，到底属于什么？货币，利益？这些似乎都与老街上的老人无关，他们更多的时间在静默中度过，吃着自己栽种的绿色果蔬，而且多半是素斋，但他们依然活得有滋有味。

我忽然明白，正是这一片长长久久的静默，让他们拾得人生的黄金。静生慧，守住生命的根，还有什么比精神力量对一个人，乃至一处地方、一种文化的影响更深远呢？

# （四）

得知你被列入"浙江首批历史文化村落保护利用重点村"，我既为你高兴，又为你担忧，高兴深闺中的你终于被人所识，担忧你步入周庄、乌镇、西塘等充满商业气息的古镇后尘。

步行至老街尽头，正要转身之际，我们瞥见一座古庙宇。近身观看，刻有"三官坛"三字。庙宇之下便是一条不深不浅的河，河两岸楼房林立，绿色的藤蔓爬满墙壁，岸边无数野花绿树倒映水中，不时有蜻蜓和蝴蝶翩然翻飞，静谧、安详，灵动、生趣，在这个午后的河岸充盈着。生活本身就是一首诗，谁说不是呢？据说，不管每年台风如何威猛，这条河以及河岸上的房子、房子里的人们，总是安然无恙。于是，我又明白，一切都是大禹的功绩。

"一半在尘土里安详，一半在风里飞扬。一半洒落阴凉，一半沐浴阳光。"将来的某一天，你可能被开发商开发，我希望他们记得这句话，并把这句话传承下去。

我还是喜欢你的淳朴、宁馨、素雅。把美从深闺中挖掘出来，然后好生呵护，细心爱着养着，将"养在深闺人未识"换成"深闺妙景人人护"！

**后话：**

今日之文，我以第二人称描述，但愿今后，我，以及更多的人，能够以第一人称亲近你，爱护你，使得被现代文明推广的你，依然能够保持自我的格调，内心的坚持。

# 大海情语

胡建新

当车子驶向海边码头，隐约中听到了海浪的伴奏声，从梦境中的一个地方飘荡过来，期待与兴奋令我的心怦怦跳动。此时的大海，夜幕垂临，影影绰绰，远处的灯塔仿佛诉说着一个古老的故事。

时入深秋，微凉，三门湾上空黑漆漆的，看不到更远的地方，这样的夜是一片空海。又如睡去的一位老人，发出此起彼伏的鼾声。车子将我们送到了木杓海滩度假酒店。

白天我们随渔家从健渔村古老的码头出发，体验捕鱼，顺风顺水，且收获不少。我们猴急地登上了五指岛，伫立岛上，远眺大海的尽头，微风吹，阳光温暖，沉醉于"面朝大海，春暖花开"的惬意生活。

出海是非常考验人的一件事。这使我想到一年前到日本旅行的经历，曾数天置身于漫无边际的大海，犹如进入了一片虚无的领地，紧跟着寂寞来敲门，感觉无所依靠了，也就希冀早点到达彼岸，不论是哪个国家、哪个城市，仿佛上了岸就抓住了依靠。人不是两栖动物，我们在陆上生活习惯了，到大海上乘风破浪来，要不是为了实现想象中的风花雪月，那就是向大海讨要生活。

我们来到背靠炮台山的木杓海滩时，却是另外一番心境。木杓海滩长三四百米，宽近二百米，由海洋贝壳类经海浪冲刷沉积而成。外有海岛五座，而此刻都是朦胧一片，唯有远处的灯塔、岸边闪烁的渔家灯光与荒蛮之地厘清。此处风水宝地，有山有海，正合我意。

我们在渔家品尝"海鲜全宴"。此时才算真正的相聚，觥筹交错，谈天说地，放开吃，放开侃，没有繁复的礼节，吃饱喝足后各自散去，各得其所。有的回馆舍休息，有的凭栏发呆，有的慢步靠近灰暗的大海。此刻的我，已练就了一身本领，对周围的交谈声、迷人的霓虹灯光拥有强大的过滤屏障，唯独无法抵御海浪的掌声，时轻时重，时远时近，高高低低，隐隐约约，有时欢乐，有时呼喊，有时低泣……她无穷的魅力在于，她喃喃自语，而你又听不明白。如果她会开口讲话，我们真的不知道对大海还有没有如现在那样恋恋不舍、浮想联翩的念头呢。

就如今夜的我，仿佛一厢情愿地想要成为海的一部分，说不上是海的什么器官，不知是她的耳朵，还是鼻子，又或者是皮肤。我不知道海会不会接纳，只要海不觉得我冗赘，我就保持永久的热情走向她。我的呼吸与海涛的声音相依相伴，我的人生犹如海面起伏崎岖。海一次次，不停地发出声音，就在不小心快要说出她的秘密时戛然而止，而其实我是没心没肺的，我早已化作单纯的海螺，等着柔软的海风一遍遍单调地吹拂，等着一点点老去。那夜，我枕海而睡，耳朵的天线只接收到大海深处的讯息，坦荡的心语。

在回馆舍的路上，我发现海滩上有五六个人围着说笑，中间有个"爱心桃"，一个男孩在桃心上写着"某某，我爱你"。我看着他们满怀皆喜的样子，臆猜这个名字的主人就在其中，海枯石烂，木杩做证。此时的海，上一刻是男人的海，下一刻就变成了女人的海，这时我发现我们生为人类无须逃避人间烟火，更不用说神仙也向往人间。

对我这样一个长年累月待在山中的人来说，我不想一个人跑到高山大声呼喊海；我不该喝得烂醉，灌成海；也不是写一首诗，朗诵给石头听；我选择来到海边，看看海，其实也看不到什么，那只是能发出声音的模糊的画面，但我今夜发现，我来对了，我的渺小肯定不够装下大海，整个大海却愿意装下自己的苦楚。

这时，有几个夜行人在海滩上大声呼唤，我不知道他们想传递什么信息。他们与大海的交流，大海一定能听懂，内化为一种温柔，抚慰他们的心灵。

第二天凌晨，半睡半醒的我还沉溺在头天海上捕获的欣喜中。潮水的声音越来越近，我还没有整好衣冠，就如一个小孩一样来到面向大海的窗前，渴望能收获到不一样的视觉盛宴。我发现昨晚走过的脚印和情人表白时留下的"爱心桃"早已被海水洗刷，化为乌有。昼夜交替，潮起潮落乃自然界铁律，何况人生的喜怒交替呢。

此时迎面吹来了一丝丝寒风，海滩上没有人，只看到一对七八十岁的老人在海滩上漫步，隐约中可看到他们灰白的鬓发。海风吹拂着他们的衣袂，他们以海浪为底，以对方的手为拐杖，仿佛在走向已走过的路，仿佛正在走向大海的深处……

# 方岩漫笔

杨　荻

　　故乡山丘纵横，冈峦连绵，但是，在遍阅群山之后，鲜明地留在印象中的，也只有寥寥数座，方岩即是其中之一，当我屡屡在异乡的暮色中回望，它始终横亘在我生命原野的尽头，像一道幻影，影影绰绰。

　　而我登上方岩，只有屈指可数的两次，一次是童年，还有一次是去年，中间隔了三十多年的光阴。

　　我的姨妈就住在方岩山西麓，一个叫江上的大村。从双庙进山，走过一段河谷走廊，翻上方山岭，在巍峨高耸的方岩山下起起伏伏地盘桓一番后，前面山坡出现了一簇苍郁的古松林，像是从元代山水画作中移植过来的一抹丹青，那么，江上村便到了。

　　姨妈家就在公路下方，是一所年代悠久的大宅院，据说原是地主的宅第，回字格局，二重檐，四面檐廊相连通，廊道后面是一间间的厢房，木板构造，由于年代久远，板壁的颜色已经被岁月的烟火熏染成黄褐色。冬日的时光，山民就靠着木板壁，提着火笼眯着两眼晒着暖阳。谁家的木窗"嵜"的一声打开、瓦背上跑过一只猫，都听得清清楚楚。宏大的天井方方正正，很深，是用光滑的条石铺成的，四角的石头刻着图案，仿佛是梅兰竹菊之类。

站在天井里，把头高高仰起，就看到了屋顶后那些造型怪异的如盖古松，以及上面的方岩，看久了，尤其是悠云擦过山巅的时候，会错觉巨大的石峰正缓缓倾倒下来，让人忧心把整个村子压住。有时，雨过天晴，山腰被团团云雾锁住，峰顶却显露出来，闪闪发光。隔壁读过私塾的老先生说："这就是险峰露峥嵘啊！"

童年的时候，我以为方岩是世上最高的一座山，我好奇的是，山顶上有些什么？站在顶上又能看到哪里？

"方岩背有一口很大的水塘，站在山顶能够看到朱溪。"憨厚的三表哥这样告诉我。他经常上去砍柴，见多识广。于是，我央求他带着我去，表哥一口答应了，但当第二天天刚蒙蒙亮，他就扛着扁担掖着柴刀走了，直到午后，他才挑着一担青冈柴满脸汗水地下来，新鲜的柴担有股好闻的气息。对我气恼的质询，他宽厚地笑笑，说谁叫我没醒来呢，下次下次。

上不去方岩，我和表弟去山脚的古树林里玩，一边寻着榛子，一边等着表哥回来，期盼着给我们带些野果，比如山楂、藤梨。有时候，会遇见出殡的队伍，他们扎着白孝带，敲着铜锣，抬着黑漆漆的棺木吃力地往山上挪。我听说，平地上抬棺一般只要四个人，但上方岩就不同了，需要十二个到十六个抬夫，走一小段山路就要轮换。经常是过了好半天，还听到人们的哭号断断续续地传来，仔细看看，他们还在半山腰绕行，只是人影已细小得像一队黑蚂蚁，那时，日头已经落在山峰后面。

人们为什么把棺木漆成黑色，写上"乾"或"坤"字，又为什么要费尽气力葬在方岩上面？我不得而知，可能，那里离天更近。表哥说，他的祖上也葬在上面的。

我终于爬上方岩是九岁那年的正月，姨妈说，长大了，让他跟去吧！天气非常寒冷，但是阳光很纯净，到处都闪着刺眼的光芒。我跟着表哥在山坡上绕来走去，走得汗流浃背。看看山下的江上村，纵横排列的黑色屋宇，只有我收藏的一只只火柴盒大。我还看见了流经村外的晶晶溪水和远方人烟稠密的朱溪镇——好像还听见远处嗡嗡的尘嚣，这是我前所未有的人生高度，觉得世界一下子扩大了。

路上，三表哥给我讲述有关方国珍的传闻。好几百年前，有个叫方国珍的人领着一群强盗作乱，被官兵打败了，就退踞方岩山上。山上一夫守关万夫莫开，因为峰顶四面都是悬崖绝壁，只有东南西北四条几乎垂直的小路。官兵想尽千方百计，就是上不去，只好围山，守株待兔，想把他们困死。强盗们的粮草渐渐匮乏，只有三十六计走为上计。为了迷惑官兵，他们想出一个诡计，故意让白米顺着山涧流下来，表示粮草丰足，又把山羊绑在战鼓上，羊蹄乱踏，战鼓就发出咚咚的响声，让人以为他们依旧驻守山上。事实上，他们早已神不知鬼不觉地溜之大吉。

"不是有人守着山路吗？"我问。

"他们化整为零，牵着藤条一个接一个挂下来，后来逃到黄岩，出海做了海盗。"

听了这样惊险的传奇，我更觉得方岩神秘而有趣。

从山门一样矗立的峭壁中间攀过，就到达了山顶。顶上地势却是洼陷的，满眼是高大的竹树，树冠和竹梢还顶着厚厚的积雪，在阳光映照下，发出熠熠的刺眼光亮。透过浓密的榛莽，我还隐约窥见有一湾晶莹的水面，那就是天池，当地人叫它仰天塘。

山风非常凛冽，上来还是满头大汗，后来就冻得发颤。我努力想寻找一点什么好玩的东西，在树林里钻来钻去，只碰落了许多积雪。远处，松涛轰隆隆作响，像官兵们的战车从天庭驶过。我听到表哥焦急的呼喊，他窸窸窣窣钻过来，让我在指定的岩石上坐好。那时的山上，还有恶狼出没！

表哥砍好柴，用褐藤条捆成沉重的柴捆，然后用扁担挑着下山。我跟在后面，又累又饿，滑跌了好几跤……

第一次登上方岩，我的见识就这么多，这么窄。随着流光逝去，对方岩的记忆慢慢变得模糊、黯淡，许多年后追忆起来，我的眼前只浮动着皑皑白雪。

后来几次去姨妈家做客，再也没有登过方岩。三表哥还是与山林打交道，他后来成为一名木匠。

……

我重登方岩也是正月，但已是三十多年以后。我回乡过春节，抽空到三十里外的江上村看望姨父和姨妈。多年没有见面，不知不觉中他们老了，但姨妈雍容的气度犹存，他们依旧住在破旧台门的那间老屋里，只是房间显得黑暗狭小了。他们高兴地忙着泡茶烧点心。表哥们早已独立出去，造起新房，分头过活，各自肩负着生活的负担。我只遇到质朴的二表哥，他早年曾在水电站工作，他的鬓上已有星星白发。在二表哥家喝过酒，我独自去爬方岩，他一定要陪我去。我说不用陪了，他不肯。

天下起霏霏细雨，冷飕飕的，仰望方岩，在云遮雾绕中若隐若现。路旁那一片枝干虬曲、横斜的古树林积满苍苔，仿佛老得不能再老了。走过树林，石磴就在层层的山地盘曲，翻过山腰茂密的柏树林，林梢之上便是黑压压的方岩——恰如从远地飞来的一座横空出世的城堡，一座天上宫阙；峭立的陡壁挂着绳索似的流泉，在风中摇荡；那无可攀缘的崖缝间，长着一簇簇灌木和别有风致的千年古松。

到达悬崖下，听见草莽中涧水乱响，但看不到一点影子。道旁翻滚着硕大的磐石，长着一人多高的茅草，景象非常荒芜。表哥说，如今到山上的人少了，山路就被掩盖了。

我与表哥走走歇歇，谈些杂事。他说，镇里好几年前就想开发方岩旅游，已做了规划，但是一直迟迟没有动作。

方岩其实是一座籍籍无名的家山，有别于浙中永康的另一座方岩。永康方岩我也登过，香烟缭绕人声喧哗，已经完全是一处热闹的旅游集市，但我面前的这座则不同，它清寂无人，卓然独立，历史上绝少有文人雅客的墨迹和题刻，有的只是樵夫的足迹和身影。我后来搜索了一番，只找到清代潘耒的一段文字。潘耒其实也是另辟蹊径，才偶然来到此地。他说得好："余也不徇名，不因人，率意独游，唯奇所在。"好个唯奇所在！他不从众，他为方岩留下奇崛的一笔，方岩也留下了他的名字。还有，就是清代迟维培的一首《登方岩》，迟维培在康熙三十年（1691）曾以台州府通判摄仙居县事。诗云：

四壁环峰立，方城真宛然。

天开诸洞壑，地别一山川。

滴沥泉声细，熹微塔影悬。

此中有怪木，盘结不知年。

仙人亦有饭，大地种胡麻。

竹间峰头曲，田随石脚斜。

方塘开绝涧，古木宿寒鸦。

叹息风尘者，劳劳何处家。

意境清幽冷峭，读了令人有尘外之思。

路旁的草窠中还卧着零零星星的雪团，像一只只兔子。一路上除了我们窸窸的脚步声，再也看不见其他人踪。表哥说，他也只有在清明上坟时才上来一趟。正说着，路旁出现一道山石垒砌的短墙，络着藤蔓，这里就是当年方国珍抵御官兵的关隘。关隘嵌在两爿陡立的山崖之间，长不过数丈，却扼住了方岩的咽喉。

在方国珍之后，曾经也有数股草寇盘踞在崖上，只不过典籍没有记载，但他们的日子，想必是逍遥自在的。

穿过山崖对峙的豁口，经过一道斜谷，翻上一道山岭，眼前变得平旷，起伏的山冈抱着一泓碧水，这就是天池，它随着视角的转移不断伸展开来，粗略估计，水面有几十亩。碧绿如玉的池水收容着远近的峰影，水波不兴。我在水边蹲下，掬水洗面，洗手，"洗完了手，手掌上一片寂静"（海子诗句）。

这幽深的水底隐藏着什么秘密？

水边长着一片青翠的竹林和几株修长的麻栎，林缘残存着几截一人高的黄泥墙，草丛中散着碎瓦断砖、沧桑的石礅子，看来，这就是护国寺的遗址了。

这片超然世外的冷寂幽谧之地，历代为潜心静修的僧侣们所钟情眷顾。

清光绪《仙居县志》记述："方岩，远望若屏，近视如篷，怪石奇峰，千瓣攒簇，不可名状。其上宽衍平敞，有田二十四亩。旁有五大台，称南五台，为宋僧雪岩钦禅师开法处。元末方国珍据之，明将汤和率师破之，迁其寺钟于金陵。清初，僧湛庵兴为丛林，并浚四塘灌田。"

根据考证，897年，唐代僧人净悟独辟蹊径在此修建护圣寺，后来寺庙毁废。宋绍兴十六年（1146）重建，改名为护国寺。到了1276年，寺院毁于战乱。明万历年间，寺院重修，宏敞壮观。禅林最鼎盛的时期，僧人多达数百人，可以遥想香烟袅袅、钟声缭绕之盛况，后来不知为何衰微。到了清代，"雪窦之嗣湛庵，结茅居之。完公继席，渐成兰若"。看来，护国寺是屡建屡毁（元末明初，甚至连粗笨的大钟都流落到了南京），屡毁屡建，这一片净土不可能是遗世独立的桃源深处，它同样逃脱不了时代的阴云和兵燹。

谁也说不清护国寺遭受怎样的劫难轮回，但眼下是一片瓦砾，是空。表哥说，江上村建造祠堂，五间面大柱底下的石磉就是从护国寺大殿抬下去的，至今仍然压在祠堂的大柱下。在民间，还能找到一些当年精雕细琢的寺庙石刻器具。

根据县志记载，方岩之上原来还有二十四亩水田，清代湛庵再造丛林之后，还疏浚了天池等四口山塘，用以灌溉。绝顶之上，有农耕之利而自足，正如潘耒感叹的"有田可耕，有池不涸，可以避世，如桃源、仇池在半空中也"。

　　寺院最后一次毁灭应该是在半个多世纪前，1953 年，天池扩建为水库，寺庙的田产和十几座陵塔、石碑都被深深淹没，人们在湖边山坡挖土时，还曾挖到十八口口口相对的陶瓷缸（和尚缸），内有人的骸骨，那就是坐化的和尚。

　　母亲也曾告诉我，她十六岁时和同学到山顶春游。那时，正值修造水库，水塘中央的沙洲上，一口老坟刚被掘开，就是上下覆盖的两口大水缸，水缸打开时已没尸骨，只遗有一只玉镯和一绺头发。人们把头发绕在镯臂上，点火却烧不着。头发？那是和尚剃度时留下的头发吗？母亲当然答不上来，她又说，亲眼看到过那只玉镯。

　　在水边漫步，神思变得邈远。护国寺早已沉入水底，它的钟声，早已遁入云霄，远处丝丝缕缕的雾霭在湖面飘荡，黛绿的山峦于是若隐若现，如梦如幻。

　　表哥说，从他记事的时候起，这里的水从来没有干涸过，现在还灌溉着山下的农田呢。

　　爬上一处短松冈远眺，山坳间依然可见小块漠漠的水田，沿着山径漫步，又看见一泓泓碧潭……我们一共发现了五个山潭。表哥说，山顶共有十八座大小水塘呢！十八口互不关联的天池！我于是想起那个烂俗的比喻，但它们确实酷似方岩这顶峨冠上簪着的十八颗明珠——不惹尘埃。

　　在山顶的沟壑间，我们还看见累累的坟冢，墓碑上刻着某某公佳城之类。碧潭、清风、流云、山花，那些先人，真的长眠于天堂一般的境地了。

　　天色阴郁下来。表哥说，可能要下雪哩，还是回去吧！

　　我知道，方岩顶峰周长有三十多里，是不可能踏遍的，古松飞瀑又多在悬崖峭壁，险峻不说，灌木荆棘丛生，路径也难找寻，那么，还是原路下山吧！

刚刚走到山崖下的隘口，就飘起了漫天雪花。

这雪竟然越来越密，山林里充满着窸窸窣窣的雪声，我又仿佛听见有个缥缈的声音在吟哦，我分辨出那是寒山的名作："杳杳寒山道，落落冷涧滨。啾啾常有鸟，寂寂更无人。淅淅风吹面，纷纷雪积身。朝朝不见日，岁岁不知春。"

走下山崖，身边都幻成了琼枝玉树，天色空蒙，而寂寥悠远的山川之间，已是白茫茫一片。

我忽然忆起三十多年前初登方岩的那个孩子，他仿佛是我，又不是我，而我所能确定的是，当我回望三十年前，所看见的，也只是白茫茫的一片。

# 麦子，留下的不只是一道划痕

阮仁伟

　　清清亮亮，发出琥珀光泽的茶水，沏上一杯，啜一口，淡淡的苦带着淡淡的麦香甜味，在唇舌间蔓延，让人迷醉，格外解乏。不知从什么时候开始，大麦茶成了小城人们传统的清凉饮料了。

　　大麦与小麦，是麦子的不同品种。麦子，属禾本科，茎秆中空，有节。叶长披针形，穗花序状。大麦与小麦形状不同之处，体现在麦芒的长短上。大麦麦芒长，和穗长度差不多，小麦麦芒相对要短。我所居住的小城，东南沿海的地貌，以种植小麦为主，麦芒相比于大麦，气势小了很多，柔软了许多。虽然如此，被麦芒划伤手脚或胳膊的事也常有发生。特别是年少时，明知道麦穗有麦芒相伴，却没有惧怕，没有因为可恨的麦芒而放弃在麦场上赤足玩耍，奔跑跳跃。挨过扎的脚依然赤着，而且脚掌越来越厚，越来越硬，不再感到疼痛。后来长大了，遇到这样那样的困扰、打击，想想小时候麦芒的划痕，就不再是扎心的痛了，心态也平和了许多。

"小麦青青大麦黄，原头日出天色凉。"作为主粮之一，麦子在乡间田野、山间坡地处处可见。青青黄黄，饱满颗粒带着麦芒的麦穗儿，坚实地挺着，一片又一片，随着微风的吹动，拍打着，发出了"嚓嚓沙沙"的喧闹声，荡起了一波波的浪花。

"二月二，龙抬头。三月三，生轩辕。"每年的农历三月三，家乡小村都会请人唱几台社戏。戏台设在村东面山坡顶一块向阳的平坦地上，那几天，对于我们小孩子，就像过节一样，附近村庄的人尽往我们村里赶，有社戏，热闹了许多。

戏曲开场，从午时开始。一整个下午，我们的小脑瓜子里净是二胡笙箫的声音，上课都没心了。一放学，就会在锣鼓铿锵的召唤中，迫不及待地往两旁有着大片麦子的山坡路上赶。此时麦子青青，正在拔节、抽穗，我们在路边拔出几节麦穗秆，带到戏台前，一边眼瞅着台上花花绿绿人物、听着千转百回的唱腔，一边不忘了把带着的麦秆截断，留寸把长，放在嘴里吮嚼，嫩嫩脆脆的青涩甜味儿直沁心肺，现在回想起来还有余味。调皮的我们也会比吹麦哨玩，随意把麦秆削一个孔，噘着嘴巴，"呜啵——呜啵——"，你呼我应，此起彼伏。欢快的麦哨声，是童年心底留下的不可磨灭的痕迹。

每年农历五月，温馨的季节，"割麦"这两个字，在乡村大人和孩子眼里，字里行间都透露出单纯的快乐。虽然于我的小城日子而言，麦收越来越陌生，直到那一天——

那一天，在温岭新河六闸村，遭遇雨天。雨下得很大，密集响声下，天地混沌一片。我们被困在了村文化礼堂。迷蒙的屋檐下，一席竹篝上，看到了麦子。它静静地躺着，成熟了，黄灿灿的，等着晾干。俯下身，细看这两头尖、中间圆鼓的一颗颗麦子，想象被镰刀收割，在脱粒机的轰鸣下，汹涌飞溅的样子，这些倾泻的麦雨，像夜空中绽放的礼花，划过心头。抓一把，握在手中的麦子，沉重而温暖，虚幻而实在，放一粒于口中咀嚼，久违了的泥土气息在心中慢慢滋长，仿佛听到了犁铧入土的声音，恍惚自己也曾青青地活过。

有雨的村庄是生动的，禁不住诱惑，我们离开村文化礼堂，进入了雨幕中。

湿湿的路上，我们三五人撑了伞走。花花的伞，花花的衣裙，甩下一串清脆的笑语。雨珠儿让路边青青小小的无花果、柿子格外光洁，让半盛开的茄子花、丝瓜花格外晶莹。村人种的大片马鞭草已快过花期，雨中依然浪漫朴素。百日草手中捧着欢喜的雨珠儿，艳到能滴出水。烟雨弥漫，远处的景物都被雨雾笼罩着，若隐若现，潮湿温婉。

"麦田，左边。"路上同伴喊了声，往左边看去，哪里有麦田的影子，雨中空旷的田地里，只有一行行黑黑的泥垄，还有泥垄上残存的一茬茬。"这是上两周音乐舞台搭建的所在地。"同伴说。不禁感叹，不过一两礼拜，麦子就像妙龄的少女，瞬间变成了垂暮的老人，从前台退向了幕后，留下了寂寞和冷意。雨中，泥垄上高矮不一的麦茬，卑微且尊严地立着，不知它们能坚持多久。那些麦茬，仿若童年的一道道划痕，让敏感的心幸福又疼痛，温暖又清凉。天地万籁俱寂，一切归于沉默。唯有雨声，如珠玑，点点滴落心头。生命何其匆遽，麦子亦然。

新河镇的文化旅游节，以六闸村为主线，这里在半月前曾举办过乡村音乐会，没有亲历现场，只记得音乐会的那几天，微信朋友圈刷了屏。那里有走在地埂上络绎不绝的人，搭起的舞台，舞台上歌手伴着乐器激扬的献唱，以及歌唱者所创造的"风吹麦浪"的丰富语境。在那有风有麦子的田野，激荡的歌喉一次次划过空旷，溅开的声音像麦芒一样刺中、划开了现代人干涸僵硬的灵魂，使他们接纳了一份湿润纯真的柔情。顿时觉得六闸村的音乐会不仅仅是形式或外在的表现。

在六闸村的这一天，是芒种节气头一天。"芒种"，忙种，提醒着人们农忙季节的到来。或许，历经了地下的寂寞，以独立执着的姿势，精力充沛地向上冲刺的麦子，长高，结穗，只为农人的殷殷期盼。或许，这一片土地上的麦子，一生的期待，只为了乡村音乐会瞬间的辉煌。麦子，在生命的转换中加深了生命的刻度，每一处成长的划痕都记录着自己的蛰伏与不懈。期待来年的新河旅游节，相信这里又是一片"风吹麦浪"的音乐盛况。

麦子，留下的不只是一道划痕。

第三辑

性

情

# 恍若寂静无声

陈家麦

　　每年我都想与久居的城市来次小别离，隐于乡间，"单飞"的日子虽短却极少有人叨扰，耳鼓不再嗡响，眼里全是青山绿水，不见尘嚣，不见汽车排放的尾气。在寓居之地，空气透凉，一口一口地吸纳，肺腔里满是氧气泡泡，把手机搁在一边，呆子一样不记物事。

　　待在北神仙居山庄一样的映象酒店，时间慢慢地流淌，依稀听到秒针的嘀嗒声，偶尔回望过去，一点一点地梳理，如女子长发中清晰的头路。读点纸上文字，或写一写心灵文字，再或是换一种阅读方式——

　　比如这个清晨，信马由缰般走去，隐隐感知足下的大致里程。继续沿着一条五六米宽的道路前行，路从半山腰曲盘而下，先是斜坡，渐渐向远方平整蜿蜒而去。这条叫白西线的马路把两边田地分开，走了好大一程，到了一个人烟稀少的地方，边上有民宿有农家乐，随后道路又伸展开来，接上两边有十来间瓦房的村落，前方的路像拉面一样抻长。

天光发亮，我发现自己走到一个自然村，与云雾缭绕的韦羌山若近若远，我好奇地想阅读这样的迷你小村，或许入村之后便知概略，是那种浅尝辄止式的。我行进着，十分缓慢的节拍，如虫子一般蠕动，这样的节奏让我不必速读，它不是冗长的文件。

起初读到一块立在村口的河段公示牌，上面列有村名，我才知此地叫王户村，应当以王姓人居多，或许因时间而改变。这让我想象最早的始迁户，一个王姓人氏路过此地，于是回老家携家带口落户此地，筑房垦荒种粮，又引来一干宗亲，繁衍子孙，渐渐人口多了起来，增至一两百户，因为受制于弹丸之地，另一拨人往村外扩张，有了新的部落……

王户村临于溪边，一条锃亮的溪河环绕于一排屋前，一衣带水，水流在乱石间涌动，石棉被一般覆盖的河床，静时诸多石头藏于水下，局部水面微漾。可以想象到了枯水季节，水浅下去，手指可触及的刻度，鱼儿另有了去处。一块块大小各异的乱石裸露而出，被阳光轻抚或者热烈地烘烤，散发出有如面食的香味。贴着溪河的马路也是半弧形的，像投射出的两条并行的抛物线，之前肯定是小路，是行人从杂草中踩踏出来的，后来扩成公路。公路对面是后建的房子，一排七八间，似乎无须再多增加，总之是很有节制的样子。

我从架在溪河上的一座新大桥上走过，可以合理地溯源，它本来是很窄的木桥，可容得三两人相向而行。此刻，桥那头，从村里出来一位大伯，牵着两头黄牛，一大一小，形如母子，有点小兴奋，这两头牛也是有身世的，我能读懂它们俩此时的心思，将要去湿漉漉的茂密草地。牵牛大伯的脸庞棕色发亮，像被阳光经久镀过一样，两鬓灰白，似年轮上沾的霜。他不紧不慢地走着，两头牛一前一后跟着，都是从容不迫的，不比城里上班途中的滚滚车流。

村道把两边的房子分开，东边的房舍相对密集，并非城里住宅区层层叠高了的楼房，挤得像柴棍似的。我能数出大约八排，每排十来间，这是人口最稠密的社区，村民们见面照样说一两句最简单的日常用语，比如吃了吗？干什么去？……

所有的房子都没有门牌，好像在这里可以自由散漫。

快走到村庄中间，听到排屋之间有人"嘘嘘"的呼鸡声，我这才发现有了另一位早起者，是一位大婶在给一群长了漂亮羽翼的家鸡欢撒谷粒。我站在一边，与大婶相互点头，算是招呼过了。可能于她来说，只是一个匆忙的异乡客在此逗留一下。

当我继续向北深入，我读懂了村庄的大致结构，分成三块，刚才是主块，为村庄的腹地，与之衔接的是另一区块，两者之间有一个小院般大的道地作为过渡，几棵向坡而立的老樟树，最大的一棵有标牌，标明两百八十岁了，比人的寿命长多了。我向最老的樟树行注目礼，这个村庄的长老传来一阵簌簌的风语，似乎在做回应。空地凹进去的清泉池中间分铺了三块长石条，相隔一米左右，中间搁了一只澡盆大的原木稻桶，一位大叔在洗碧绿的芥菜，嘈嘈切切的声响，时间先是像被凝固住了似的，一会儿又有了些许的晃动，激起的涟漪，复归于平静。

山的坡度也是缓缓起伏的，沿坡而建的老房子，聚散依依，像是按先来后到的顺序而建的，却又是条块分明的，这一处房子是成排的，那边则是一栋一栋的，伴有独立半开放式的小院，顶多筑有一堵小矮墙。灰砖房，石垒房，黄泥屋，竹篱围墙木屋，斑驳粗粝，偶见花形石窗拱顶上做有灰雕，留有风化的痕迹，这可能算是有点讲究的人家。这里应该属于老村，老房子很少住人了，一栋二层三开间木屋前停着一架木质风车，曲尺小巷转弯，埋有一口好大的露天水缸，缸边留有几口坛坛罐罐，像被主人遗弃了的，或者说是暂搁的，当中一只缺了一只"兔耳"的茶坛有了裂缝，我心头咯噔一下，好像有点痛，好在这些陶器有了日月光华的浸润，我不便过于惊扰它们。东边现出晒谷场一样的开阔地，一座灰砖砌墙的小合院，看来原是一户小富人家，留出稍大的空地，并排着三张长方形竹匾，相互间隔一米许，每张竹匾底部都由一根木棍支撑着，匾上分别铺了笋丝、萝卜丝和干番薯块，正在迎接即将到来的日光浴。

我来到村庄西边，那是第三区块，小丘陵状的山地，没有房子，似乎此处被村庄疏离了，显得较为空旷。菜园挨着小树林，林中长出一丛丛齐腰高的青草，数棵伞形灌木叶子青翠欲滴，仿佛这些小清新正在长身体，总之这一切无须村民多大照料，植物们有各自长生的方式，比如分阶段种下的蔬菜，只是到了一定时节，才会有主人来拾掇。它们之间好像也无什么高下之分，也用不着时不时地抒情一番，摆出一副悉听尊便的样子。

我走出村子，又来到桥边，继续沿着白石线向北走，回望逐渐缩小的王户村，几缕淡蓝色炊烟仿佛向天空传递某种信息，烟气时升时降，时浓时淡，时实时虚，寂静无声地向远处飘去。

# 天台山大瀑布

黄吉鸿

天台山大瀑布真值得一看。

单说一点理由就足够了，它不仅可以远观（但凡瀑布多以远观为主，"遥看瀑布挂前川"，"香炉瀑布遥相望"，"瀑布半天上，飞响落人间"），而且还可以近玩，游人可以沿着瀑布边上的石阶、石径和石廊，从瀑布泻落的水潭边一直走到瀑布奔腾的崖顶。一路走走停停，停停行行，可缓可急，随心随性，优哉游哉，一步一步迎着瀑布的飞流，走向高处。

这种感觉，可是从来没有过。我在学生时代看到的大龙湫、小龙湫，只能站在瀑布下的深潭边仰望，以表达我对它们的虔诚和膜拜。前几年看到的极其有名的黄果树瀑布，给我印象最深的是，游人可以穿越瀑布下的水帘洞，从它的腰间走过，感受它的万斛珠玉，聆听它的千钧雷霆。还是在贵州，去年在黔西南州看到的马岭河瀑布群，从悬崖峭壁上，从岩缝树丛中奔流而下，形成百瀑争流、水幕齐挂的人间奇景，让人叹为观止，深深震撼。然而，美中不足的是，游客和瀑布之间隔着一道深深的地沟，挡着一排结实的栏杆。

一句话，人和水之间"隔着"，心和景之间"隔着"，游客往往意犹未尽，望瀑兴叹，此是游览，而非游玩。要知道，玩才是生命的最高境界。

而天台山大瀑布就非常适宜地解决了这个问题，满足了游人从观瀑到玩水、戏水的需求。不，它提出的观点是创意而温柔的——"亲水"。那真是足够有吸引力了吧！

从山脚下的"龙游三井"开始观赏，到上一层级的"群蛟争壑"，再到高一点的"阆苑仙葩"，到半山腰的"悬瀑风雷"，再到接近山顶的"幽谷叠瀑"，直到山巅的"玉梭飞流"，游人走的是一条S形线路。这条路始终靠着、伴着、贴着瀑布，像一根灰色或黑色的玉石砌的发箍，被不停奔泻、飞溅的天空之水养润得湿湿的、光亮亮的。

在这条路上，人们可以近距离甚至零距离地观瀑赏瀑玩瀑。你可以站在飞腾而下的瀑布边上，看它们争先恐后地欢笑着从山崖上纵身跃下；你可以坐在路旁一块平坦的大青石上，默默地注视着那一溪瀑布如一群白马疾驰，冲向前方；你可以俯下身子，看石缝间盛开的万朵白莲，不停地喷涌、翻腾；你可以在任何一个地方，挑选最合适的位置和角度，优雅地拍下自己和瀑布在一起的记忆；你可以伸出手去遮挽、拉扯、拘捧那飞驰的一道道细细粗粗的水流，任它们淘气而焦急地跳到你的头上、脸上、脖子上。

如果你有足够的细心和耐心，你定会在这儿看到大自然中水的一切生命样态。那巨大的从悬崖上垂挂下来的水幕，像一匹白色的布，像一墙珍珠的帘，像一根水晶的柱。定睛细看，那水柱间分明有节奏地飘落着一个个水的云团，从悬崖上冒出、坠落、摔碎，化为一团白烟，飘作一阵轻雾，幻变成一阵阵细细的水尘，却似乎一下子消失得无影又无踪……

那水柱击打在山间的崖石上，卷起千堆雪片，裂成无数玉屑，翻滚、腾挪，一个接一个，跳入那深深的潭。

那潭中的水，因为潭够深、够大，倒是能够做短暂的停留和休整。它们喘息着，在这儿闭目养神，没有了水花，没有了水浪，甚至没有了水纹，整个深潭像一块巨大而透明的碧玉，在阳光下闪烁着幽雅的光。但分明可以看见，随着山势，静水流深，整个深潭的水在悄悄地向着下游移动。

于是，那潭中的水忽地跌落，如同一块半透明的水晶，镶着白玉的边框，陈列在山谷的中间。迎接它的，是一条铺满乱石堆的溪流。那直泻而下的水，跳入溪流的怀抱，却化作了一团团一道道的乳白，像牛奶一样流淌、涌动，撞击到一块块突兀地站在溪流中的或大或小的鹅卵石上，波浪翻滚。你呆呆地看着，竟然产生这样一种错觉：那翻腾的朵朵白浪，竟仿佛是从地底喷涌出来一般，让人疑心，这地底下，是不是有着一座白玉兰的庄园，或者是栀子花的故乡，再或是雪莲花的王国……这大大小小的花朵，攒成了一条花的溪流，组成了一股花的浪潮，拼成了一个花的军团，欢天喜地而又奋勇争先地冲向前方。前方，又有一个浅池或深潭，又会有一次悬崖间的飞跃，又会有一次美丽的生命鲜花一般的怒放。

当然，也有一些水，它们拒绝大起大落，回避轰轰烈烈，另辟蹊径，自得其乐。它们是悠闲的山民，它们是孤独的雅士，它们是冷静的智者。它们悄悄地离开了水的队伍，漫出了溪流，钻进了石缝，渗进了树和花的丛林。然而，它们不是隐居，它们不是厌世，它们不做停留，它们的身姿依然向着前方，向着谷底，向着山下。它们挤过了茂密的根枝，绕开了挡道的石岩，翻越了横亘的土坡……于是，我们欣喜地看到，一丛开满鲜花的灌木之下，竟然流淌着涓涓清澈的细流，一块寂寞的石头缝里，竟然涌出一脉柔柔的温情，真让人觉得，整座山是不是都是水做的，整座山是不是满是水的天堂。

整个游玩的过程中，有一个印象于我特别深刻。那就是，一进入天台山大瀑布景区，耳畔便传来一阵连一阵巨大的水的轰鸣，像群马疾驰，似浪潮惊雷，如勇士呐喊。一声连一声，没有间歇，不做停息。

而现在，这细细的涓涓的无声的水流，让我从水的欢腾、喧哗中沉寂下来。习惯了轰轰烈烈的耳膜，竟然不经意间，有了对静默的思念和等待。

也就在这思维的电光石火之间，我的心头却如同注入了一股清澈的溪流。我们观瀑，听瀑，玩瀑，亲瀑，其实，不就是观我，听我，思我，明我吗？

比如，刚刚这清秀灵醒的小溪流，不就是用它的行动告诉我们：为天下溪，常德不离吗？再如，这自始至终都伴我们前行、后撤的阵阵水的巨响，不就是我们心头发出的生命之音吗？

料想，同样是瀑布的声响，在少年人听来，是母亲的叮咛，是前行的鸣琴；在青年人听来，是喷涌的激情，是前进的号角；而在中年人或老年人听来，则可能是声声的叹息和一次次灌顶的提醒。比如我，此刻，从那一声接着一声的水声里，我听到了那位先贤的感叹："逝者如斯夫，不舍昼夜！"我听到了那位智者的提示："拔足再濯，已非前水！"是的，我看到了单单属于我的大段大段的生命时光，如水一样，倾泻，奔流，远去，消失了……

这样一想，我真的要和水亲密接触，做深度思索了。大瀑布的声响，足以给失意者以抚慰，给得志者以提醒，给欢乐者以共振，给忧郁者以滋润，给一切生命以智慧而真诚的引导。

不是吗？大瀑布呈现了水的壮观，也展示了水的寂寞，呈现了水的奔涌，也展示了水的宁静。从瀑布之源到瀑布之尾，它把水的所有生命样态一一陈列，动静，深浅，缓急，如烟，如雾，如尘，如光，如电，如梦，如幻，如花……它用自己真实的生存状态告诉所有来参观、游玩、亲近它的人，生命的舞台上，角色是如此多姿多彩，你属于哪一个呢？你适合哪一个呢？你目前处于哪一个呢？你的目标是成为哪一个呢？

它要给所有来观看它的人以一个共同的提醒：向前走，莫停留，岁月悠悠，追求永久。

我想，这些就是大瀑布的大气和慷慨所在吧！

最令我感佩的是，这大瀑布的源头来自山顶上的黄龙水库，归宿是山脚下的九龙湖。从宁静出发，复归于平静。而这中间，历经了九级飞瀑，一百三十多米的落差，六百多米的路途，奔腾呼啸，壮怀激烈，辗转挪移，追求不息。最终，大瀑布给予所有游者以生命的提醒：瀑犹如此，人何以堪？大瀑布告诉我们：只有追求过，奔腾过，热烈过后的宁静，才是世上最美的风景，才是生命最佳的姿态。

　　至此，我更要对大家说一句：天台山大瀑布太值得一看了。

　　于是，和它见面一个月之后，我第二次驱车近百公里，又兴冲冲地投入天台山大瀑布的怀抱，亲切而亲密地看望它。不，应该是看望他，大瀑布是大自然的智者。

# 登黄岩九峰山

徐家骏

事情发生在我的青葱岁月。五四青年节的早上，天气已转热了，我和我的朋友张炳生心血来潮，要去登五百二十九米高的黄岩九峰山。九峰山之所以叫九峰山，是因为此山有灵台、文笔、华盖、接引、宝鼎、灵鹫、双阙、卧龙、翠屏九个峰。九个峰各自擎天，又遥相呼应。山上古木葳蕤，清泉淙淙。亭台楼阁掩映，环境清幽静谧，是一个旅游胜地。

上九峰山有两条路，一条是石级宽路，一条是弯弯曲曲的羊肠小道。我们偏不走这两条现成的路，而选择了一条长满荆棘、崖陡壁峭的路。

这是一条人迹未至、可能充满了凶险的路。但我们不怕，年少轻狂的我们只是想证明自己有这个实力。

我们站在一壁悬崖之下。举头向上看，只见云雾缭绕，瑞气升腾，不见崖顶在何处。

清晨下过毛毛雨，坡上的野草似乎更青翠了，绿绿的叶片儿上挑着一颗颗珍珠般的雨珠。我忽然想，天上的琼浆玉液，不就是仙女们将这些珠儿采集了去，酝酿而成的吗。

我们挽起裤腿，将那不适于在悬崖上攀爬的凉鞋，用一根藤条拴于腰间，拴在腰间的还有半根福建良种甘蔗。

我们弓着身子，揪着山壁上的蒺藜，将脚趾深深地抠进岁月积累的、湿漉漉的尘土中，开始一步一个脚印地向上挪移。

我和张炳生是同学，那年都是二十一岁，都有一副好身板和一个好冒险的脾性。平时，两人一唱一和，一起读书，一起纵欢。

悬崖上的荆棘越来越多了，清晨的雨使峭壁更滑了。抬头望了望，只觉得山势也更陡了。每爬上一步，都要向下滑那么一点。只有紧紧揪着那荆棘的根部，身体贴在壁上，且当两个大脚趾试探着踩到一点较为结实的地方，才向上挪移那么一点点。

"怎么样，炳生？"上面的我向下问道。

"没事，现在不行了还成啊。"说话间，炳山脚下突然一闪，"刺啦"一声，泥沙爆散，朝峡壑飞泻下去。炳生的脚下失去支撑，只靠两手紧紧抓住两株较结实的荆棘根部，才没有掉下去。

"把我吓坏了，你这冒失鬼！"

"没事，我可不想这么早就跌入地狱呢。"

爬到一个较缓的小坡，我建议暂歇。于是一屁股坐了下来，抽出甘蔗，气喘吁吁地大啃起来。一时蔗汁四溅，满口生津。

啃着甘蔗，我信口胡诌起来："两人鼓劲往上行，仰望悬崖不见顶。披荆斩棘勇向前，高处自有好风景。"炳生的眼睛亮了一下，对我说："你这首诗作得好应景啊。咱们继续前进吧！"

于是两人将未啃完的甘蔗又插回到腰间的藤条里。我紧了紧皮带，深深地吸了口气，两只手一伸，抓住一把刺儿，身子一弓，脚一蹬，又开始了攀登。

鼻子里嗅到一股甜甜的味儿，很浓，也很潮湿，我们左顾右盼了一阵，发现已爬上云层里去了，头顶上、脚底下、左右前后，全是那缥缈的、浮游着的云雾，迷漫着浓郁的山草味儿，沁人心脾。

我们在这渺无人迹的陡壁上一寸寸地蠕动着，双手双臂被刺划得皮开肉绽，腿脚也不例外，旧伤口上的血还没凝固，又添了新的。我们将嵌在肉中的刺一根根拔出，扔掉；再拔出，再扔掉。

突然，我们的面前出现了一块突兀的大黑石，它的顶上有棵胳膊粗的松树。这大黑石有四五米高，十来米宽，周围再无他路可走。我想，这下完了，大概要被禁锢在这儿了。

"有了，哥们儿！"炳生叫起来，"解下你的皮带。"我莫名其妙地将皮带给了他，只见他解下自己的皮带，把两条皮带接在一起，然后命令我蹲下。我明白了，便码着腿，鼓足劲，用肩膀将这百多斤的人使劲地扛上去、顶上去。这时炳生将皮带一甩，皮带扣儿绕住了顶上的那棵树，他借着皮带向上攀爬。我立马觉得肩上的重量消失了，抬头一看，只见炳生双手抓住皮带，两脚在大黑石侧一蹬一蹬的，利索地爬了上去了。然后他将皮带垂了下来，我紧紧抓住皮带，被炳生三两下就拽了上去。

"嘿嘿，山重水复疑无路，柳暗花明又一村啊。"我们会心地笑了。

　　我们吸着那潮湿的山草味儿，调动体内的青春因子，继续着冒险的"壮举"。汗水像泉水般不停地从身体里涌了出来，整件衬衫都贴在了背上，湿淋淋得都可以拧出水来了，我体会到真正意义上的"汗流浃背"。我从自己的口中闻到了一股苦涩的味儿，咂了咂嘴，嘴里干巴巴的。这时，我们想起了刚上山时看见的草叶上的水珠儿，便转着眼珠找起来，但那些可爱的小东西，早被不知几时高挂在头顶上的太阳给收了去，我们只好无可奈何地舔了舔干裂的嘴唇，俯身从潮湿的山土中吸一口凉气。

　　疲渴使我们一屁股跌坐在了地上。我动了动身子，只觉得伤口火辣辣地痛。用嘴吮着鲜血淋漓的伤口，心中涌起一种从未有过的感觉，我觉得自己很勇敢很厉害了，像一个真正无畏的男子汉了。

　　我们继续攀登。

　　也不知究竟爬了多久，正当我们牛喘时，一溜长满青苔的崖壁挡住我们的去路，崖上不长一株草、一棵刺；这时我们倒怀念起那些扎人的荆棘了。

　　幸好脚下有些石片儿，我们各捡了一块锋利的，对着青苔皮儿横横竖竖地划去，然后，像揭膏药似的将半厘米厚的苔皮儿揭下来，随手往后一甩，那方青苔顿时像飞毯一般向谷底飘去，要是上面坐着一位公主，那就成了阿拉丁神话了。

　　崖壁上出现了一块白净的山石，我赤脚站在这块山石上，顿觉脚底凉丝丝、痒酥酥的，可能是触及了穴位，禁不住全身战栗了一下，那感觉妙不可言。

　　我将身体靠在壁上，用脚"开发"着新的立足点。那薄薄的、方方的青苔，一块块、一片片，不断地飘向深不见底的谷底，整面崖壁被我们制作成格子花毯，美丽而有质感。我正在得意，却听到下面"刺溜"一声，炳生一脚踩脱了，直直地向崖下滑去。我狂喊着："炳生炳生！"我以为他这下子没命了。说时迟，那时快，只见他用铁钩般的十指，紧紧地抠住一条崖缝，像只壁虎一样将身子贴在崖壁上。"要挺住啊，炳生！"我一颗心悬了起来，却帮不上半点忙，连头也不能随便转动。

他的脸上爬满了豆大的汗珠，青筋暴露，估计体力也到极限了。我心急如焚，却一筹莫展。这时，奇迹出现了，只见他手脚和肚皮并用，像真正的壁虎一般划游了上来。

呵，真是个聪明又坚强的人，有这样的朋友，我感到十分自豪。

山，像是被感动了，被折服了，没有再给我们制造麻烦，在筋疲力尽之时，我们终于成功地登上了九峰山顶。

我们对视着，连说话的力气都没有了。衣服上全是洞洞，脸上、手上、腿上血迹斑斑，头发上沾满了草屑，乍一看，很像两个蟊贼。尽管体无完肤，但人总还能算是整个儿的。

山顶，毕竟已被我们踩在脚下了。人再高，在山脚下；山再高，在人脚下。这，是对那些勇于攀登的人说的。

朝着湛蓝的苍穹，朝着对面的山峰，我们振臂高呼："九峰山，我们胜利了……"

胜利了！胜利了……声音在山谷和天际间回荡。

# 金鳌山探梅

翁　筱

踏着洁白耀眼的雪野，我去金鳌山。

这座南宋皇帝曾经驻跸的小山，对我来说是平淡无奇的。又去金鳌山，不是为看山，甚至也不是为看雪景，为的是去看看那几株梅花的雪里模样。

记得最初与梅花邂逅，是在喜鹊登梅的年画上。自古喜爱梅花者无数，前有陆游、李清照，后有毛润之，有词如此：

　　　风雨送春归，飞雪迎春到。已是悬崖百丈冰，犹有花枝俏。　　俏也不争春，只把春来报。待到山花烂漫时，她在丛中笑。

一直幻想着"寒冬香雪逗春意，最爱寒衣沾梅香"，假想那雪中暗幽的梅、晶莹剔透的梅和那浮动的暗香。

现实中第一次见到梅，是在金鳌山上，因为她的美、她的傲立、她的独特气质，我便一发不可收地爱上了梅，也因此爱上了易安的词。

年年雪里，常插梅花醉。挼尽梅花无好意，赢得满衣清泪。

还是昨日黄昏大雪刚下时，纷纷扬扬的雪片就已将易安的词句诵响，令我忽地记起这个冬天还没去金鳌山看梅。那梅往年都开得挺早，今年也应是开了的吧？多年没下过大雪了，那梅适应得了这陌生的雪吗？倘若梅还记得易安曾经的到来，记得她为自己吟咏的诗句，就该是喜欢的。于是，寻寻觅觅的易安和着梅花，就伴随了我一夜的睡前醒后。

李清照踩着章安的步履一定是凄惶而蹒跚的。

她当时已是著名的词人，朝中为官的丈夫是一个爱好诗词文学，且痴迷于金石书画收藏研究的学者，夫妻俩花费了几十年心血搜罗的珍贵典籍、书画和古器，堆满了老家山东青州的十几间房屋。那时的岁月，有着多少金石书画陪伴的点滴记忆。可是，金军南犯，建炎（1127年始）初的几年，成了南宋朝廷的黑色岁月，也成了李清照的黑色岁月。刚刚登基的高宗赵构挟朝廷一再南逃，长年处于仓皇奔波中。她呢？家园毁于兵燹，与丈夫一起流浪的情形日复一日。尽管如此，她还是幸福的，因为有爱。但仅隔一年许，她的丈夫就在应召去建康朝见的途中得病，两个月之后竟撇下她而去，她的世界从此天塌地陷。随身的金石书画已不仅仅是宝贵文物，而是已故丈夫难安的灵魂，是一个皇朝不肯舍弃的文化尊严。自此，流浪的她带着几车文物开始了对流浪朝廷的追随……

建炎三年（1129）的冬天也下雪了吗？有关记载和传说似乎并没有说到有雪。可就算没有下雪，李清照的心底也只会是无边凄冷：曾经何等辉煌的大宋，如今竟然找不到为祖宗遗物遮挡风雨的一片屋檐。所谓的"国破家亡"对于她不存在任何含义的模糊，那就是她心上一道道清清楚楚的沥血伤口，是她舟车劳顿中的彻骨寒风、透心冷雨。当她追至章安，望见金鳌山上皇帝驻跸的旌旗军帐时，她一定流泪了。

风很静，大雪覆盖下的金鳌山似静静伏地的兔子。踏着石阶一步步上山，向山顶东侧的梅树丛赶去。不时有擦身而过的赏梅人，我若无旁人，脑海里只有心中的梅，那素白的暗香。

带着些许厌恶和鄙视，经过"金鳌山宋高宗行在遗址"碑：这个趁父兄被俘而登基的皇帝，为着一己之欲，放着可能争取到的胜利，一再不去北伐，置父兄于死地。也是这个高宗，为着偏安求和，制造冤狱杀害了精忠报国的岳飞。什么"行在遗址"，那个赵构在仓皇奔逃中的歇脚地而已！什么"章安夫人""枫山题诗"——椒江有关赵构的这些传说，此时如猴戏般划过我的脑际。

忽然想起，赵构不是精通书法吗？不是偏好金石书画吗？那么，建炎四年（1130）的这个春节，他在金鳌山就应该接见李清照，并且落实这批文物。正因没有，才有了李清照"从御舟海道之温，又之越"；才有了文物后来一再遭逢盗贼、奸官，两次散失"十去五六矣""十去其七八"的可悲经历。

李清照跟随御舟离开章安时，怀着怎样的心情？与岳飞无奈撤兵离开朱仙镇时的心境相似吗？一个是令敌军闻风丧胆的武将，一个是令男子赧颜的词家；一个是收复失土，一个是抢救文化，心情存在不同是肯定的，而我心中为何会有同样的悲戚？

走在花丛中，沁人的梅香随着寒风阵阵袭来。恍惚间，易安赏梅的情景再现，竟如我此刻模样，安静、忧伤。怎会有人愿意舍她、伤她？那晶莹剔透的花瓣，嫩黄细长的花蕊，或那几朵趋向凋零的，也曾因为她的到来而延缓花期吗？徜徉其间，竟然觉得自己也成了那个撰词的人。

> 年年雪里，常插梅花醉。挼尽梅花无好意，赢得满衣清泪。 今年海角天涯，萧萧两鬓生华。看取晚来风势，故应难看梅花。

走在金鳌山道上，才真正理解了这首词：虽追着了銮驾，虽时值正月，章安的空气里满是新年的喜庆，易安的心情却仍然凄凉、寥落。漫步在金鳌山的那个傍晚，早春的梅花开得正好，椒江的海风却分外寒冷。梅瓣的飘落，有如锐器划过她敏感细腻的诗心，她的目光不得不从梅树上逃离……

金鳌山望梅归来，我急急地去重读《金石录后序》，也是第一次读出，易安在自嘲"愚蠢"的那些文字里，在貌似超脱的"有有必有无，有聚必有散"的常理阐述中，深埋着至深至重的遗恨。

# 天台山三题

范伟锋

## 寻春天台山

"不须脂粉绿颜色，最忆天台相见时。"

黄昏时分，千年隋塔掩映下，几枝隋梅钻窗而出。数簇花骨朵儿正各自紧抱酣睡，只有枝头上沾着露珠的一朵悄然开放，粉红的花瓣在黄墙头迎风摇曳，暗香浮动。春就这样被嗅来了。

不承想，淅淅沥沥的声音自远而近，一场春雨徐徐拉开了浙江天台山的春幕。

在琼台仙谷，总有人撑着油纸伞沿溪而上，穿行在临崖而筑的栈道上，奇险清幽的峡谷镶满了植被。偶尔传来几声鸣翠柳的鸟叫，使人游兴大发，铆足了劲儿拾级而上。突然，一道高二十多米的瀑布凌空飞溅，传来震耳欲聋的声响。我痴痴地看着这倾泻而来的巨幅绛绡，时间一长，仿佛要被席卷进去。幸亏雨水扑到脸上，刺激了我：人生可以将大把时间冬藏于迷茫，但要在春天来临的瞬间及时醒来。

春雨眷顾着天台山的各个角落，不一会儿，如梦如幻的"欢山烟雨"笼罩着坦头镇里头的层叠梯田。一阵风吹来，浓厚的云雾顷刻分离成东一块、西一堆，在山头上滚动，在树梢间躲闪，还有几大朵停在空中向你招手。头戴笠肩披蓑的老翁推着犁耙，轻鞭着老牛，一双大脚淹没在漾开的水里，而躺在田埂边待插的稻秧则是春的最好答案。

天台山的春其实是简单的，就一碗草籽炒年糕和一锅腊肉炖笋足矣。在天台县泳溪乡外溪平安村，用年前晒制的腊肉，混杂刚刚采摘来的草籽，点化在自家打成的年糕里，再在上面放一朵草籽花，顿时让我口水直流，分不清是这色相还是美味吸引了自己。在秋收割香米比赛中大展身手的村民万旺正闷头添加柴火炖笋，春笋吸足了腊肉的咸香，扑腾着热气，香溢满屋。他默默看着忙碌的万旺嫂，灶头炉前，对视的目光里充满了幸福。感动之余，我们索性喝了几两土糟烧。

春日里最妖艳的莫过于那一地疯长的野樱花。它们散在地球第四纪冰川时代留下的石浪间、当年知青们开垦的林场里、三县交界的大雷山草甸上，或整片或穿插，姹紫嫣红，风姿绰约，氤氲袭人。

采一枝野樱花，循着黄钟大吕，不觉已到安放智者大师肉身的塔头寺。随着寺内悠扬的古琴声，我思绪飘远，恍惚间看到一身白衣的李白飞腾直奔天台山而来，在此与一袭袈裟的智者对弈，最终太白似有所得，转身便走，去的却不是京城长安。而木立在两者旁边的我若有所思。睁眼一看，那野樱花瓣已散落一地，有的已不知所踪。

远处，鸡鸣三遍的寒山湖波光粼粼，圆晕的阳光随着后岸村的柳条摆动，春已来到天台山。

## 寻秋天台山

"桐庭多落叶，慨然知已秋。"

读到陶渊明的《酬刘柴桑》时，窗外正好片片落叶。于是，约上几个好友，去浙江天台山寻找那迷人的秋。

在天台山迎秋，自然要从赤城山登高赏月开始。

是夜，数对男女相约爬山，不敢高声喧哗，"恐惊天上人"。少顷，至山顶，清风徐来，明月照在松间，分外洁白，方圆一片寂寥。此时，有人在塔下轻语：我要那颗星星。秋，就这样在月下的呢喃中渐渐浓了。

到天台山定要去国清寺。天台宗鼻祖智者大师当年踏遍山水，拣尽寒枝，选中此处。这里三面环山，少风，草木繁茂，易于修行。漫步寺外，皆是常年葱郁的苍柏劲松。

秋，被挡在丰干桥，季节在此失去了概念，你感受不到秋天的萧索。高耸的树木使你一直处在肃穆中，逼迫你沉淀下浮躁的心，只有放下一切才能过桥，才能跨过凡界的四季。到国清寺赏秋，不如讲是留恋夏。那棵空空如也的千年隋梅，最终会挣脱秋的束缚勇敢入冬，凌寒开花来报俏春天。

郁达夫说：江南，秋当然也是有的。到了霞客古道便是到了秋的天堂。夕阳照射下，早已被踩踏得光亮的圆石上，片片落地枫叶格外红艳。漫步古道上，想象着先民在赶脚，樵夫在担柴，更有不绝于耳的驼铃声，仿若在诉说千年古道的兴衰。此刻，你我便是徐霞客。《天净沙·秋思》脱口而出：枯藤老树昏鸦，小桥流水人家。

到古道赶秋，一定要选早晨来，你不必背着行囊杖藜前行，那草木上尚未退尽的露珠，薄薄如纱的晨雾，远观炊烟袅袅，近听几声山鸟脆鸣，时不时看到留宿山中的老牛，偶尔还能碰到一两个问路的驴友。我们就这样慵懒随心地走着，贪婪地吸着新雨后的山气，惬意的人生自然而然来了。秋日的天台山是那么富有诗情画意。

秋天，历来是中国人勤劳的代名词。秋的到来，意味着收获到了，节日便饱满了。

你看，石浪滚滚的苍山梯田里，正在举行割香米比赛，谁获胜将是"山里好镰刀"。挥汗如雨的汉子们，构成了秋天里最美的风景线。末了，他们在田里搭起台，穿上蓑衣，扛起犁耙，向世人述说着山民们在自然轮回中的辛苦劳作，传达着秋日里丰收的喜悦。

天台山甚少层林尽染、万山红遍，有的是万绿丛中点点红。这不，大同山里慈圣村的柿子红了，村里阿公阿婆伸着长长的竹叉，娴熟地摘下一颗颗秋日的小灯笼。阿婆毫不吝啬地挑出最红的柿子让你尝，那与生俱来的热情加上红色诱人的视觉诱惑，马上刺激了你的味蕾。

树荫下，年轻母亲边教孩子摘柿子边讲述千年柿树的沧桑。

头顶着湛蓝的天空，顺着村里的石子路，看青砖、灰瓦、麻石组成的山居和串串高高挂起的红柿子干，冷不丁蹿出一只追逐老母鸡的黄狗，刚才那摘柿的阿婆端着粗大碗笑呵呵地叫我们吃饭。

多么温馨的一幕。此时天台山的秋是属于阿婆的，更是属于你我的万家灯火。

历史上有许多文人来到天台山，留下或浓或淡的笔墨。秋天是感怀忧伤的才子佳人的天堂，宽怀的天台山成了这些失意落魄的文人魂牵梦绕之处，他们一次次地坚持"早晚向天台"，期待到"天台访石桥"。秋日的天台山便是游子们的治愈之所。

生活若没有了美，错的一定是你的眼睛。此时，很难说是秋迷上了天台山，还是天台山迷住了秋，或是我们被这两者迷住了。只要我们的心没被尘封，秋一直都在，美早已经在这里等着你。

## 赶冬天台山

北国已是千里冰封、万里雪飘，浙江天台山时而风和日丽，时而月朗星稀，冬似乎还是遥远的事。

若不是那场华顶雾凇，秋冬的概念早已杂糅不清。走进这冰雪童话世界，才知冬一点不逊色于秋，独特的韵味美景自然是赏冬的好去处。

莲花拱顶是天台山主峰，这里群山围裹，华顶长满树龄几百年的云锦杜鹃，经过春夏烂漫争艳的怒放后，此刻通体透明的结晶体附着在这些高大灌木上，吸收天地精华，静静休养生息，等待来年的又一次莺飞草长。

杜鹃王树系上了红飘带，一对男女击掌互誓，相约白头，华顶雾凇成了爱情的最好见证。寂寥中，你不由得双掌合十，闭目聆听雾凇腹语，感受自然静默。天地人的浑然一体，荡清了你内心的尘埃，人与人之间也变得透明了。

当游客在查干湖凿冰捕鱼，天台山母亲河始丰溪仍流水潺潺。把手伸进溪里，水竟是那么温润柔和。江南的冬天甚少下雨，但始丰溪永不干涸，滋养着两岸无数百姓。溪面上冒着薄薄的水烟，湿地公园水草一如既往地丰茂。几只白鹭停在江渚上，几只藏在芦苇中，几只忽地惊起扑飞。好一幅《青溪落雁图》。

夜幕降临，华灯初上，溪旁绿道上散走着不肯冬眠的市民。月光洒下，水波不兴，鱼翔浅底。石桥下，一位老者静静地垂立鱼竿，不急不躁地独钓寒江雪。冬温润了，时间也就停止了。

溪之南的岸丘上，整排整排地晒着豆面。这既可以当主食，又可以做菜肴，由纯豆类或番薯做成，比粉丝略粗，是当地特产。冬天制作的豆面营养丰富，味道鲜美，老少皆宜，是当地百姓的必备年货。

三代祖传，用料正宗，货真价实，许阿大制作的豆面供不应求。豆面养活了许阿大全家六七口人，即使寒风凛冽，吹裂双手，许阿大仍默默坚守。勤劳的中国人是不分严寒酷暑的，冬天成了像他一样特殊职业者的春天。馋涎欲滴着冒热气的葱花豆面汤，手抓蘸着红糖的大路下村年糕，这些江湖菜温暖了天台山，也温暖了整个冬天。

大山深处的冬夜早早来临，英科村里为数不多的几个老人已然酣睡。村后的毛竹林被山风吹得哗哗响，老范头家的篝火正旺呢。上了年纪的老两口正在村口翘首盼等着。马上就是老范头几个儿女回家过年的日子，那一炉膛篝火照亮着他们的漆黑回家路。不一会儿，大黄狗"吠吠"地直奔村岗头，几声"爸、妈"，老范家迎来了一年中难得的相聚。格子窗里传出的欢笑声回荡在山村上空……

冬天，是中国人团圆的季节。等到冬的来临，浓浓的乡愁才好一并清零。

庆祝国泰民安、风调雨顺，闹冬是必需的。这是为了赶走寒，与冬进行的一场对抗秀。

　　天台闹冬的高潮是"台阁闹年"。台阁是天台山最具特色的传统民间艺术。四人以上壮汉抬着阁子式的木柜，歌唱似的吆喝着缓缓行进，整个台阁做工精致，配以各种装饰，台上童子扮作各相，在灯光映衬下，煞是好看。

　　沿街花灯璀璨夺目，几十桌台阁一一亮相，中间穿插舞龙、武术等各种表演。整个县城流光溢彩，万人空巷。最具特色的台阁是"济公斗蟋蟀"，一声声"鞋儿破，帽儿破，身上的袈裟破"，小济公惟妙惟肖的表演，引得观众阵阵喝彩。这是人们对出生于此地的济公最好的怀念，也是对冬发自内心的欢愉。

　　一场盛宴过后，始丰溪的水流得更欢了；华顶上的工人开始整理杜鹃；许阿大正把晒豆面的架子收起，老范头已经到后山满地找笋了；台阁上的童子褪装后，天天追问何时再次登台。谁说希望的种子不能在冬天萌发？

　　最美好的总在不经意的时候出现。即使下了丁点儿雪，也是江南冬天的浪漫事。边开车边听音乐，行驶在蜿蜒几十里的天北线上，追赶着如梦如幻的雪花，一种跨过山和大海，也穿过人山人海的感觉油然而生。

　　当朋友向我娓娓讲述在天台山的冬遇时，我的身体早已随着心柔软了，按下暂停键，即刻出发，去天台山赶冬！

# 顶雾凇（外一篇）

陈琪

岁将尽而年节至，乡友来电相告，天台山巅，严寒隆冬，雾凇频现，相邀同赏。我自忖，既无名士硕儒的才情，也不具备圣僧高道的慧眼，但在一次次领略华顶雾凇的奇观丽景后，不由得叹服上苍造物之万千韵致。

雾凇乃奇观，天然去雕饰，逢时而生，由雾而成。"雾凇"一词，首现于南北朝。南朝宋吕忱所编的《字林》书录："寒气结冰如珠，见日光乃消，齐鲁谓之雾凇。"宋代曾巩在《冬夜即事诗》中记载："香消一榻氍毹暖，月澹千门雾凇寒。闻说丰年从此始，更回笼烛卷帘看。"明末清初张岱在《湖心亭看雪》中提及："雾凇沆砀，天与云与山与水，上下一白。"雾凇常出现在寒冷湿润的北方，如吉林松花江一带，然而很多人不知道的是，在浙东华顶亦可见雾凇，当属奇中之奇。

华顶雾凇之韵，源于独一无二的环境造化。天台山素有"集天下山水神秀钟灵于一身，聚人杰地灵风水宝地于一脉"的美誉，华顶为其主峰，海拔一千一百一十米，状如千叶莲花，适逢莲花之顶，得名华（花）顶。天台山盛传"华顶山头无六月，一阵西风便落雪"的俗语，昔时"华顶晴雪"美景四季皆有，尤其"六月飞雪"屡现，因全球气候变暖，如今只在冬日出现。三九严冬，华顶山高气寒、云雾缭绕，长天断鸟迹，凄凄阡陌闲。尚未结冰的雾滴、水汽随微风起舞，不断地在林木、草丛、山石上沉积冻结，雾凇一夜之间飘然而至，"忽如一夜春风来，千树万树梨花开"。登高驻足观望，雾凇与草木石岩相得益彰、浑然一体，似冰似雪银装裹，半云半雾满山景，宛如孩童信手涂鸦之作，千形万状，在暖阳映照之下晶莹闪烁。柳条"琼花"绽开，松枝"银菊"怒放，杜鹃林披上白纱更显风姿绰约，华顶茅庵半遮半掩、若隐若现，人似置身如梦如幻、如诗如画的仙境。

华顶雾凇之韵，在于超群绝伦的灵性滋养。天台山是佛教天台宗的发祥地，是道教南宗的创立地，世称"佛宗道源"。身临天台山，一山一水有灵气，一花一草生慧性，生命在此一律纯粹归真。华顶雾凇色之洁白、质之纯正、势之悠然，汲取修禅悟道的灵气慧性，将人与尘俗的喧嚣浮躁隔断，内生柔软与温润、坚贞与纯洁、宁静与清逸、淡雅与厚重，赐予人推情入性的无尽遐思，带给人一种"空诸一切，无欲无求"的精神意象。庄子曰："夏虫不可以语冰。"人应追求永恒无限的无量寿，证悟不生不灭的真实生命，而不仅仅是蜉蝣若寄的几十载春秋，更需一种比生命悠长的精神引领。赏雾凇，亦是养性养心，一面陶醉眼前的神秀奇境，一面开发心海的本真秘境。雾凇的来与去、长与消、动与静，与"有枯有荣"的人生颇为相似，带来引人入胜的景致和发人深省的哲思。我们曾经历命运的波澜，直到最后才发现，人生最曼妙的风景竟是内心的自在淡定与幸福安宁。

唐代天台隐逸诗人寒山子诗云："雄雄镇世界，天台名独超。"借用这句诗，"雾凇韵天下，华顶名独超"。胜境，胜人。

# 张思的摆渡

一座古村有摆渡出行，并不稀奇；一个地方因摆渡而成古村，那才惊奇。霞光灼灼、晨风柔柔、远眺群山叠翠，近看畎亩纵横，顺着敞直村道，走近，走进……

带着对尘封记忆的寻觅，我走进深秋的张思。张思古村，坐落在浙江省台州市天台县平桥镇西部，临溪而筑、依水而居，状若一艘航船，停泊在天台母亲河——始丰溪北岸河谷，存有七百余年历史，近三千人口，曾荣获"中国传统村落""中国历史文化名村"等称号。身临其境，有一种清幽，与一条条日夜长流、穿村绕环的湖沸融合，飘散在街弄角落；有一种厚重，从一座座青砖黛瓦、飞檐翘角的明清宅院溢涸，充盈了意念玄想；有一种韵律，在一缕缕婆娑光影、异彩缤纷的交织中映现，拨动着衷曲心弦。

睹物思人，触景生情。外公陈炎友是张思陈氏廿四世孙，外婆张雪珍从外村嫁入，养育了四个女儿，妈妈是老大。改革开放初期，爸妈忙于经商打拼事业，将三岁的姐姐和周岁的我托付给外公外婆，直至我四年级转校跟随二姨求学。老宅旁有一小垄地，外公舍不得任自荒芜，就精心栽种满园的蔬菜瓜果，那心思如同外婆对待我们姐弟一般细腻。村中那条曲折蜿蜒的"霞客道"如故，是当年徐霞客游览寒岩明岩途经张思的足迹，亦是通往学校之路，湮没着我们姐弟波澜起伏的心事与思绪，编织着我们姐弟走向未来的憧憬与梦想。童年时光回味无穷，成为我与张思的美好遇见，安放在心底。

　　驻足始丰溪堤坝，青山巍巍对岸屹，溪水淙淙向东流，十里滨江休闲道，四面观光悬索桥。铺展的是画卷，兴起的是诗行。独自徜徉，疏远喧嚣无须渲染。摆渡踪迹已无处可寻，但岸边一组"张施义渡"塑像还原了摆渡的场景，交代了张思的来历。张思与紫凝山之间隔着始丰溪，"山高自有客行路，水深自有渡船人"，一对张姓施姓夫妇，栖居在溪畔，以摆渡为生。某日狂风暴雨，几个无钱摆渡的路人涉水，却被洪水吞噬。张、施夫妇深感痛惜，大发善心，改摆渡为义渡，风雨无阻、四季不歇。家住天台城内的陈广清，梦见高人指引，选中城西一处高土墩，遂举家迁入，与张、施夫妇毗邻而居，相互帮衬，亲如一家。一日，两家孩子在溪中戏水，因水深流急陷入危险，张父闻声赶来，先救起陈家孩子，而张家孩子不幸溺亡。陈广清指令儿子跪拜张、施夫妇为再生父母。张、施夫妇过世无后，陈广清子孙满堂、开枝散叶、分户成村。为追思颂扬张、施夫妇的大仁大爱、大恩大德，陈氏宗族把施改成思，将村命名为张思。犹记外公曾背着我蹚过溪流，前往紫凝山，向我讲起张思村民不姓张而姓陈的缘由，并以此教导我"做人要饮水思源、知恩图报"。人生如戏，最真诚的观众就是自己的良心。张、施遇见摆渡，成了故事；陈氏遇见张、施，有了张思。

张思村的来龙去脉便是摆渡的因果轮回。

徜徉在南村口，只见一个"宗风远鬯（chàng）"的牌坊，寓意将宗族风范远播、发扬光大。外公深受宗规族训《十劝》《十戒》《四箴》熏陶，治家有方、刚中带柔，曾四次严厉惩教我，既让我没齿难忘，又使我吃一堑长一智。外婆尊崇村约民俗，礼佛明理、乐善好施，引领我们向善向好向前进、争气争先争光彩。一位邻家男孩与我小学同窗，家境贫寒面临辍学，我偷偷把几元压岁钱给了他。外婆知悉后毫无责怪，反而跟我和同学约定：每天每人做好作业，为家里打井水、捡柴火、烧屋灶，每月酬劳两角。其实外公经济条件一般，外婆省吃俭用才攒些零钱。我和同学说到做到，外婆掏出用手帕一层层折裹的小额纸币，双手递给我们，说："人穷志不短，勤劳踏实干，自有出头日。"外婆以言传身教摆渡了我和同学，在我们内心深处播下摆渡的种子。

漫步至村中央，肃穆地矗立着陈广清梦中的高土墩，建有一座亭台，称墩头台，两根石柱镌刻一副楹联：自婺迁务园置山口书田书香不断，由清溯宋代开墩头基地基业无疆。这里是陈氏族人心中神圣的精神图腾，也是全村最热闹的地方。我和小伙伴常来此嬉戏，碰上放电影或做戏，就事先搬来椅凳，摆在台前空地占位，然后早早吃过晚饭，尽兴享用"文化大餐"。人立台上，仿佛穿越时空，聆听先贤耳提面命，此情此意寄昭昭。墩头台北侧有一座四合院大宗祠，建于明末，屡经重修，内有正厅、两厢、戏台、门楼，藏有两块古石碑。一座宗祠就是一部浓缩的宗族史，犹如一扇历史之窗，打开便能认知血脉延续的生命力，感知族人眷恋的吸引力。陈氏宗族崇文重教，峻节懿行，人才辈出，涌现出明朝中书舍人、宫廷画家陈宗渊，清朝金华教谕陈邑周，民国商界实业家陈廷卿等名士。陈宗渊的绝世孤本《洪崖山房图》珍藏在北京故宫博物院，以其名创建的"宗渊书院"宏伟典雅、熠熠生辉。瞻仰宗祠，就是怀抱祖德，慎终追远。我每来一次，虔诚心、尊崇感就升华一分。显而易见，子孙后代的道德信仰、精神追求、价值取向，有赖于宗规族训的摆渡。

追溯张思的摆渡，不仅是守望道德高地的光芒，还是守护精神家园的根脉。深厚的底蕴、悠长的宗风，外公的家教、外婆的示范，定格在我的脑海，也叩问着我的灵魂：在人生的渡口，我们是摆渡人也是过河人，是施予者也是受益者。渡己先渡人，渡人终渡己；爱出者爱返，福来者福往。人生变成怎样，就看自己怎样摆渡，成全他人美好，成就自己更好，照亮他人的困境，点亮自己的心扉，给社会带来光明与温暖。

渡人渡己、有舍有得是心态，强者自救、圣者渡人是姿态。乡愁浓浓、思念满满，我是陈氏后裔，从天台张思来，梦在彼岸，成由摆渡，致敬，致远……

# 大　溪

张　峋

　　少年时光里，当我站在村北的土坡上，就能看见半空中的一片绿海，那里生长着无数的松树、柳树、桑树、桃树和毛竹，看见这片绿海，我就好像看到它身旁的那条溪流，她鲜活清亮的身姿在阳光下一路袅娜，我的心就会欢快地动一下，又动一下。

　　那条溪流，是永安溪下游的一段，我们老家虎溪人喜欢称她为大溪。在祖祖辈辈村民的观念里，大溪，不仅仅是那条流动着的溪水，还包括溪畔那一片绵密而茂盛的林坦。

　　在我欢快地动了一下又一下心的时候，我的眼前就会出现一个少年，他像一只矫健的野兔，从那些玉米林或稻田或瓜田之间的田埂上跑过去，跑上一条满是沙石的堤坝，跑过一丛松树林和竹林，最后跑进一片湿漉漉的柳荫里。他很快把自己脱得一丝不挂，很快跳进了一汪清浅的溪水里。那时阳光轻快地拍打下来，拍打着粼粼的水面，拍打着他白白的小肚皮。他甩动着双臂和双腿，水花就像碎玉那样飞溅开来，他恣意游弋的身影，简直就像一条摇头摆尾的鱼。那个少年就是我。

在我还没有离开虎溪的日子里，这样的节目会上演无数次，当然，与我一同下水嬉戏的，还有不少伙伴，工兵啦、金满啦、汝光啦、志明啦，等等。我们这样肆无忌惮地把自己浸泡在一个又一个单调的夏日里的时候，溪流也表明了她热情的态度，她看着阳光轻柔地扑进两岸的菰蒲和柳树丛中，看着一群少年光着屁股，看着一叶渡船从她身上漂过，就叽叽嘎嘎地欢叫不已，她这样欢叫着还觉得自己不够热情，就不停地甩动着舞袖一样的水草。

林坦里遍地疯长着野草。无数个清新的春日，我们慵懒地躺在林坦柔软的怀抱里，那时，春风含情脉脉地抚摸着我们，鸟声也在我们身边恣肆地绽放，牛粪也开始渲染着一种好闻的气息，那时，我就想，虎溪人是幸福的，虎溪人有了大溪，那是一件多么美好的事情。

大溪在我少年的世界里，是一条很长的河流，她从双山脚下蜿蜒而来，经过了后林渡，一直到黄粱陈渡，都是我们可以活动的范围。我们除了戏水，还捉鱼虾。我们蹲在溪岸，看到柳树们很调皮地把根须伸进水里。根须们好像正在谈恋爱的样子，热烈地缠绵在一起，分都分不开。我们猛地把它们提上来，并翻开来看，无数的小虾米和沙泥鳅就活蹦乱跳出来，只有啤酒瓶盖一般大的小河蟹像刚睡醒的样子，伸了伸懒腰。我们七手八脚地把这些小精灵捡拾到塑料袋里。小精灵们其实有点傻乎乎，它们不知道自己已经成了我们的俘虏，而且很快就会走向我们的餐桌，还依旧高兴地奔跳着，扭动着，有的还交头接耳地窃窃私语。塑料袋里不一会儿开始响起哗哗哗哗的声音，好像春蚕的喁喁自语，也好像细雨在轻轻地拨动丝弦。

少年的我其实有点顽皮，我为了吃到重阳才做的甜糕，久久地缠磨着父母，父母先是不理我，后来磨不过，就打了我一顿。我一气之下，就偷偷跑进了大溪的柳林里躲起来，一躲就是半天。其实我也不是真正的躲，而是在溪边的水洼里摸螺蛳，螺蛳们在我的小铁碗里吐出了长长的舌头，吐出了一个个灿烂的笑容，它们其实是在揶揄我，它们唏唏地笑着说，羞不羞，那么大的人了，还贪吃！后来我妈和太婆的喊叫声终于在大溪的堤坝上、竹林边、渡口边响了起来。太婆是我的邻居，她是看着我长大的，对我很好。我佩服我妈的小小的智慧，她把太婆叫来，我就不好意思再躲了，我不能让一个在村里德高望重的老人高一脚低一脚地在溪滩上寻觅，而且我已经听到了她的喊叫声。

大溪的松林东边，有一片生产大队的桃林，初夏时节，一颗颗鲜红的桃子像新妇娘（新媳妇）一脸妩媚的时候，我们的口水也就挂下来了。那时，我已经听过大人们讲的孙悟空偷吃蟠桃的神话故事，我就认定，桃树是一种美好的植物。黄昏到来的时候，我们像游击队员一样潜伏在草丛里，看着那个看守桃子的跛脚老万把身影摇进了一间破木屋，我们很快地把身子挤进一道篱笆的缝隙，我们像地下党智取机密文件一样，轻捷地摘下桃子，放到竹篮里，上面盖好了一层厚厚的猪草。当我们隐藏到一处柳荫里，像老孙那样大口大口地啃完一篮桃子的时候，我们都哈哈大笑起来。我们哈哈大笑的过程中，就有好多的麻雀惊飞出来，一阵叽叽喳喳之后，就有一片密集的小黑点降落到远处的几棵柳树上。后来有一次，我们终于被捉住了，老万先是严厉呵斥，我们就假装哭起来，老万就笑了，他一笑，就露出了满嘴玉米一样的黄牙，说，小小小鬼精，不不不要哭了，以后要吃，我我我给你们摘，但是你你你以后不不不要再再再偷了。这时，我们才发现，他的结巴是那么严重。

　　大溪南边宽阔的沙地上，有无数片茂密的桑树林，站在这些魁伟的桑树面前，我们低矮的身材有点自惭形秽。清风吹拂过来的时候，桑树们就有点忘乎所以，它们扭动着腰肢，还发出哈哈哈哈的嘲笑声，我们噘着红得发紫的嘴巴说，你笑吧，你笑吧，你再笑，我们就吃完你身上的桑乌（桑葚）。桑树之间的一垄垄空地上，疯长着一种叫薜纠姜的植物，它们翠绿的叶片细细长长的，有点像韭菜。我们学着大人的样子，用双齿锄头或三齿耙把它们深挖出来，就好像深挖一件件珍贵的出土文物。它们小拇指大小的黑亮深红的根，不断地被我们展示在清风丽日下。我们跨过战壕一样的深坑，背着一筐筐的薜纠姜，像战士凯旋似的走过堤坝，迎接村民们艳羡的目光。那些可爱的植物一会儿就会很温顺地躺倒在一个叫小坦的晒场上，接受阳光热烈的抚摸。然后在某一个午后，我会用自来火把它们点着，它们燃烧的时候，发出一种很好听的噼噼啪啪的声音，就好像过年时放鞭炮一样。小坦上，欢叫声、燃烧声此起彼伏，很有古人在山坡上刀耕火种的气势。一个星期或半个月后，我们乘坐渡船，把晒干的薜纠姜提到大溪对岸的大路徐收购站里卖掉。我记得我一共卖了三块八毛钱，这是我人生中第一笔通过劳动得来的不菲的财富！我妈说，存起来！过年的时候给我买双新袜子！多余的，下个学期交学费！她的口气中带着不容置辩的分量，于是我就把那些带着我体温的纸币放到了一个带盖的竹筒里，小心地藏好。

那时，祖母还健在。祖母是一个非常勤劳的人，秋天还没过去，她就准备着过冬的柴火。好多个晴好的日子里，我会跟着祖母，走进大溪那一片明丽的秋天。祖母高大的身影在松树林里晃动着，她手拿竹制的"松毛耙"，麻利地把一丝丝深褐色的松针拢成一堆又一堆，然后盛到竹筐里。有时她还会到柳树林里去，把那些枯枝捡拾起来，她捡拾柴火的时候，声音淅淅飒飒的。我想，这淅淅飒飒的过程，其实就是祖母细碎、艰难的人生。

那时的大溪林坦实在太茂密，我们小心地穿过那些交戟一般的树丛，总担心会有大头狗（狼狗）钻出来侵袭我们。某一个初秋的午后，我跟着祖母和完富婆、中德娘一起到大溪捡柴。祖母为了捡拾更多更好的柴火，走进一片又一片的柳荫，好像要把整个漫长而寂寞的秋日穿透。后来她走失了，她走失的时候，完富婆却看见了一条健硕的大头狗正晃荡在柳林里。我们都惊慌不已，压低了声音轻轻地呼唤着我的祖母。可是好久好久，都不见她的应答声，我们都慌了起来，我哭叫着，怕大头狗侵袭了我的祖母，我想，要是大头狗把我祖母吃了，那我会多么悲痛欲绝啊。我平生第一次感受到了来自大自然的恐怖。等到暮霭将整个大溪笼罩起来的时候，祖母终于出现了，她的背上驮着一大捆的柴火，像坦克一样移动过来，我带着一种五味杂陈的哭喊声，飞跑到了祖母旁边，拉起了她长满老茧的手。祖母一脸的沉静和慈祥，抚摸着我的头笑着说，她命大，又有佛祖保佑，不会有事的。可是祖母却在几年后某一个深秋的大溪上捡拾柴火的时候，突然感到了彻骨的疲惫，她拖着沉重的脚步回来了，她终于要休息了。她躺倒在床上的时候，脸上还漾着阳光一样温煦的笑容。一个星期后，祖母大去了，我们把她安葬在松林里，让她的灵魂永远和大溪的清风明月为伴。

# 水中的天堂（外一篇）

陈伟华

　　在这个距离海最近的地方，一次次头枕涛声入梦，人影、鱼影和月影，便构成家园最温馨的色调。

　　在台州湾生活多年，我每天都在呼吸带有海腥味的空气。只要一有空，我就去海边听涛，在沙滩上叠沙，在漂泊的风里叠沙，堆一座只属于自己的城。

　　寂寞的人，喜欢就这样静静地坐着观海，犹如一匹马，好似一只鹰，即使孤独到老到死，也要在水一方追逐云彩，留住花草清香。还喜欢徘徊在故乡的谷仓前，任凭远来的风和薄暮，掀起衣角的牵念。

　　家住东海边，天天忙着采访和赶稿。除了读书看报写诗外，有时发现自己什么都不会。悠闲的日子，才有好心情去檐前听雨，傻傻地看水中的鱼和水草，在"云中"自由穿行。它们也与我们一样，都在追求生命的本色，做自己喜欢的事。

这些年，河水、江水和海水，多多少少发生了一点变化，可鱼儿们不甘失败，仍然在台州湾激流勇进。除了鱼儿们，还有身边许多熟悉的人和事，不久前还是好好的，说消失就消失了，谁同意他们这样做的。我环顾四周，人们在流泪，没有人同意他们这样做。他们累了，就不想走了。随风而逝的，还有别的大大小小的记忆。漫步于东海岸时，我告诉自己，不能因为我改变不了的事，就停滞不前。

我的台州湾很小，小如一朵岩衣，依在地球的怀抱。它是古代断裂河谷的一部分，是一个开敞式的河口湾，呈喇叭形向外延伸。水是它的生命，它与水生死相依，鱼儿是孩子，整日在它身边追逐和嬉戏。听着水声长大的人，在东海边住得久了，就把自己当作岩衣，把岩衣当作自己。因此，可以这么说：对一朵岩衣而言，生死虽是必然，在生与死的历程中，却有着许多美丽的奇迹。

还记得年少时的我们，在雨后初晴的岩坡上，一起去看海。指尖划落水滴，小心翼翼地，怕它惊动了青石苔上跃动着的生命。有时跟随乡人去"讨小海"，看到岩壁上不断长出一只只可爱的"小耳朵"。那是一簇簇岩衣，长在南方海边湿漉漉的地方，那么卑贱，而又沉默地活着。它们似乎在聆听大海的歌谣，向往远处的风景。只要你足够心细，就一定能找到它们。看上去，这些岩衣的外面颜色与石崖崖壁没多少区别，但里边却藏着蓝色柔软的东西。最大的一朵，恐怕比巴掌还要大。

采岩衣回家后，母亲就把它们泡入水中，用手反复搓洗，像平日洗家人的脏衣服。再放入锅里煮，很快就端上了桌。那时在碗里上下浮动的，不仅仅是岩衣，还有浓得化不开的乡愁。

故乡的海是波澜壮阔的，而海的故乡又在哪里呢？我一次次地站在东海岸上极目远眺，海铺天盖地见不到边际，那么一大片黄色的海水，就像天一样大的幕布。涨潮时节，海水咆哮、翻滚着，铺天盖地砸向海岸，大有"惊涛拍岸，卷起千堆雪"之势。

岸上有好多人家，他们熟悉这儿的水域，如同熟悉自己的掌纹。他们的建筑独具特色，石屋、石街、石巷和石阶，随地势升降而修筑，错落有致……青石老屋，墨色翘檐，粗大的木梁悬挂着打鱼的家当，有些很有年头，是我们的老渔夫祖父传下来的。它们在晨风暮雨里轻晃，好像能看懂人的心事。

我的台州湾很小，小如一枚贝壳，一次次被海潮送上岸，又一次次被浪花卷走。这儿好多人爱去海边，去寻找那枚自以为最美的贝壳。其实每一枚贝壳内都藏着一种心情、一段文字或一个故事。从一枚完整的生命，壳带着核随波逐流，漂洋过海。在一次次与风浪的搏击里，它们始终紧紧拥抱，相依相伴，不离不弃。或许有那么一天，一个巨浪把它们分开，壳与核从此天各一方。那个核离开壳后，便成为鱼类的美味佳肴。而壳始终在守护那份约定，在大海的怀抱里，苦苦寻找着另一半。从棱角分明和光彩照人，一直到最后壁薄体轻和满脸沧桑，或许这就是现实中很多人所经历的爱情吧！

在台州湾捡贝壳，我还发现，在阳光、沙粒和海浪的淘洗下，贝壳内曾经居住过的小小柔软的肉体早已消失，唯留有几滴海水在里面，那是大海送给贝壳最后的礼物，也是大海留下的伤心的泪。儿时的喜欢只是单纯地追求，多年后的今天，才明白深藏其中的禅意。

我的台州湾很小，小如一只寄居蟹，在这个时空里，它只是偶然地与宇宙天地擦身而过。而我们背着一只只沉重的壳，生活在这儿，以为那是真实的。可是蓦然回首，发现那只不过是一些梦幻泡影罢了！这时，它让我想起台湾作家林清玄的散文《玫瑰奇迹》："我们是寄居于时间大海洋边的寄居蟹，踽踽终日，不断寻找着更大、更合适的壳。直到有一天，我们无力再走了，把壳还给世界。一开始就没有壳，到最后也归于空无，这是生命的实景，我与我的肉身只是淡淡地擦身而过。"

但是，比起东海边寄居蟹的生命来，我在这世间能停留的时间和空间，是不是更长和更多一点呢？是不是也应该用我的能力，把我所能做的事情，做得更精致、更仔细、更加一丝不苟呢？

对于台州湾，其实我不比一只盘旋其上的飞鱼看得全面，也不会比鱼虾蟹螺更熟悉它的性情。人与海相处很多年，竟没找到一种共同语言，有朝一日坐下来好好谈谈，想必海肯定有许多话要对人说，尤其人与人之间的是是非非，海肯定比人要看得清楚。

# 萤河夜话

一个仲夏夜，我在随风摇曳的无边的芦苇地里走着，看到一幅美丽的画面，由千万只萤火虫汇聚成的萤火河，真真切切地就在我的眼前。那时，不谙世事的我随教书的母亲一起来到黄岩一个陌生的小村落——午尚洋。学校坐落在田野上，低矮的屋檐，泥土的墙壁，光秃秃地裸露着它的冷漠与苍凉。透过古朴的窗棂，只见每个教室都空无一人，整整齐齐地摆放着无数张桌凳……

学校开学后，我结识了许许多多小伙伴，课余与他们在一起，玩得很开心，经常尽兴而归。在乡野的许多游戏里，最令我神往的莫过于夏夜追逐萤火虫。这些萤火虫从哪里来？又到哪里去？这些问题始终困惑着童年时的我。有好些夜晚，我和小伙伴们都迷醉于屋前、花旁、田畴、水沟……去追逐那一只只忽闪忽闪的流萤。这些萤火虫白天伏在墙隅或草丛中，很少有人注意到它们的存在。到了夜晚，它们就会飞起来，通体带着绿色的光。我们就用一只小玻璃瓶去装，每捉到一只就把它装进瓶里。不过，捉的时候还需小心翼翼，若惊动了它们，它们就会机敏地飞走。慢慢捉的多了，那装有萤火虫的瓶子就犹如一盏小灯笼，可以照见前面黑暗的路途。我们每次去捉，都有收获，总会捉到满满一瓶子萤火虫。尔后，把它们带回家，放在枕边细细欣赏，然后随它们入梦。

在乡下的夜晚，有时闲着无事，我喜欢听母亲讲故事，"囊萤夜读"便是其中一个。晋代吏部尚书车胤少年时家境贫寒，晚上点不起油灯，就捉来一些萤火虫放在透明的袋子里，借萤光读书。传说有一天风大雨急，捉不到萤火虫了，无法读书，车胤则长叹：老天不让我达到完成学习的目的啊！不一会儿，一只特大的萤火虫神奇地落在窗户上，照着车胤读书。车胤"萤窗苦学"，最终成为著名学者。一只萤火虫成就了车胤一生的学业，为他的前途送去了一片光明。这动听的故事，以后一直伴随我的生活，并不断鞭策着我。

稍大后，已经不会再追着萤火虫跑了，也不再去捉萤火虫了，而是喜欢安静地看它们慢慢地飞舞，欣赏它们美妙的舞蹈。说真的，我认为自由的萤火虫比静止的更为美丽。每回看着它们舞蹈，我觉得自己也会入梦，那一闪一烁，仿佛带有不可磨灭的梦幻色彩。我的心中，也就只有芦苇荡里的那一片萤火河……听居住村里的老人们讲：每年都有着这样一个魅惑人的夏夜，成千上万的萤火虫不断飞来，在这片芦苇荡汇成一条光明浩荡的萤火河。可惜的是，我一直都没有看见过一大群的萤火虫，大多时候我看到的是一只或数只萤火虫，在草丛，在田野间，在所有可以存在的地方，孤单地飞舞。于是一有空闲，我就苦苦地守候着村里这片芦苇荡，等待萤火河从夜色里显现。我对自己说，假如萤火河真的出现，我才会相信很多东西不是梦。

在无数次等待之后，奇迹果然出现。小小的萤火虫，穿过漆黑的夜色，一只一只地向芦苇荡飞来，十只百只，千只万只……很快形成了萤火河和那神秘的光带。

那是一幅多么瑰丽的画面啊，简直无法用语言来表达。那光带在清风明月下不停地颤动，时而出现在平静的水面，时而在野花和晃动的影子间闪烁……光带逐渐像明亮的河水般离我愈来愈近，先是漫过了河岸，漫过了芦苇，漫过了林梢，最后向我迎面扑来。我很快被萤火包裹了起来，通体透明，耳畔传来的全是沙沙的振翅声。我真真切切地看到了萤火河，并和萤火虫融合在一起了。我是萤火虫，萤火虫是我。我欣喜万分，目睹奇迹的来临，奇迹确实变成了现实。我终于相信很多东西不是梦。

多年后的今天，遥远儿时的萤火河，它的光芒一直照亮我的生命。

# 漫步紫阳街

潘以林

说到紫阳街，让人不禁想起"紫阳真人"张伯端，这里至今流传着《西游记》里紫阳真人救朱紫国金圣皇后的故事。这也给紫阳街增添了几分神秘色彩。临海，是我人生中第一个亲近的城市，这里曾留下我求学的踪迹。可那个时候，留下最多的是关于古城的记忆。直到后来，我再次亲近紫阳街，才发现她就像一本珍贵的历史相册，让你一次次想静下心来去翻阅她。

今年国庆，我和同学再次重游紫阳老街，记不清是第几次逛紫阳街了，我还是百看不厌。第一次，带侄女果果来紫阳街的时候，她还需要爷爷抱着她，我至今保留着一张老爸抱着果果站在望江门城墙上看着紫阳街的照片，古城的阳光映照之下，老街和一老一少的合照显得特别温馨。不知不觉我们就来到了龙兴寺，龙兴寺里的千佛塔又名多宝塔，俗称瘌头塔，位于临海古城龙兴寺内。千佛塔是临海最为高大的古塔，也是浙江仅存的两座元塔之一。此塔的最大特点是塔身上装饰有总数多达千尊的佛像砖，而且造型优美，工艺水平相当之高。中午，我们索性就在寺院用膳，斋饭十分丰富，和我们同桌用膳的是几位龙兴寺的大师，慈祥的大师看着有趣的果果，递给她一罐王老吉，可是没有吸管。果果拿过王老吉，叫嚷着非要吸管才肯喝，当时，我手足无措，怕失了礼数……

　　再次带果果来逛紫阳街的时候，她已经会满街乱跑了。走进紫阳街的中国人民银行台州支行，这是一座典型的民国时期的四合院，柜台内设立的人物蜡像模型模拟了20世纪50年代银行办理业务的情景。看着柜台边的蜡像，我的耳边又响起了一阵阵噼里啪啦的算盘声，银行的工作人员正在有序地忙碌着……柜台上摆放的两块"收款""付款"的牌子，仿佛在为我们描绘着当年的顾客在柜台前办理业务时的生动画面，这情形和现在的银行似曾相识。连接一楼二楼的是一个年代久远的木梯，像是一个一直守候的老者，在静静地等待着游客。踏着楼梯，伴随着楼梯发出的声响，我们仿佛来到了另外一个世界，眼前的保险箱、老金库，又一次还原了当时的真实场景，那老式的油印机还残留着当年的油墨香，仿佛我已身临其境。果果拿出她的电话手表不停地拍，她要再次按下历史的暂停键，把眼前看到的一切用相机记录下来。

　　街道上有着各种各样的店铺，既有秤店、青花瓷等老店，也有充满现代文艺气息的非洲鼓店、咖啡店。看着这些老店，听着非洲鼓，闻着咖啡的香味，时光的味道聚集在老街里。大量现代元素的融入，逐渐给老街增添了一些文艺气息。你时常可以看到一个怀抱吉他的艺人，独自忘情地弹唱着情歌，用现代的抒情曲调，配合着旧日的时光，激发着我们对老城故事的想象。如果在老街举办一场现代的演唱会，背靠城墙，那将会是别样一番味道。逛完老店，听完歌曲，我给果果买了一个能吹口哨的陶瓷小件，果果说这个哨子有魔力，可以召唤力量。果然，在她不断地吹响哨子之后，天空便下起了大雨……

眼前，我和老同学逛着紫阳街，走进了一座剪纸博物馆，同学和里面的张老师打过招呼了，这位张老师可不得了，据说是"张氏剪纸"第十代传人。作为一项非遗文化遗产，张氏剪纸从元代到现在已经历经六百多年的历史。看着眼前一件件栩栩如生的大大小小的剪纸作品，有人物有动物也有风景，种类繁多，形态各异，真是高手在民间。拐角处，我们又进入了一家老式挂钟博物馆，里面收藏着各种年代、大小各异的钟。上了弦的发条仍然在马不停蹄地追随着时间的脚步。这里有一个巨大的大钟，据说来自宫廷，可谓是稀世之宝。这些钟全部属于私人藏品，主人无私把这些东西摆放出来供世人欣赏，也是用心良苦。迎接我们的管理员热心地和我们攀谈，告诉我们紫阳街还有一些古董收藏家，他们也愿意把藏品拿出来供世人赏鉴，可惜找不到合适的场地。

不知不觉，我们又来到了三抚基，此乃一门三巡抚之地，紫阳街果然是一个藏龙卧虎之地。三抚基，王宗沐旧居，临海人称为"父子四进士，一门三巡抚"的王氏家族就在此地。王宗沐有四子，士崧、士琦、士昌、士业。除士业为贡生外，其余皆进士，此所谓"三进士"；王宗沐本人和次子士琦、三子士昌都官至都御史兼巡抚，此所谓"三巡抚"。

三抚基的附近新开了一家民宿，背靠城墙面对老街，别有一番古城风味，再品一壶羊岩山的新茶，自然把古城的味道留在了心中。恰在此时，一阵锣鼓声传来，一队宋朝士兵从老街一头列队而来，原来是国庆节的一个游街活动。我循声而去，听着锣鼓声，望着眼前的情景，我感觉自己一下子穿越了，禁不住写下了一首《紫阳老街》——

从老街里飘出宋朝的旗帜

一群威武的士兵列队而来

只是不见了那披着盖头的新娘

那敲响的鼓点里

竟然飘出了咖啡的清香

书房里住着埋头苦读的秀才

金榜题名后就再也没有回来过了

那镌刻在墙壁上的文字

还能看见秀才的踪迹

城墙上的青砖泥瓦隐藏着千年密码

这里曾经刀光剑影

秀才却一心只读圣贤书

花前月下，充耳不闻

一声惊雷

将一切埋葬在记忆深处

稍后

那后花园相约熟悉的佳人

穿着宋朝的衣服款款而来

却再也不正眼看我一眼

我早已是路人甲乙

　　天很快黑下来了，但是我仍然意犹未尽，紫阳街还有很多秘密等着我去发现！只是时间不等人。在这个快速发展的时代里，当你在快节奏生活的驱赶下，觉得身心疲倦的时候，不妨到老街来，品一段历史，听一曲旧时光，忆一段往事。"人生有梦三千场，穷尽老街诗酒荒"，紫阳街留给我的不仅仅是历史，还有一个诗意的梦。她像一位老者守护着那些被人遗忘的故事，你可以像一个孩子一样躲进她的拥抱，去寻觅从来不曾拥有过的生活，不仅可以寻觅到书香味，而且还可以感受到这种穿越般的现代生活。

# 东沙，在水一方的人间烟火（外一篇）

张凌瑞

　　浙江省玉环市坎门街道是全国人口密度最高的乡镇之一，也是方言最多的乡镇之一，有闽南话、温州话、太平话等。被列为省级历史文化村落的坎门街道东沙社区，位于玉环岛的东南端。据记载，清康熙年间，福建崇武及浙江温州一带的渔民在此搭寮捕鱼，后陆续迁移至此形成村落。

　　这个暖冬的上午，阳光明媚，我随玉环作协文友一行到东沙采风。坎门街道的驻村干部老黄义务为我们做导游。在他口里，东沙仿佛养在深闺人未识。一幢人去楼空的老宅，横生出一世的故事；一棵苦楝树爬满木莲藤，添上一个凄美的爱情；一口古井，也丢下一个神秘的猜测。我探头井口，幽幽如墨，偶有水纹的光亮。深邃的井，默不作声，因为，它是向下延伸的，也许只有明月当空的时候，才可与井对话。

十多年前，东沙还是一个不为人知的小渔村，没有公路，我们去调查户口，只能在边防战士的引领下，从坎门后沙街的岭脚开始步行，翻越钓艚岭，得走半个多小时的山间小路才到达。只见家家户户在自家门前凿有水窖，可想而知，淡水是海头人最珍贵的，每个干旱天，他们的日常用水是何等的窘迫。我站在岭上一瞥，一条石径依坎飘下，两旁石屋群落面朝大海，依山而筑，只觉是寻常风景。沿阶而下，心却欢喜起来。高大台门的三合小院，骑楼式或纸包形房顶的楼房，错落有致，大幕似的大海做背景，饱含渔韵。可惜不少院落已荒芜，墙面斑驳，杂草丛生，房门紧闭。石板路上，唯有挑担民工沉重的脚步声。

闻到鱼面飘香，我们踏进了一清幽小院，二楼的雕花栏杆古朴雅致，几位老妪围坐着，说着听不懂的闽南话，悠闲地敲打着鱼面。一老渔民出来，主动与我们打招呼，又端长板凳，又敬烟。经攀谈，才知年轻人大多住到了镇上，老人们故园难离，守着这老宅子，守着那片海。有的则租给了外来的民工，才让这老房子人气不散。

老人们的这种坚守，简直是一种顽固。十多年后的今天，我猛然发现，那是一种精神的维系，一种孤岛的守望。

几年前，东沙社区被列为省级历史文化村落，政府投入巨资对古建筑、古村道进行保护性修缮。村前的环海公路也早已接通了，我带领家人，驱车从城关出发，穿过鹰东隧道，果然一条水泥公路带我返回东沙。

正好休渔期，渔妇们在阴凉处编织渔网，渔民们在滩上修理渔船，为下一季的丰收做准备。社区办公楼前，堆满了泥沙砖石，坎沟里，到处是民工们忙碌的景象，一队骡子，正驮着石块，发出沉重的喘息声，吃力地在石阶上迈步。

对东沙，我已有了或深或浅的认识。坎门地名的由来，最权威的说法，就是指这东沙头的大坎崖与南排山岛形成的峡门，门内即坎门港，门外便是披山洋了。生活在钓艚东沙一带的人，才是最地道的坎门人。现在的镇，清代作为军事练兵地，叫作教场头，民国后合并统称作坎门镇。

地名只是一个符号，一个地方的天涯清味，是否让人长久牵挂？三毛来到周庄，就哭了，离开时说，我会再来，一定会再来。我们要的东沙，就是这种朴素的真挚。

山顶的普安灯塔，与远处的大鹿、鸡山、洋屿、披山等大小岛屿相望，与流水舟楫、渔歌号子相连。塔下的大坎崖，与葱郁的南排山隔海相对。大坎崖险峻巍峨，颇有气势，可惜太陡，我不敢久俯。而现在，两条新开辟的步行道顺着山坡直通崖下，在临海的平台上可目睹坎门港峡的风采。波光照眼，仿佛附上釉彩，加上海浪撞击礁石发出的轰鸣声，多情、哀伤、刚烈，冷与热，浓浓的海腥味，都有。大坎崖青筋裸露，血性十足，直冲苍穹，崖壁上的每尺瘠土，大片大片的野菊花，都那么扎眼地撞进我的视线。

回望东沙的历史背影，在大明帝国时代，东沙渔人张开帆篷，紧随胡震将军的战舰投入邳山洋歼倭，冒险送温处参将沈思学驶出坎门港歼倭；清咸丰年间，东沙渔人立在东沙头炮轰海盗广艇帮；民国年间，持鱼叉赤脚上阵，联合国军誓死抵抗日寇；解放玉环海岛时，组成基干民兵，冒着枪林弹雨，送弹送粮，一次次横渡在坎门与披山岛间。捍卫家园，视死如归。

在普安灯塔前，老黄娓娓道着一个传说，民国某年春节将至，夜间大雾，渔船上的渔夫们回家心切，而山后的海面上看不到入港的峡门，正焦急不已。突然，岗上发出一丝微弱之光，这不就是自己的家山——东山头吗？这光明分明是家人的等候和期盼啊！船上的人兴奋之余，马上掉转船头，驶向大坎崖的山门。春节间，他们在坎里坎外打听，究竟是哪个好心人在山顶撑起桅灯，但终无所获，也许是岭上的花粉娘娘吧。船长们集资筹建了四方形基座的普安灯塔，塔身刻有"环海明星"四字。百年来，这颗夜海明珠的闪闪光芒，为温台地区的百桅千帆迎来送去护佑平安。现在，灯塔照明也由原来的蓄电池供电改成了太阳能电板供电，成了照射数海里的新颖灯标。而岭上露天广场前修葺一新的花粉宫里缭绕的香烟之气，则永远地抚摸着坎门港的海面。

东沙岭上有两排石垒的平房，原是小学校舍，更早前是解放玉环沿海岛屿而建的部队营房，1951 年曾有一个连的解放军部队驻扎，现这里为红色海防文化展示和公共艺术创作中心，里面珍藏着一套布扎花龙灯具与新颖独特的坎门女子拼字龙。坎门花龙别具一格，花龙滚舞，俗称"拼龙"。传称将已成正果的海龙，于数十柱间环绕表演，包含着渔民"祭海""祈佑"的民俗意蕴和喜庆内涵。那一张张精彩的照片，记录了花龙在海滩、庙宇、民居表演的情景，是纵情天地的热烈，也是虔诚的祈福。

至于我们舌尖渴望的坎门味道，不妨到冷冻厂前的晒场上探寻一番，渔妇们忙着晾晒各种海鲜，一匾匾虾干鱼干齐齐排列在冬日里。

于是，我们呷几口酒，来点海的味道，再走也不迟。

# 忘不了的东桥水月

清辉漫空的秋夜，一轮圆月与坐在阳台上的我重逢，勾起了我对家乡楚门"东桥水月"的思念。

楚门，一个江南海边的水乡小镇，曾经"傍水人家无十室，九凭舟楫作生涯"。出小镇东大街，便可看到这样的一座桥：混凝土铺成的桥面，方石砌成的桥墩，石缝间野草滋蔓，它就是东升桥，当地人俗称东门桥头，"东桥水月"便是小镇古八景之一。

记忆里的东升桥，是座古朴端庄的拱形石桥，拾级而上，桥栏雕有精美的小狮，20世纪70年代，因桥面加宽改成了平桥。

盛夏黄昏，我们一群住在街坊的顽童，厌腻了十字街头的喧闹，爱跑到东升桥去，远眺月出于筲岗岭头，俯察白玉盘漂浮在波心，猜测着"镜子"里面的黑影，究竟哪个是嫦娥，哪个是玉兔，哪个是吴刚。

我在楚门中学读书时，每天早晨，迎着日出，从桥的这头走向学校；每天晚上，披着星光，从桥的那头回到街坊。

满月之夜，夜风如水，一轮明月高悬在夜空，另一轮明月则沉浮在水中，整个天宇人世似乎清洗了一遍，桥影、柳影、渚影、山影，笼着轻纱似的。

夜自修回来的我，逗留在桥头，突然有种冲动，想找来一叶小舟，独个儿在河上高诵《赤壁赋》。最后，待心境在万顷光波中放飞了一番，才作罢。

唱完《毕业歌》，当我向东升桥挥手告别时，父亲在东升桥西岸购得一块地，建了房。这样，我终于能与东升桥长相守了。

我爱在夏夜于东门河游泳，河畔人家的灯光做着宁静的甜梦，四周草虫叽叽，显得更加幽寂。只要月挂苍穹，水中月儿总与桥与影相伴，虚虚实实，潋滟舞空。我游向河心，想掬一下白玉盘，终是可望而不可即的事，圆月化作了粼粼银片，抚摸着我的肌肤，我似乎跌进一个冰清玉洁的梦乡。

谁知没几年，父亲溘然长逝了。次年的中元夜，我在东升桥边给亡父烧纸钱，看到二伯领着村里的一群人摇着小船放水灯。

一串串水灯在流泻，东门河成了银河，水中月儿将所有的灿烂都让给了星星似的水灯。

一直在桥头的我，遥望水的尽头，一盏盏水灯相继淹没在夜色中，我潸然痛哭。

后来，我再也没看过放水灯了，也没听说有人为我二伯放过水灯。我卖掉了枕河的房，离开了这伤心地，告别了楚门。

今年春天的一个傍晚，我在楚门镇上办完事，从东大街出来，已是黄昏。斜月清照，东升桥如同满鬓清霜的老人，静静地看着人迹稀少的东方路。我知道，自从有了南兴东路，楚门中学的学生不会再踏上这里；自从有了济理路，筋岗一带的乡亲也不会绕道这里。而遥遥相对的楚洲文化城，灯火辉煌，热烈的舞曲撩人心弦。

环城路上，不少中老年人正三五成群地往那儿赶，我一个人也不认识，他们也不认识我，也许他们以为我是迷路的异乡客。我曾经的家，透出温馨的灯光，却是他人点亮的。只有柳丝温柔地拂着我的脸庞，似乎与我仍相识。

东门河两岸，高楼摩肩接踵，没有了"野旷天低树，江清月近人"的清幽意境。但东升桥坚固的桥墩仍深深地扎在水里，吸着碧波和光华的养分，滋润着浑身的绿意。也许你认为桥任人踩任车压，是卑微的，可我从不否认东升桥是位尊者，当出殡的队伍经过桥头，孝子贤孙必跪无疑，向东升桥祈祷，保佑亡灵顺利过桥；也许你认为桥全身的石头或水泥钢筋，是冷性的，可东升桥绝对是位智者，"智者乐水，仁者乐山"，它不但驮着家乡人的悲欢离合，更承载了古今多少楚门人一曲曲歌咏"东桥水月"的清丽诗篇。

东升桥的绿柳碧波是月的故乡。天高风清，欣赏水中月，曾是楚门人的风花雪月，我想，这就是楚门文化的根。

夜已深，风渐凉，莫道我呓语不休，只因忘不了，忘不了心中的"东桥水月"。

第四辑

印
记

# 神仙居，太白梦

杨维平

　　中国唐代诗歌浩若繁星，李白的《梦游天姥吟留别》无疑是其中最璀璨耀眼的一颗。朝代更替迄今千年，无数文豪佳作迭出，这首诗却依然屹立于中华诗歌的艺术峰巅让世人景仰。

　　后人对这首诗的艺术成就顶礼膜拜，同时也对诗中描写的如梦如幻诡异神奇的天姥山充满好奇。文人墨客驴友侠客慕名寻访，循着诗中"吴越""镜湖""剡溪"等景物名状，踏遍越中辽阔山野，然无一人有所获。放眼越中剡溪等地绵延横亘势如卧龙的巍巍山脉，雄则雄矣，却不见那千岩百转、崖峭峰险之绝境，更难寻那渌水荡漾、氤氲葳蕤之绮丽。清代学者方苞曾依剡县当地山人荐引，不辞劳苦找到了当年谢公灵运诗中所提的"天姥岑"，却发现它只是个小山包，遗憾之极不由喟然长嗟："小丘耳，无可观者！"更有艰难访寻终无所得的文人骚客失望之余转而责怪李白多事，恁凭空在梦中杜撰子虚乌有的天姥山，引天下人磨破笈履竞折腰！

然而，天姥山真的子虚乌有吗？若有，它又在哪儿？

让我们穿越时空，回到李白那个时代，和诗人一起探寻他所向往的天姥山吧！

那是一个风华正茂、赤心报国的少年李白。少年李白怀有辅弼君主建功立业的宏伟政治抱负，却生就纵情山水不受羁绊的逍遥个性，矛盾何解？聪明的少年主张"功成身退"——"待吾尽节报明主，然后相携卧白云"。因性情所致，少年李白还选择了不受科举应试之累，依靠自身才华，通过他人举荐而走向仕途之路。发奋饱读一番诗书后，二十岁的李白便只身出蜀漫游天下，广结社会名流。然而举荐之路同样漫长而修远。直至唐天宝元年（742），四十二岁的李白才得以朋友（道士吴筠）举荐而被唐玄宗宣召，入京长安供奉翰林，成为一名奉召起草浩文诏令、陪侍皇帝左右的文学侍从。

诗人的盖世才华虽大受皇帝赏识，但他那"天子呼来不上船"的傲岸个性和让高力士为他脱靴等傲诞行为却深深得罪了当朝权贵。再加此时的唐玄宗已沉溺声色，不再励精图治、爱才惜贤，对满腹经纶的诗人好言政事也日渐厌烦，于是，不到三年时间，诗人便被皇帝"赐金放还"贬出长安。

诗人失望、彷徨、苦闷。尽管被"赐金放还"，但他还是对长安念念不忘，希望皇帝有朝一日会幡然悔悟，重新召他入朝。为此，他在梁、宋、齐、鲁等地徘徊逗留了整整一年。然而奇迹终未出现，郁闷无奈的诗人只能选择退隐江湖。

去哪儿呢？从小信奉道教的诗人自然最向往神仙世界。而"天姥"

是神仙世界至高无上的象征。因此他决定去往天姥神山。

　　但天姥山又在哪儿呢？一天，他打开了《后汉书·郡国志》，"天姥山与括苍山相连，石壁上有刊字蝌蚪形，高不可识，春月樵者尝闻箫鼓之声聒耳"的几行文字赫然跃入眼中，诗人不禁怦然心跳：原来天姥山在东越，在括苍山脉！他继续搜寻。南北朝时的《宋书·州郡志》予以印证："天姥山与括苍山相连，石壁上有刊字蝌蚪形。"南朝的《临海记》也进入他的视野："天姥山在临海。"至此，天姥神山的方位已大致明晰，它在括苍山脉、在临海郡属地，离天台山不远！

　　天台山对他而言记忆尤深。就在那年剡中之游后他去了天台山，隋代古刹国清寺、横空出世的石梁飞瀑等都让他叹为观止。翰林院中陈列的南北朝梁时著名医药家、炼丹家、文学家陶弘景《真诰》一书及南朝《临海记》一书均有"天台山高一万八千丈"的描述。诗人心想：天台山高一万八千丈，而位于东南与其平行的括苍山高度要远超天台山，那可是一条势拔五岳、巍峨雄奇的大山脉！他的眼前浮现出天台山与括苍山两龙共舞，而天台山不时东南侧身向括苍山作倾斜之势的壮观场景，那是因为括苍山脉中有着神山天姥，有着神奇的刊字蝌蚪文，有着关于天姥的神异传说！这一发现令诗人兴奋不已。

　　就在那天晚上，诗人梦见自己来到了神往已久的仙境天姥山。

　　他穿上谢公的登山木屐，如上青天云梯般攀崖登峰；半山腰上他看见了东海日出，百转千回的山岩使他迷花倚石流连忘返，不觉天色已渐渐转暗。忽然，在虎啸龙吟水雾云烟处一声惊雷，随后峰峦崩裂，神仙洞府的石门在他眼前訇然打开，他看到了"青冥浩荡不见底，日月照耀金银台"的神仙世界。正当诗人如醉如痴恣情忘我之时，忽感一阵魂悸魄动而猛然惊醒。梦醒之后只见睡觉之枕席，刚才的美景早已烟消云灭了无踪迹。诗人不由扼腕长叹：美梦如烟，人世间好景不也一样容易破碎吗？

诗人奋笔写下了这瑰丽奇幻的梦境与梦醒之后的感慨，一首声震寰宇气冲苍穹的绝世名作就这样诞生了！他将这首诗冠以《梦游天姥吟留别》，赠予此时与他在东鲁道别的杜甫、高适等友人，随后南下扬州，并与好友元丹约好相会于会稽，然后一路行往天台。

诗人长途跋涉来到天台已是一年之后。与友人旧地重游感慨万千。他想去那遥遥相对的括苍山寻找天姥，友人却告诉他：括苍山脉中只闻韦羌山，并无天姥山，且从天台到括苍水路不通山路险峻，攀崖越岭两百多里崎岖山路，非体魄强健难以为之。诗人此时已年近五十，长时间的旅途劳顿已使他渐感体力不支，而报效朝廷之心始终欲放难卸，令他身心饱受折磨。复还长安无望，心中的天姥山又如浮云般幻灭，万念俱灰的伤感有如寒潮袭心。

诗人未去寻访天姥山，给世人留下了理想幻灭的悲叹，也给人们留下了他梦中神游、苦苦寻觅的天姥山究竟位于何方的千古谜团。

其实，天台友人告诉他的韦羌山正是他所向往的天姥山。这座神山处于仙居境内，为括苍山第二高峰大青岗余脉。《旧志》（记述夏商之前历史和地理的古书，作者佚名）诠释了它因何名为天姥的缘由："有山状如锗女，因名。"天地悠悠沧海巨变，这座相对高度四百多米、"状如锗女"的天姥巨峰迄今兀然矗立于"神仙居"景区的巍巍峰峦之上。她端坐于云霓之中，面朝西北双手合十似天姥祈福，目睹之人无不为她的美丽端庄而倾倒，为她的庄严肃穆所震撼。天姥神峰亘古不变地向人们昭示这座神山当之无愧的身份与起源。韦羌山那高不可攀的悬崖石壁上，相传是"夏禹所践刻此壁"、面积两千多平方米的神秘刊字蝌蚪文，也年复一年日复一日印证着：这里就是从东汉至隋唐史书上记载、李白所梦游神往的天姥山！

天姥山在括苍、在仙居没错。只不过李白那个年代，仙居还不叫仙居，叫乐安，辖属临海郡。

历史喜欢开不同人的玩笑。崇尚文化名人的剡中人将李白和天姥山倾情揽入怀中的同时，淳朴憨厚的仙居人却在韦羌山的民间佳酿中千年沉醉。不知何时起，仙居民间传说有韦羌一族迁入仙居淡竹，这一带常遭山洪施虐，"韦""羌"两兄弟就带领乡民抗洪救灾，并慷慨耗尽家财巨资。乡民为纪念"韦""羌"兄弟，遂建造韦羌山神供奉于庙中祭拜。于是，天姥山之名逐渐淡出，韦羌山取而代之，仙居乃至台州一带只知韦羌而莫识天姥。

李白之前，就有史书作"韦羌"即天姥或"王姥"的诠释。最初见于北魏侍中郑小同撰写的《郑志》十一卷："按，韦羌又名王姥。"也许更早，据南宋《嘉定赤城志》记载："按《旧经》云，韦羌山亦名天姥山……"李白之后，历代官修史志都记载了韦羌山即天姥山或王姥山。至清代，浙江开始了由历任浙江总督主事的大规模全方位的《浙江通志》编撰，在《浙江通志》卷十六专门载入明代《名胜志》中有关天姥山的阐述："王姥山，《名胜志》在仙居县界，亦名天姥山，相传古仙人所居。"成书于南宋的台州总志《嘉定赤城志》，审慎地汇总分析了李白身后各类史书中出现的关于天姥山位置的记述和分歧，以严谨负责的态度下出结论："韦羌山亦名天姥山，在仙居县，东联括苍，且云石壁有刊字如蝌蚪，春月樵者闻笳箫之声，与《临海记》同。则天姥山亦仙居之韦羌山也。"

如今，仙居韦羌山——天姥山已囊入国家 AAAAA 级风景区"神仙居"，同时处于仙居国家公园的中心地带。景区内峭崖绝壁、流涧飞瀑、云海雾涛宛若仙境，被人们赞曰浙江一绝，驴友游客惊叹之余，直疑诗仙的梦境于人间再现！台州市著名历史文化专家周崎、许尚枢、王及、严振飞等四位先生曾带着诸多疑问应邀前来考察，当那高耸入云的天姥神峰映入眼帘、"刻有刊字蝌蚪形"的千丈石壁尽现眼前时，四人不由惊呼：太白梦中向往的天姥山就是这里！这里才是真正的天姥山！

"神仙居"的天姥巨峰让许老先生深为震撼和折服，激动赞叹之余，他由衷地对同行朋友感慨道：原来我坚持李白梦游的天姥山在天台，是因为天台有一个天姥形象，现在发现，我这个天姥与仙居这个天姥相差太远，简直是小巫见大巫！由此看来，太白《梦游天姥吟留别》所指的天姥山应该在仙居，是历史的阴差阳错和仙居人的不重视才造成了现在对天姥山地处何方众说纷纭的纷争局面！

仙居人不会不重视。大自然给了仙居稀世珍宝般的地理遗产，千年史书给了仙居客观严谨的历史记载，更有一千多年前诗仙太白对仙居天姥山的深情向往！守护好大自然赋予的宝藏，挖掘利用好历史文化资源，让太白梦中向往的天姥山更完美地展现给世界，已是现代仙居人的共同心愿。

# 渔乡石板路

张一芳

海湾上裸露的金色呑滩，和散落在山脊间的黑瓦白墙，再加上阳光在深绿或浅绿的山坡和坳壑间走来串去剪出的阴面和阳面，我们渔乡的画面布局就很有层次了。而连接这些块面的线条，是由无数坚实的石块垒接起来的石板路组成的，蜿蜒、腾挪的脉痕勾勒出一条条白带，牵来扯去纠缠在村舍与村舍、呑滩与呑滩、村舍与呑滩之间，编织起渔乡的风景，连接着渔乡的昨天、今天和明天。

这里的风土，与一般的乡野迥然有异。就是在玉环岛，数十里海角一隅，原来竟是：亘绵的丘陵，山峦起伏如龙蛰。说不出是哪年哪月，或许是走出大山的人们惊喜地发现蔚蓝的海，抑或是穿风踏浪的渔人终于找准一块系舟的锚地，最早在这里搭寮砌舍的人，是我们这一带渔民的祖先。东山崖上砌一间石屋，西呑滩边搭一间木楼，只要有一户人家居住，他们就会修一条道路与外面的世界相通。或宽至一鱼竿，或窄只两脚板；或层层叠叠倚山拾级，或嶙嶙峋峋面海而下。于是，缕缕炊烟便从这边那边的夕阳中袅袅升起，片片帆影便从这端那端的曙色里缓缓远扬。一处一处渔村，片石垒成尺宽的院墙，质朴而浑实，鳞甲也似；一处一处山岬夹峙的岙口，桅樯耸立，边幅如龙爪的风旗悬着……你会明白：石板路拉近了期望和收获的距离，连接着安定、和谐和拼搏，渔乡的旧事和新梦就多了。

　　渔乡的石板路是男子汉的路。它从莽苍的大山向着大海顽强地延伸，它从浩渺的大海缘着山脊执意地攀缘，就像无数遒劲坚韧的灵魂，将粗拙凝重随片石一起嵌进它所凭赖的土坡或陡崖。只要是渔家的男子汉，或早或晚都得负重行走在这样的道路。他们襟怀如海，禀性如山，后跟稳扎而腿脚富有弹性，转身也似游鱼般，快捷而具张力。该是所有这些的聚合，使海边人有了"海边人"的天赋，行走渔乡的石板路，成了做人的本事。你看他们，一个个粗腰阔膀，手和脚一样粗壮，一站就如一杆桅。他们裸露结成凸包的胸脯和肱头肌，端起脑袋般大小的粗釉海碗，随处站在石板路的这里那里昂天八叉喝酒，一抹嘴就干活去。那是一幅幅画图哦，数十人肩扛大网排成队列，和接踵的扛撸捎帆的老少爷们儿，还有擂响的渔鼓和飘猎的风旗，在这里上上下下来来去去，演绎着暑夏和凉冬里的传奇。他们也带回大海的馈赠，让石板路弥散着湿漉漉的四季荤腥，大筐小篓、车拉肩扛，通往晒场，通往山那边镇上的鱼市。你看男子汉无须看他的脸，他们的脸膛已被海风和太阳吹晒得如鲞皮般粗糙；也无须看他的手，他们扯网拉纲的手往往五指叉开如招风的葵扇；你看他们的脚杆吧，那一根根在颠晃的船上稳扎如针的脚杆，踩着一块块岩岩岳岳的石板路，如同敲打着渔阳鼙鼓，打奏出渔乡生活厚重浑实的最强音。

男人们穿行在风波浪里，下海捕鱼是男人的本分；女人们守护着一份家业，迎候男人是女人的事情。

不知是哪个年月遗落的乡风，渔乡石板路上的男人们通常不管家长里短三只筷子两只碗的琐事，出海的出海，闯风踏浪去捕鱼；经商的经商，走遍三江六码头；开爿箍桶店木橹铺小五金守着门面敲敲打打做手艺的，也大多没那么多的闲心，除却国家兴亡民族振兴之类，整个渔乡从北往南从东到西招招摇摇吆三喝四就成了女人的天下，这些石板路也常被渔家嫂们打闹嬉逗的笑声和操劳的行色所主宰。看到她们挺着迎风的布帆般饱满的胸脯，髻上盘着发箍，肩上扛一把翻晒鱼虾的竹耙，或手中拎几瓶为男人解乏添力的酒；看到她们高挽裤脚，悠悠颤颤地用嫩厚的裸足把青石板踩踏得噼啪噼啪作响。我猜想，这样的石板路是否藏着女人的心计，它若一张网，一条石板路至少就是网上的一根线，网着渔家生活的缠绵，网着男子汉的心，让他们在重洋颠簸之后，不忘回到自己的港湾，回到自家的木屋。处在这个年龄段上的女人又有很多优越性，做姑娘和媳妇时的幼稚和青涩，早已被扔进石板路的不知哪一道沟缝中，老未老来少不少的，多了些成熟的内涵和理性的自觉。一些民生上的事，女人们交头接耳的分量就同县长办公会议差不多，能拍板。如阿狗阿猫上学堂、板床换作席梦思、张家娶的李家女之类，男人们没有一个持不同意见。

我的童年和少年就押在这样的石板路上。拾螺抓蟹，摸蚶捡蛤，或去礁石旁捡拾搁滩的小鱼。那叫"讨小海"，是渔乡娃儿的童趣。

偶尔也被哪个叔伯们带着出一两次远海，或随着姑嫂们去晒场剖鱼晒鲞。石板路上便又添了我们这一辈头戴竹笠、身背鱼篓的身影。从小到大，还要顺从父母的驱赶走进学校，一边在课堂上学文识数，一边仍少不了做着阅读石板路的旧功课。青年时期的一大段年月也押上了，我成了众多闯海的男子汉中的一员，成了一个"讨海人"。穿上桍衣扛着木橹出海，背上印着妻子儿女期待的眼神，也带着满身的鱼腥和浪渍，进门推醒一家大小的梦。年复一年，日复一日，连路边人家的黄狗都读懂了我的脚步声，我走近了，它不吠。

在一个风高的雨夜，我提一盏桅灯出海，在海空闪电强光的刹那，我看到从海崖攀爬上来的石板路竟与大山纠缠如怨鬼，顿觉巍峨的山和浩瀚的海有着某种共有的灵性，更觉这些离不开舍不下的石板路其实有着它自身的一种豪气，一种执着。我把它视同生命与事业的依托，它与我同悲同笑同泣同歌，是我生存状态的一部分。

人们终于知道，沿着故乡的石板路，可以走出冷僻和宁静，走出无奈和落后；可以走向更加广阔的海洋，更远的港湾；可以走到公路和铁路，走到外面多彩的世界。

有些人在外面闯荡一番后还是回来了，他们想要改变渔乡的面貌，想在渔乡闯出一条新的路子来。于是渔乡变样了，零乱砌叠的崎岖石板路，改造成宽阔的沥青混凝土路面，走过了花枝招展一路杨柳摆风的俏姑娘，也走来了把生意做到西欧或者东南亚的小哥们儿。零落的村舍矗立成鳞次栉比的高楼，长成了敢和现代都市媲美的新城和小区。一出门就是霓虹照路车行如潮，看远处是高架大桥横空出世跨越海湾，石板路上流年久远的恬静和安然被另样的喧闹和热烈所代替。当然也有一些不便改造的石板路被弃之于岁月的脚下，以各自不同的形式存在着。石板路上昔日的光辉映着月色，盛满了记忆，石隙罅缝长出的青草开出的小花，宣示着世事人生的另一种韵致和沧桑。我们偶尔重涉这些石板路，已有一种重新阅读往昔故事的感觉。

# 永安溪漂流

陆 原

美丽的仙居，有一条美丽的永安溪。美丽的永安溪有一个令人神往的旅游项目——竹筏漂流。

竹筏，这种原始的水上交通工具，被现代人用来游览山水，便充分体现了人们的智慧。竹子生于大自然，长于大自然，"纤纤之躯，质朴无华；君子临风，淡泊山野"，它的体貌禀性，历来为人们所喜爱。由它的纤细修长之躯组合而成的竹筏，与那些木排木船相比，不但具有纤巧秀丽之美，而且更具原始的古朴。它紧贴水面，与溪流奋力搏击的刺激与浪漫，刚柔相济，美艳动人。

而漂流，这是一种十分契合人生历程的对应形式。人们自出生之始，便像断了线的风筝，在广袤的自然世界里飘荡，在漫漫而不可知的人生命运里飘荡，在波澜起伏的情感之海上漂荡……人惧怕这种不着边际的飘荡，而又割舍不了这种充满诱惑的飘荡。人生的这种种飘荡，与其说是与生俱来的"命"中注定，倒不如说是人类自身求生存而导致的执着求变，这是生存的渴望，是心灵寻求慰藉的途径。

竹筏漂流，是人生飘荡历程的缩影，是人们回顾或者体味人生历程的"舞台"。坐在原始古朴的悠悠晃晃的竹筏上，脚不着实地，心在半空悬着，不知前程会遇上什么激流险滩，不知何时会遇上竹篙撑不到底的深潭"陷阱"，你猜想着前程的种种可能，你又惧怕种种的不可能，于是，时间在猜想和飘荡中流淌，岁月在"恐惧"后的愉悦中流淌……

"水真绿净不可唾，鱼若空行无所依。"看着清澈透明的溪水，看着水里鱼游虾蹿，逍遥自在，于是便痴迷于水底世界，心痒痒的，身上也痒痒的，便欲脱掉衣衫，做一回溪里的"活鱼"或"蹦虾"。

陶醉在明净的溪水中，思绪无羁，于是便会想起竹筏下这条溪流的悠久历史，想起这条溪流所孕育的丰厚文化。

永安溪是浙江第三大河椒江的源头，她发源于仙居县与缙云县交界的天堂尖，经南部的括苍山山脉和北部的大雷山山脉三十八条溪流的汇聚，自西向东形成了一百十一公里长的永安溪。永安溪水浩浩荡荡奔向临海市的灵江，再经过黄岩的澄江，尔后流过椒江，然后融进烟波浩渺的东海，完成了回归大海的夙愿。

或许在宇宙洪荒时，这条溪流便已存在。但我们现在能记住的她最早的名字叫大溪。到了五代吴越宝正五年（930），百姓们奋力治理水患，企望风调雨顺永远平安，于是把乐安县改名为永安县，大溪，也改名为永安溪。日升月落，昼夜更迭。到了北宋景德四年（1007），因永安县"洞天名山屏蔽周围，而多神仙之宅"，宋真宗下诏把永安县改名为仙居县，但永安溪没有随县名的更改而更改，因为百姓仍企望永安溪永远平安。

在几千年漫长的岁月里，困于大山之中的仙居百姓，崇拜着这条溪流，因为是她连通了山外的多彩世界，是她构成了台州沿海与内陆的交通大动脉。

"白帆如云云盖溪，竹排相接密如堤。"这是永安溪运输繁忙景象的写照。史载，抗日战争时期，仅食盐一项，每年经永安溪水运即达三万多吨。货物在皤滩起埠后，再陆运到浙西南及江西等地。据说，永安溪运输最繁忙时期，木船达七百多艘，竹筏达三百多张。这种蔚为壮观的运输场面，简直如万马奔腾，千矢齐发，令人惊叹。如若诗仙李白看到如此场面，不知会写出多少气势磅礴、满口留香的诗篇来。

到了1957年，仙居至临海白水洋公路建成通车后，永安溪悠久的航运历史才画上了句号。喧闹的永安溪变得幽寂起来，只有那鱼鹰翻起的涟漪，搅碎沉落溪中的夕阳；只有那渔翁的放歌，唱破一溪的宁静。

竹筏在永安溪上悠悠漂荡，思绪在历史的长河里悠悠漂荡。遥想数千年来，有多少仙居英才从永安溪上扬帆远航，走向全国，走向世界，名载史册；又有多少全国知名人士沿永安溪溯流而来，留下了不朽的文化篇章。

出生在仙居朝阳峰下的唐代诗人项斯，是台州历史上第一位进士。大诗人杨敬之见其人其诗，大加赞赏，逢人便夸项斯的诗才人品，四处推荐项斯，形成了"说项"的典故，流芳百世。元代著名画家，被人称为诗书画三绝的柯九思，出生在仙居柯思村，他的墨竹被历代画家所推崇。南宋兵部侍郎陈仁玉，仙居城关人，他撰写的《菌谱》是目前所知的世界上最早的食用菌专著。明代左都御史吴时来，仙居白塔厚仁人，他与奸臣严嵩殊死斗争，名垂青史。

而向永安溪溯流而来的有大禹。传说治水英雄大禹在仙居治水时，在淡竹千丈峭壁上凿下蝌蚪文，以示后人。虽说大禹凿字无据可考，但被称为中国八大古文字之谜的蝌蚪文却真真切切地凸现在仙居淡竹的峭壁上，远古的文化在这里如星辰般灿烂着。

来自另一个国度的佛教文化，于东汉末年传入台州，在仙居永安溪边石牛村外落脚，建起了石头寺，成为"台州的梵刹之始"，仙居成为台州佛教文化的发祥地。"名山胜境多佛道。"道教文化也乘一叶扁舟，向永安溪溯流而来，在括苍山下，"开辟"了道家第十大洞天——成德隐玄之洞天。

向着永安溪溯流而来的还有宋代理学家朱熹，他两次来仙居桐江书院讲学，还把儿子送到桐江书院求学，并写下《送子入板桥桐江书院勉学诗》：

> 当年韩愈送阿符，城南灯火秋凉初。
> 我今送郎桐江上，柳条拂水春生鱼。
> 汝若问儒风，云窗雪案深功夫。
> 汝若问农事，晓烟春雨劳耕锄。
> 阿爹望汝耀门闾，勉旃勉旃勤读书。

朱熹还为桐江书院题写了"鼎山堂"匾额，以示对桐江书院的推崇。

还有著名诗人王十明、潘耒等数不胜数的名人，他们一拨拨如潮涌来，给永安溪增添了深厚的文化积淀，给永安溪上的长帆鼓胀起饱满的希望，推动着仙居文明之船驶向人们所追求和向往的"文明天堂"。

沉寂了半个世纪的永安溪，如今又"喧闹"起来，诱人的竹筏漂流书写着永安溪灿烂文化的新纪元。

在我国，福建武夷山九曲溪竹筏漂流名声颇响。而永安溪竹筏漂流与之相比，各有千秋。武夷山九曲溪漂流其特色在于曲幽。溪道的拐曲，溪流的湍急，人坐在竹筏上，仿佛在进行一场充满刺激的历险。

而永安溪竹筏漂流，其特色在于空旷、飘逸。永安溪溪道宽阔，溪流平缓，虽然也有水流湍急的险滩，也有曲里拐弯的溪道，但由于溪面宽阔，漂流时，惊险之中始终不失飘逸的神韵。这好比在羊肠小道上骑车与在四车道、六车道的公路上骑车，两种感觉不能相提并论。

坐在竹筏上，抬头看山，只见两岸怪石奇峰林立，有的像卧狮，有的像大象，有的像飞凤，有的像奔马……心头便如小鹿乱撞，赞叹大自然美丽得勾人魂魄。

人安逸地坐在竹筏上，漂漂荡荡，看蓝天白云倒映水底，看两岸青山美景倒映水底，便仿佛在天上漂流，如神仙腾云驾雾，其逍遥妙不可言。此情此景，你心头纵有千缕愁绪、万种情结，都会宁静无澜，心身放松，旷达如孩童一般，无忧无虑，尽情地享受着大自然赋予的祥和、静谧，尽情地领略着天籁的奇妙绝伦。在这天人合一的境界里，有的人情不自禁地哼出心底里珍藏的好歌，有的人不知不觉地抒怀吟诵："春来遍是桃花水，不辨仙源何处寻。"

　　小小竹排溪中游，秀丽美景两岸走。在永安溪上漂流，每个人有每个人不同的感受；每次漂流，每次都有不同的感受。流淌着远古灿烂文明的永安溪，是一条能够慰藉现代人精神渴求的溪流。

# 莞水悠悠草青青

陈连清

　　虽已进入暮年，但我的思想仍是自由的、活跃的，它常常把我拽回到人生的记忆深处，去重新欣赏过往的片片风光。20世纪60年代末70年代初，我在温岭县莞渭陈大队当赤脚医生的经历就是这样一个难以忘怀的片段。

　　莞渭陈位于温黄平原南端，就像盛开在水网地带的巨大花朵，一道莞水从东向西穿境而过，浩浩渺渺，向东去是横峰桥街，向西可达温岭街，支流密布，岸边莞草点缀，革命草、水浮莲一排排在水面漂漂荡荡，青青绿绿。这里的芳草萋萋与"长亭外，古道边，芳草碧连天"的雄浑、辽阔不同，它是淡淡的、小桥流水式的。一条石板铺就的小路被称为莞路，从南往北与莞河交成十字，村部就似花蕊位于十字交叉处，四个自然村散落在十字的四角，各占一方似绽放的花瓣。这里是全县最低洼的地方，大水袭来，会成一片汪洋泽国。洪水从东部的金清闸排泄，我每每站在河上的小桥头，看那打着漩涡的流水，悠悠荡荡，奔涌而去。初夏时节，稻田茵茵，绿柳鸣蝉，河道中一群群鸭子牵着各自摇着小船的主人，"嘎嘎嘎"地叫着，主人们"吱呀"着船桨，漾起层层涟漪，犁碎水中的太阳，泛起片片粼光。

一日下午，风娇日暖。我从莞渭小学方向走来，转过河湾，在桥头王自然村第一排地主屋前见到了大队老支书。他笑容可掬，报喜似的告诉我，要建立医疗室，我和蔡某被选为赤脚医生。并手指着老式屋子，就放这二楼吧。原来，大队响应上级号召，决定建立农村合作医疗制度。我无条件地接受了这一任务，喜上眉梢。

我是中学报名回来碰见支书的。1968 年小学毕业，正愁没中学读，恰逢中学下放到公社办，说是初中，其实就是小学基础上的"戴帽初中"。我虽然接受了赤脚医生的任务，但不能全身心投入，我还要去读书，还得参加生产队劳动。后来我的时间分配是"三三制"，先服从医务工作，然后是到田间劳作，剩下的时间去莞渭中学读书。这样，在校就成了"三天打鱼，两天晒网"了，中学两年"读完"毕业，加起来学习的时间就一个学期。那时才十五岁，正值青春年少，对"书到用时方恨少"的箴言理解不深，可谓"少年不识愁滋味"。

医务室的房子雕梁画栋，东面住着一户王姓社员，倒也通达安静。从正中进入二楼，摆放着一只大柜子，柜中放置常用药品，除此之外，还有一只红十字的医药箱，里面有红药水、紫药水、碘酒、药棉、针筒和针灸等物。我们不坐班，只在有人叫时上门，处于"运动状态"。这个医务室更多的是象征着大队合作医疗制度的诞生。开张不久，就引发了一场风波。一天，蔡某告诉我，有贼进来偷了药物。我一看，果不其然，最昂贵的青霉素不翼而飞，还有几瓶倒去了部分。有钥匙能进去的人都被怀疑，你怀疑我，我猜忌他，闹得沸沸扬扬。大家"羊没吃着，惹了一身羊臊气"。后来我仔细察看，可以从楼上的窗户跳进来，也可以锉出来钥匙，在缺医少药的年代，不干不净的人只闻说青霉素是宝贝，深夜入室偷盗也未不可！这件事从一个侧面反映了兴办合作医疗的重要性。

对医学知识一无所知，如何行医？我们就一边参加培训，一边尝试着去做，俗称"翻饭碗"。最常用的处方药的使用、针灸和草药的配用都是如此。就说开处方药吧，我去公社卫生所观摩了，回来如有人感冒头疼，就量一下体温，看一下喉咙，看有点发炎并伴有发热，就开出处方：APC，25mg×6#，3 次 / 日，1 片 / 次。医院里往往用英文字母代替药名，字迹潦草，一般人看不懂。我们也依样画葫芦，似有故弄玄虚之嫌，搞得像很有学问似的。一次半夜三更，有人急促把我唤去，我一看病人腹痛腹泻十分厉害，送卫生所又怕耽误时间，但又不得不壮起胆子施行我的职责，迅速给了几枚银针，注射复方阿托品剂，这两招果然灵验，缓解后再服用药品，病是治好了，但事后细思极恐。

向书本学习是一条便捷的路。卫生所发来一本《简明针灸教程》，我如获至宝。深夜借着昏暗的灯光细细研读、摘录。对照书本，先在自己身上按图索骥，以中指中节的内侧两端为一寸进行丈量，准确地找到主要经络上的重点穴位，然后搞懂它们的功效分别是什么，再掌握扎针的操作技巧，如轻重、直斜角度、深度、时长等。学是学了，但实践又是一回事。起初病人来了，我就慌了手足，病人有点怕，我比病人更怕，手发抖，脸发红；经过几个案例的施针，心里就有了底了。1970年春耕的一天，我的好友朱学亮突然肚子绞痛，头晕眼花，脸色苍白。我迅即将他扶到家，判断是消化系统的问题，对他实施针刺疗法，近端选择任脉上的中脘穴、下脘穴、气海穴；远端选择足阳明胃经上的足三里穴及足太阴脾经上的三阴交、阴陵泉穴等；考虑头昏目眩，加刺足少阴肾经的涌泉穴等。银针分兵布阵后，症状就消失了一半，接着揉转、提落数分钟，症状全部消除，然后再配了一些消炎化积的药，没两天他就下田了。这充分显示祖国医学的神奇魅力，也增强了我学习针灸的信心。

草医草药的书也是我必读的，书中介绍了浙江地区各种草药的功效，"有图有真相"。但是更重要的是要深入实地学习，不可纸上谈兵。公社对赤脚医生每周培训一次，主要是到各地现场认采草药，跑遍了各大队和邻乡。我初中的数学老师孙贤庆是个"草药迷"，在课余和假期日，他常常带我到附近村庄考察，每每得到新的品种，就给我讲解。他对草药的执着和热情深深地感染了我。还有童雪明和童达森兄弟俩也加入了我们的行列，一有空就相约去各地采药，水乡的村头地角撒下了我们的串串欢声笑语。经过一番捶打，当地草药的分布我已了然于胸。如清热的云雾草、鲜斗草在山崖峭壁上，疗伤的接骨草喜在土壤肥沃的阴湿处，治疗疔疮的遍地锦、半边莲在田埂边，治疗牙痛的田萍草长在水沟里。在那两年多时间里，我的足迹遍布莞渭、横峰、琛山、马公、渭川、温峤等地的山山水水和沟沟坎坎，认识了两百余种草药，放眼望去，不仅益然绿色，还皆是宝物，诚如辛弃疾在《满芳庭·静夜思》中所云："一钩藤上月，寻常山夜，夜宿沙场。早已轻粉黛，独活空房。欲续断弦未得，乌头白，最苦参商。当归也，茱萸熟，地老菊花黄。"

草药于我是个好朋友，它使我学到了知识，收获了友谊，是我青春存放的地方，但它又让我看到了穿过时空的悲喜和无常，留下了时隐时现的些许悲伤。我的一个至亲，在我的感召和影响下，他也去采草药。一天他爬上了楼旗尖下的百丈岩，那是悬崖绝壁，他攀到顶上，一不小心，从顶端跌落下来，路人见有人从岩顶上像卷席筒一样滚了下来，情况危急，毫不犹豫出手相救，将其送至医院，经过几天几夜的抢救才苏醒过来。每每想起这件往事，我仍心有余悸。

用草药治病的"路数"就多了，有用鲜干草煎服的，有用来外敷的，有用来熏洗的；有单方的，也有配伍的……在掌握了它的性能后，就要对症下药；用药后更要注意药效反馈，以利调整。我诊治过许多病例，大部分是有效的，如用半边莲、遍地锦捣成泥，治疗疔疮能消肿止痛，用木斗草汁滴于皮肤划破处能止血。一次有牙痛的病人找上门，手捂着嘴，面色苍白，真是"牙痛不是病，痛起要人命"。我先针刺合谷等穴缓解疼痛，然后去田里挖来田萍草，让他每天煎服四两，连服三天，牙痛消失了。我的堂哥陈国定，一度患痢疾很厉害，用小壁碱都久治不愈。我从水中挖来红辣蓼，让他每天煎服半斤，连服五天，果真药到病除。区区普通植物，如何能撼动疾病？这里包藏了祖国医学冷热、实虚、阴阳、五行的幽深道理。我们的身体像浩浩宇宙一样，时不时会出现各种不平衡，中草药就是凭着它的冷热、阴阳、归经等属性对症进行调节。这就是岐伯祖师发明的中国医药之魅力！

实施少儿免疫是国家的"花朵计划"，也需我们为之奔忙。当时预防针的种类有破伤风、白喉、百日咳、乙脑、脊髓灰质炎等。开始不得要领，打得孩子哭闹成一片；后来顺手了，左手捏紧臂上三角肌，右手快速将针扎入，再将针筒内的药液缓缓推入，又迅即拨出，孩子们也不大哭了。完成这个项目是有奖赏的，各自然村打一遍能补到五元钱。这算是一笔可观收入了，我们也跑得更欢了。平时是按出勤计工分的，而分红低得可怜，一工分往往只几毛钱，个别季节只几分钱。下半年头，白叶枯病泛滥，大片稻田被"铜勺捞"，从田埂上走过，人们踏着萧瑟秋风，心生酸楚、失望和悲凉。尽管没多少收益，但我们依然热情高涨，并乐此不疲。

1971年春，我有机会上了高中，之后在时光的长河里兜兜转转，在不同的人群里聚聚散散，每当谈及医者，我总有一种亲切的归属感！ 2003年，我曾和医务人员并肩战斗，抗击非典；2020年参与到抗击新冠肺炎的战斗中，医者圣洁，大爱无疆，我为之动容，写下了《戴口罩的春天》以表崇敬之心。

"江南几度梅花发，人在天涯鬓已斑。"退休后我回到魂牵梦绕的故乡，仿佛看到了过去的自己，我由衷地感谢曾经的多彩岁月给了我充实的精神和美好的回忆。沧海桑田，昔日莞渭陈的低矮脏陋已不见踪影，代之而起的是拨地的高楼。我站在小桥之上，向远处眺望，楼旗尖巍然矗立，横峰山静静地躺着，西边的太阳把光芒洒在莞河畔鳞次栉比的高楼上，一江碧玉载着楼宇的碎影缓缓东流，岸边的树、河坎的草、水中的莲更加苍翠欲滴。

# 九峰寺的佛与梅

王雪梅

一直以为九峰寺早已毁于战火，徒留一座瑞隆感应塔伫立九峰公园与松林相伴，与溪水相惜，守望那扇寺门，那扇总也不开的门。没想到这个春节，因为两枝奇峭古拙的梅花，九峰寺居然在朋友圈刷屏了……

一路打听着找到了异地重建的九峰寺，黄瓦飞檐，依山而建，颇具气势，只是初见之下，心中稍感遗憾，那九座山峰环抱着的清幽古寺终是消散在了历史的烟尘中！

黄岩城东有九座山峰，九座山峰环抱着一处钟灵毓秀之地。明代贬官黄岩的邝文曾写下"九峰清绝胜蓬壶"的诗句，康有为先生到访黄岩时也赞道："九峰环立，峻碧摩天，分雁宕之幽奇。"

千年前这里正是九峰寺的所在之地。九峰寺原名瑞隆感应院，后改名兴善寺，只是九峰的知名度太高，民间一向称之为九峰寺。据县志记载，九峰寺始建于五代十国时吴越国末期，为高僧德绍所建。但据黄岩著名人文学者朱幼棣先生考证，九峰寺兴建的年代应该在晚唐，比县志记载的更早一些，是一个叫杜雄的当地官员为皇上祈福而建，高僧慧恭曾应邀留寺讲法，慧恭圆寂后，寺院渐渐颓败。德绍来到黄岩时看到破败的寺庙颇为感慨，便住了下来，洒扫禅院，弘扬佛法，并在寺前建造了瑞隆感应塔，这些在佛教典籍中能够找到印证。

德绍是法眼宗第二祖，不过更像是影视剧中的世外高人，身居方外，却对天下大事有着独到的眼光和见解，因而被吴越王钱弘俶尊为国师。彼时，赵匡胤已经建立了北宋政权，金戈铁马随时可能绝尘而至，全国统一的形势震撼着风雨飘摇中的吴越国，笃信佛教的吴越王为祈求佛祖"驱灾镇邪、保境安民"，立下宏愿要建佛塔八万四千所，身为国师的德绍自然不遗余力地实现国主的心愿。来到黄岩时，德绍已经是七十多岁高龄的老人了，他拼尽力气，整修了九峰寺，建造了瑞隆感应塔，重修了灵石寺塔。无奈心愿最终成空！吴越王选择了纳土降宋，以一己之痛，保住钱塘繁华。那时，德绍已经圆寂，他没有听到钱塘江边送别国主的震耳悲声，但是他修建的寺、建造的塔，注定要阅尽家国兴衰与世事沧桑。

九峰寺在南宋中期发展到顶峰，成为天台宗名刹。但到了南宋末期已然颓败，南宋名臣杜范曾来九峰寺小住，见此情景不禁慨叹："废寺悠然殿宇空，早寒催雪撼山风。"杜范为什么会投宿破败的九峰寺，史书并未详记，或许他也想祈求佛祖保境安民。但那注定是一个不眠之夜！倾听着窗外的风雪，拨弄着快要燃尽的炭盆，或许，那一刻，他联想到了同样风雨飘摇的家国命运，他是多么期盼大厦将倾的南宋会有奇迹出现，"拨尽炉灰那处红"，可惜，那带着希望的红色终究还是暗淡了下去。多年后，崖山一战，南宋灭亡，十万军民投海殉国，杜范却早已病逝，未能目睹那悲壮的一幕。

这以后，九峰寺倒是屡次重修，不时有高僧大德在这里留下足迹，也吸引了大量文人墨客、名人雅士来此探微览胜，留下抒怀诗句。他们在这里看山、看水、看风景，也在寺院的经声佛号中得禅意而忘世忧，或许山林的悠然自得与佛家的沉静与积淀，恰与文人清净无缚的审美追求不谋而合吧！

只可惜，清末寺院大多建筑被太平军焚毁，在寺院改书院的风潮中，九峰寺改为九峰书院，1949 年后改建成公园，寺院旧貌早已无存，唯有瑞隆感应塔幸存至今。如今异地重建的寺院是信众花费六年的时间集资兴建而成的。

旧寺的风貌已无缘再见，新建的九峰寺建筑格局与黄岩其他寺院颇为类似，沿中轴线有山门、天王殿、大雄宝殿、圆通宝殿、珈蓝殿、千佛殿、卧佛殿等，主殿是重檐歇山式，由于寺院依山就势，层层递高，那廊角飞檐越发显得错落有致。

进得寺门，一眼就看见了大殿之前那两株网红梅花，一株是红梅，一株是白梅，梅花开得正艳，层层叠叠，似一朵一朵的霞云。梅花是我的仰慕之花！我爱梅花的艳，用一树一树的花开传递春天的讯息；爱梅花的傲，独放于百花之前，美而不争；爱梅花疏影横斜的姿态，爱梅花清冽不俗的香气……我慕名赏过南京梅花山的梅，去过杭州灵峰探梅，也曾立于杭州西溪湿地的梅林间看花瓣旋转飘零，但是，佛前的梅花独有一份空灵和高洁，旁边那黑沉沉的蜡烛亭有了梅花相伴，居然也有了故事感，显出超凡脱俗的韵味。

不知栽种者有心还是无意，恍惚间，这两株梅花与那九峰山峦里的古寺产生了某种联系。据《黄岩县志》记载："宋时方山下有亭，自南郊至十里铺，夹现梅花，相续不绝，所谓十里早春也。"南宋著名的江湖诗派戴复古有诗："十里梅花生眼底，九峰山色满胸中。"他还有一首诗："千山月色令人醉，半夜梅花入梦香。"如今正题在九峰公园报春园门口的楹柱上。报春园就是以前寺院所在的位置，里面种植的梅桩盆景和千年前的十里梅花也不无关系，它正是拣拾千年的梅树枯桩重新培育、嫁接后发出的新枝。近处是梅，远处是山，梅因山而秀，山因梅而幽，或许，透过开放的梅花，耸立千年的瑞隆感应塔，依然守望着九峰寺……

虽然"深山藏古寺"的孤寂自得，"晨钟惊飞鸟"的清净悠远已经无处可寻，但是只要九峰寺还在，那些苦难沧桑、那些诗人僧侣便依然鲜活地活在历史中……

佛家说："一切有为法，如梦幻泡影，如露亦如电，应作如是观。"似乎从我看到寺院的第一眼起，就在找寻它与古寺的变与不变，我终究还是执着了，在生死的轮回中我们应该明了刹那便是永恒！

九峰寺依然树木葱郁，庙宇庄严，佛音缭绕。台阶下，一个僧人正在清扫落叶，我从他身边走过，他也没有抬头。梅花树下三三两两的游人正在拍照，一个身穿宽松民族服饰的年轻女孩正双手合十，摆着姿势，这情景倒让我想起一首诗来："如何让你遇见我，在我最美丽的时刻，为这，我已在佛前求了五百年……"

这是平常生活的幸福。生命如朝露，人生多悲伤！其实比起对逝去之物的怀旧，更重要的是世事无常中的坚守。在这世间，有多少快乐就有多少孤寂。而在许多个"独往东山深，回头人径远"中，只盼命运能够在转弯的地方馈赠一枝奇峭古拙的梅花……

# 我记忆中的黄沙狮子

罗超英

2006 年，黄沙狮子被列入第一批国家级非物质文化遗产名录。作为一种古老的上桌狮舞，它素以惊险绝伦的演技闻名四方。每当听到黄沙狮子的锣鼓声，我就不由自主想起四十年前秋天的那次黄沙狮子舞……

锣鼓响，脚底痒，筹备了几天的黄沙跳桌（外乡人称黄沙舞狮或黄沙狮子）终于在天气温和的星期六下午拉开帷幕，白水洋米行周围人山人海，观众席上都是白水洋本村人。我们外村的人全部站在外围。我和班上同学早早选定岩仓脊背的高坡处，就是稍远一些，居高临下尽收眼底，还有些调皮的小男孩爬到旁边的大树上，扒着树丫看表演……

黄沙狮子从宋代开始，有九台、十一台、十三台的，至今也没有人失手过。1952年到省里表演，还得了金奖呢。狮子还没有出现，锣鼓声便震山响，因为多年没有表演，这次叠上七层七台八仙桌，那高台的四周留出三四米的空地，只见表演的艺人排成两排，环着桌子的高台顺时针转三圈，再逆时针转三圈，一个手挥狮子球的艺人，从米行的西边飞上八仙桌，他一边舞球，一边向上挪动，忽然，一只雄狮也从西边飞到八仙桌的第二层，它屁股却落在第一层的桌面上，旁边的大人直呼：硬功，硬功，功夫不减当年，出彩。我听不明白，就知道好看，从来没有看过，电影上也没有看过。那雄狮在桌子上表演各种动作，跟着狮子球一级一级向上跳，到了第三层，开始无精打采，不想表演了，还躺在那里呼呼睡大觉，任抛球的艺人怎样逗，就是不肯起来。那时，其余的艺人就开始表演各种杂技一样的功夫，有跳桌脚的，有翻跟斗的，有倒立的，还有叠人梯的（第二个人的双脚站第一人的两肩上，第三个、第四个这样叠上去，一直叠到与桌子的第七层一样高）。这时锣鼓声停了，人们紧盯着表演的队伍，只见他们一个个同时张开双臂，手拉手转圈子，那多惊险呀！

猛地，又是锣鼓喧天，那只睡狮也醒了，好像在找同伴，很卖力地表演各种动作，有抢球抢得欢快的，有在桌上翻跟斗的……表演的难度比刚上来那会儿要难多了，也好看得多。

那雄狮左顾右盼，找不到同伴，就爬进第四层的桌子底下，有人就说是狮子"穿山洞"啦！一直穿过该层所有的八仙桌，到米行的东头，又表演了许多动作，有翻滚、点球、抱球什么的，还是引不来同伴，雄狮发怒了，干脆把抛球艺人卷进肚子里。后来想想不对，又把那人从口里吐出来。最后雄狮笔直地站立起来——跳狮子头的艺人和跳狮子尾的卷在一起，一个朝前站，一个朝后站，裹着狮子皮，叫你看不出其中的奥妙。有人大叫,狮子"插蜡烛"啦!

那雄狮自罚了一会儿,看看还没有同伴,又折回"山洞",从八仙桌的东头钻回到西头。雄狮的头才钻出"山洞",身子还没全爬出来,一只打扮得特别漂亮的母狮就出场了,很快就跳到了第三层。

那雄狮可高兴啦!雄狮开始大显身手表演各种各样的舞姿献殷勤,来赢得母狮的芳心。于是,它们一前一后,跳上了第五层。当跳到第五层时,母狮有些犹豫了,不想和雄狮一起玩,想掉头回家呢。雄狮好不容易才将母狮吸引过来,那是绝对不会放手的,它用尽了全身的解数,哄着母狮。旁边有人说,雄狮在表演翻九台、蛤蟆吃水等高难度的技艺。母狮觉得雄狮很有本事,也羞答答地跟着雄狮,一路追逐着、玩耍着,不知不觉到了"山顶",那就是八仙桌的顶层。

两只狮子打情骂俏玩累了,就蹲下身来看抛球。只见那抛球的放下那挥洒自如的绣球,飞上顶层那张翻过来的八仙桌,开始徒步走四只桌脚,还表演各种动作。此时,锣鼓声又停了,大家瞪大眼睛,屏住呼吸,桌台边上的观众仰着头,提心吊胆地观看着,看那表演者单腿立在桌脚上开始脱鞋子,接着脱袜子,还把脱下来的白袜子提在手上,举得很高很高,在空中挥舞着。好像全场有种默契,近万人的观摩大会竟然鸦雀无声,只剩间或的鼓点声。

紧接着,单立在桌脚上的那位艺人又把袜子穿回去,连鞋子也穿好了,艺人抱拳作揖答谢,飞到桌子中间,稳稳当当地站立住。此时,全场响起雷鸣般的掌声,还有欢呼声、呐喊声、口哨声、锣鼓铿锵声……此起彼伏,赞叹黄沙狮子精湛的艺术表演。

百尺竿头,更进一步,远远看见那两根连接着的毛竹竿挑起一把板椅(带靠背的椅子),迎到了顶层,艺人把板椅的一只脚立在顶层四脚朝天的一只八仙桌桌脚上，没有任何的安全措施，人又跃上板椅，在那独脚的板椅上玩倒立、斜立，还坐在上面用火柴点烟。那时我们乡下只有火柴，还没有打火机。

两只狮子也看得惊呆了，过了好一会儿才回过神来。板椅撤走，雄狮首先跳到四脚朝天的八仙桌上，在顶层的桌脚上跳舞，翻跟斗，又从顶层桌子底下横穿过去，表演难度比《十五贯》中的娄阿鼠转板凳不知还要高出多少倍呢，这才叫精美绝伦。母狮被雄狮的威猛、真诚和独特的艺术才华所折服，同意与它结为森林伴侣，还亲昵地表演各种动作。刹那间，所有层面的空隙处，东、南、西、北四个方向的八仙桌上，都跑出许多小狮子来，整个舞台全是狮子的天下。两只狮王蹲在顶层，头贴着头，肩挨着肩，得意地看着活蹦乱跳的小狮子们。紧接着黄沙狮子送祝福，雄狮和母狮口中各吐出一幅标语："毛主席万岁！""共产党万岁！"

整台黄沙狮子表演结束了，人群围着八仙桌，久久不愿离开。

# 九峰泉洌

张广星

上午，在家读了一会儿书，然后去了九峰公园，公园里人还是比较稀少的。由于公园对自带音箱唱歌、唱戏的，对桃花潭边竹荫下露天喝茶的，甚至对羽毛球场地上打球的，管理比较严格，更不要说这么多的儿童游乐设施至今一直闭而不用，所以看起来公园里人还不多，相对而言，最多的就是手提塑料水壶去山坳里的山涧汲水的人。我很佩服这些汲水人的毅力。由于山口的古井井口还继续被封着，他们就不能在山口汲水，需要走到呇里，去的时候当然是轻松的，无论带多大几只水壶，但返回来时，水壶里都装满了水。这些水壶要么是被扁担挑着，要么两只手各提一个。从呇里到山口外，大约要走两公里。他们中劲小一点的，就要走几步就歇一歇。

黄岩人对九峰山的水特别钟情。今人徐仙学先生有诗云：

灵鹫峰前别有天，茂林修竹草芊芊。

铁筛井畔人如织，争汲世间第一泉。


很多地方都声称，当地的泉水是"天下第一泉"，表达的无非是对家乡泉水极而言之的一种喜爱而已，原不值得考究它是否真的"第一"。但黄岩九峰的铁米筛井，说它第一，不完全是夸张。一口宋代古井，沿用至今，一直是市民主要用水水源。在黄岩城未有自来水之前，全城人都仰赖于这口古井。即使有了自来水，黄岩市民还是会把一般洗刷用水与饮用水分开，尤其是有茶饮习惯的人，好茶一定得配好水才能喝出茶的清香味。

我年轻时曾在古井旁的县府第二招待所住过一年。我所住的房子刚好是东灿头，大大的玻璃窗就面向着咫尺之遥的铁米筛井。每天凌晨，东窗口就人声鼎沸，车来人往，同时竹林树丛间又鸟鸣喧天，可以说晨间的九峰是一天中最为热闹的时辰。那时，城里有很多烧水锅炉，很多市民都不烧水，要喝水就去烧水锅炉买水喝，所以就衍生了一个古老的职业：卖水客。他们用手拉车拉着一车的盛水桶，要在井口工作好一段时间，才能把每桶水装满，然后再拉着这一手拉车的山泉水回城。由于出山口的道路有些下行的坡度，所以卖水客不担心车太重而拉不动，而是担心太重了溜坡太快刹不住撞了人。所以他们总是边拉车边喊着"车来了，车来了"，或者喊"水来了，水来了"！

铁米筛井有一奇观，就是城市里不管有多少人用水汲水，也不管旱了多少日子，井水总不会枯竭，总能满足全城人的"渴"水需求。即使这四十年来，黄岩城扩大了好几倍，城市人口也增长了好几倍，而古井依旧。清人姜文衡的诗《铁米筛井》所描述的情景，依然可以移用于今天：

> 壮县千万家，饮此一井洌。
>
> 古甃开方镜，碧泓沉积铁。
>
> 为有源头来，冬夏无盈竭。
>
> 大哉山灵功，终古济涸辙。

有一段时日，古井水水质受到了污染，那是因为很多市民来九峰山山溪里洗衣洗被。他们一来往往就是半天，而且不少都是结伴而来的。古井的位置不是随便凿的，而是宋代净真和尚通过精心勘察，才选中了这个九峰山山脉的交汇之地，才有泉水源源而来，冬夏不竭，但也因此，在上游溪水洗涤，皂水也随之渗进了古井，很快，市民们喝出了水的异味。最终，经过政府出面强制治理，这种情况才被制止，这样，古井泉水又恢复了往日的清洌。

也是在很多市民进山洗涤的日子里，被逼无奈的汲水人只好提着空桶来到山上，在溪流上找到了很多或大或小的泉眼，他们相信，这些泉眼里流出的泉水富含矿物质，营养价值高。

在防控新冠肺炎疫情期间，九峰公园受命封锁了公园入口，黄岩人喝不上九峰山泉，这算是防疫期间黄岩人比较难受的一件事。后来疫情稍缓，九峰公园重新开门了，虽然为了防止汲水的人在古井口聚集，至今古井口还被路障遮挡，但市民们进山，到山上的泉眼汲水，并没有受到限制，所以在公园里走动的，大多是往来山上汲水的市民。

# 行走大雷山

倪宗连

　　江南，四月，"春路雨添花，花动一山色"，踏青正当时。雨过放晴，我走进了大雷山——浙江省玉环市的第一高峰，主峰中尖海拔四百四十三米。它像一本发黄的厚重的线装书，静静地摆放在岁月的书架上，我轻轻地打开，一页又一页，慢慢品读，品读它前世今生的点点滴滴。

　　玉环地处华南褶皱系泰顺—温州断坳区，主体地形为海岛丘陵。大自然的鬼斧神工雕琢出了许多别致的景观，喜欢寻幽探胜的文人高士纷至沓来。三国时期的葛玄天师来了，他是携着丹炉来的，在大雷山筑室立炉，修炼九转金丹。或许，现在大山的深处还藏着许多金丹，有德有缘者会得之。南朝梁时的"山中丞相"陶弘景带着弟子来了，他们是循着葛玄天师的足迹来的，在此搭房修道。元代进士陈高也来了，禁不住作诗赞叹："入山惊道险，上岭觉天低。日碍危峰过，云依翠壁栖。幽花如血染，怪鸟学儿啼。避世须来此，桃源路已迷。"在陈高眼里，大雷山景区无疑就是武陵人涉足过的桃花源。

大雷山景区原有葛玄丹室、清虚宫、月照堂、龙湫瀑、雷峰积翠、十八曲、曲岭松风等胜迹。随着时光的流逝，一些景点早已不复存在。目前，大雷山景区主要有竹坑村瀑布、龙潭、长廊亭和二阶六角亭等景点。

在阳光照射下，大雷山愈显壮实、峻朗和秀美，山形流畅，棱角分明，刚劲挺拔。山脚的路已延伸到山腰。山坡上草木葳蕤，密密匝匝，参差不齐。随处可见的杜鹃花竞相吐艳，似在向游客致意。一排排杉木像是大山的守护神，叶子长势葱郁，果子繁密结实。山体植被良好，水汽氤氲。对于厌倦了城市喧嚣的人来说，嗅一嗅久违的清新空气，寻觅诗意生活成了一种奢侈。置身山中，如浸泡在一个天然氧吧，心旷神怡，身体有种脱胎换骨的感觉，叫人流连忘返。

一路漫步一路惊喜，蓦然，眼前出现一泓水池，几只鸭子正在悠闲地戏水，其中一只忽然扑腾而起抖动身体，一下子打破了静谧的气氛，然后复归于静谧，甚至是更深的静谧。

路边几个上了年纪的老乡在出售山货，有鸭蛋、菜干和番薯条等，全是绿色环保的食品。

按老乡的指引，我顺着一条小道一鼓作气直抵大雷山最高峰。身在山巅，才感受到山的宏大宽广和狂野任性。阵阵山风飒飒而过，尽情地洗涤郁结胸中之块垒，此时，心超然于物外，功名利禄皆如浮云，一切都可以释然。

从大雷山最高处俯瞰，玉环的全貌尽收眼底，山脚下的芳杜水库成了一个蓝色的小圆圈,像一块翠玉镶嵌在大地上。极目远眺,气势宏伟的乐清湾跨海大桥成了隐隐可辨的一条线,横亘在苍茫的烟波之中,如一轴赏心悦目的写意水墨画卷。

有山必有水,发源于大雷山的溪流长年奔流不息,其中芳杜溪大部分水源流入芳杜水库,小部分水源再与前赵溪、樟岙溪和垟根溪一道汇入同善塘,最后注入乐清湾。我在一段溪水旁停留下来,只见急湾处流水淙淙,浅水区可见许多大小不一色彩斑斓的鹅卵石在水中晃动,深水区则碧绿深沉,刚巧水面上漂来几朵桃花,我弯腰捧水洗面,清冽之感沁人心脾,精神大爽。

一方山水滋润一方人,沿溪两边星布着许多村落,村民们临水而居,享受大自然给予的无偿馈赠,彼此和谐相处。

柏台村靠近山脚,村名寓有柏树台门之意。村里有一对古柏,几片树根已形如枯槁,树身却枝繁叶茂,绿树成荫,犹如华盖般庇护着村民。这对古柏颇为神奇,雌树长年开花,雄树长年结果,却从未长出一株小柏树。没有人知道柏树的确切树龄,有人说已几百年,有人说已几千年。而令村民骄傲的是,小小的柏台村竟出了郑楚森和曾子敬两位在台州有较大影响的文化名人。

久闻前赵村是一个古老的村落,必须探访一番。村民以赵姓为主,根据《赵氏宗谱》记载,以前地名叫钱溪,此支赵姓属赵匡胤一脉。"烛光斧影"事发后,赵光义登上皇位,迫害赵匡胤的子孙,为了避祸,其中一支辗转多地后隐居此地,安居乐业,繁衍生息,已有千年历史。赵氏家族重视教育,耕读传家,其后裔赵元宽(又名赵宽、随舅父迁居江苏吴江)在明代成化十七年中进士,历任刑部郎中、浙江提学副使和广东按察使,擅诗文,著有《半江集》。

东升村的西林也是个值得一走的地方，村里出了一个很了不起的人物——陈愚亭。他的故居尚在，高高的围墙，墙上藤蔓纵横缠绕，墙内茂林修竹直指苍穹，残栋断梁在风雨中飘摇，昔日的辉煌依稀可见。他是晚清秀才、名中医和开明绅士，医术精湛，乐善好施。1949年后，他坚辞县人民医院副院长职位，回到楚门镇诊所做一名普通的中医师。关于陈愚亭的故事流传很多，比如家里的长工结婚他送田地作彩礼，他开出的药方病人抓药不用付钱，而是在他的工资中扣除，等等。他因此被誉为"愚亭佛"，真正践行了悬壶济世的人生理想。

行走大雷山，来去匆匆。

# 南城有片贡橘园

章云龙

　　城之南，谓南城。地理概念上的南城，悠长悠长。地质学家的视野里，在新地质构造喜马拉雅运动后，浙江东部下降区第四纪（二三百万年前）沉积物形成海积平原，上层二十至三十米属于冰后期（约一万年前）广泛海侵浅海沉积物，为土壤母质。因此，故乡黄岩地质的变迁史是何等惊心动魄，又是何等充满遐想。从目前见到的零星史料，我们知悉黄岩城关一带东汉时早已成陆地，南城也不例外。自然，未见之史料记载的岁月定会加漫长。

　　万物生长，与水土是一种血亲。数千万年前，我们这片宜居的土地曾是一片汪洋，地质运动后，渐成陆地。南城下洋山这样的古地名让我们窥视到一丝地质变迁的密码。盐碱地在经年的雨水冲刷下化咸为淡，为名果橘子提供了基本的生存条件。千百年土壤的进化史，肥沃成了它的代名词。我国关于柑橘较早的文献《禹贡》记载了四千多年前柑橘为贡品的史实。三国东吴时沈莹著的《临海水土异物志》载："鸡橘子，大如指，味甘，永宁界中有之。"它证实了一千七百多年前黄岩柑橘的栽培史。北宋欧阳修编撰的《新唐书》中有"台州土贡乳橘"，记下了蜜橘之乡黄岩的橘子在唐朝时成为贡品的史实，从林昉的《柑子记》中的"台之州为县五，乳橘独产于黄岩"及韩彦直的《橘录》中都印证了黄岩独产乳橘的事实。这一条从栽培到成名果的路，是千百年来由黄岩橘农和植物专家一起筑就的。

南城的橘子从何时起成为贡橘？林昉在《柑子记》中把断江定为黄岩柑橘的始祖地，并誉为"天下果实第一"。有关史料记载：明正德与万历年间，黄岩县城西南遍栽柑橘。万历年间的徐贵格曾在《桔柚主人传》中写道："吾邑环西南城外皆桔柚之园，千株万株，不胜屈指数。至八九月间，次第成熟，累累下垂，殷红可爱，不啻火球之照耀。"我想，这与南城一带河网密布是分不开的。有河的地方，植物生长有了先决条件。文明始于水，盛于商业。《路桥年鉴》记载，南官河起自黄岩城关，五代开平元年到长兴二年（907—931）开凿。南城街道的蔡家洋村现水系也非常发达，有南官河支河永丰河及东南中泾等。当我们今天从蔡家洋的橘园中走过，肥沃的土壤，根深叶茂的橘树，累累的金果，品质绝不亚于黄岩的优质产区凤阳、断江一带。从唐始，一颗颗产自黄岩的橘子成为皇家果盘上的佳肴，柑橘具备了视觉与味觉上的冲击力，也带给我们无穷的想象。

橘花飘香的时节，我把脚步停留在南城街道的蔡家洋橘园中。吹拂着乡野的风，清香袭来，廊道上，一个个天真烂漫的孩子跑过，三百年前的蔡家洋是否也有这样的情景？花谢时节，我的身影又出现在贡橘园，看着刚露出头的青果吮吸着自然的甘霖，一滴滴雨珠与绿叶和青果盈盈地融为一体，一个个青果似大自然的精灵，呈现着勃勃生机。河边，知名的不知名的鲜花盛开着，农民们笑着从橘园边的小路上走过，稍做攀谈，他们自豪地告诉我今年蔡家洋的橘子又将丰收，贡橘园打造后，名声更大了，橘子不出村也能一销而空。时光飞驰，橘子又黄了。白墙灰瓦，绿树缀金，清澈的河边，橘黄的倒影格外的美。村舍、农房掩映在一片绿色与点点金黄中，多美的乡村啊！

我信步走向"橘三仙"，枝头弯了，仿若受到美好生活回馈的人们一脸的满足。百年的岁月，"橘三仙"见证了橘农生活走向美好。"一年佳处眼中来"，我走在橘园边的青石板上，看金黄的橘子含笑。一条宠物狗迈着碎步从我身边走过，狗主人优哉游哉地跟过来，这一幕，令闲庭信步的我分不清是在公园还是乡村。

南城的这片贡橘园啊，"家山红了橘千头"，橘子中的乡情，从一两千年的历史时空中飘来，沉积着一个个橘乡儿女的骄傲与自豪，化成了故乡最深沉的情愫。

# 且放白鹿青崖间

傅亚文

　　许是自小生长在山野，与自然山川有着天然的亲近感，我喜欢原始生态，也喜欢传统村落与山居小城。无数次远行，都是为了感受自由不拘与天人合一的境界。十余年前开始的家乡之旅，让我开始接触仙居——一座与家乡相邻的山水之城。无数次流连于仙居的山水间，蓦然间，于仙居，不知何时起，竟已一往情深。

　　首次对仙居有大印象，是大暴雨后的神仙居。彼时的神仙居即如今的西罨幽谷（从西罨古刹沿溪流往里行进的一条幽谷）。西罨寺是宋明时期仙居的著名寺院，宋雪岩禅师留居之地，民国末倒塌不再。沿遗址前行，经过一座古朴的单孔石拱桥，一路溪水哗然，古木参天蓊郁，夹岸石峰奇特。瀑布接踵而至，或秀美或壮丽或飘逸，风姿绰约，水量丰沛。雨后的山谷，偶有云雾飘散，满目绿意深重潋滟，阳光穿透叶片，晒下斑驳陆离的光影，空气中弥漫着林木花草的清香，叶片上水珠犹在，莹莹欲坠。走在如梦的深林里，真正是"山路元无雨，空翠湿人衣"。

再次对仙居有大印象，依然是大暴雨后的神仙居。彼时的神仙居已是今日的神仙居范畴。怀揣忐忑、顶着浓雾乘上缆车的我们，在冲出浓云、立于山巅平台之际，唯有震撼。云端之上，明净清朗的天空，清冷润泽的空气，峰峦叠嶂间，石壁巍巍，腰缠的浓云瞬息万变，不必移步即已气象万千，云霞明灭间，一时不辨天上人间，真正是"曲曲如画，重重似屏"。那一次的云端之旅，既有"太乙近天都，连山到海隅。白云回望合，青霭入看无。分野中峰变，阴晴众壑殊"的气势，也有"远山长、云山乱、晓山青"的意韵。如梦似幻却糊里糊涂，只觉得神仙居缥缈神秘，大爱之。记得子干说，这是韦羌山的一部分。回家后查阅资料，方知韦羌山是一个小山系，韦羌山山系位于淡竹境内，为括苍山第二高峰大青岗余脉。韦羌山史上名称众多，有韦乡山、纬乡山、伟羌山、伟美山、韦运山、天姥山等，南宋《嘉定赤城志》卷二十二"山川·仙居"载："韦羌山，在县西四十里。绝险不可升。按《临海记》云：'此众山之最高者，上有石壁，刊字如蝌蚪……'旧有绿筠庵。按旧志载，韦羌山，亦名天姥……《登真隐诀》曰：伟羌山，多神异之事。"相传为仙人天姥所居，南朝孙诜《寰宇记》载："春日，樵者闻鼓吹箫笳之声聒耳。"元代诗画家倪瓒有首名为《题韦羌草堂》的题画诗曰："韦羌山上草堂静，白云读书还打眠。买船欲归不可去，飞鸿渺渺碧云边。"画家眼中的韦羌风情亦让人向往。而清代画师刘明杰创作的《古今地舆全图》，则明确标记天姥山在仙居境内，图中"仙居"标注"李白梦游天姥吟即此"。想来，古代天姥之名要远胜韦羌。

　　从此，神仙居就成了我常常去的地方，每一次都会给我迥异的感悟。我渐渐熟悉了它的佛国仙山之殊景，云雨晦明、艳阳高照或是薄雾轻拢时的神妙。春夏之时，绿海荡漾，花团锦簇，鸟鸣虫欢；秋冬之时，经霜之后，黛绿丛中，万千红叶。我经历过它雨后的云蒸霞蔚，雪中的磅礴冷峻，朝阳下的霞光万道，落日时的温暖人心。难忘那一日，在祈愿台前静立，杳无人烟之际，突然就出现了佛光，远方天际处，观音端坐云间，祥和静美，与眼前的观音岩遥遥相对。晚霞下的这一幕异常温暖，耳边响起熟悉的诗句："那一天，我闭目在经殿的香雾中，蓦然听见你诵经中的真言；那一月，我摇动所有的经筒，不为超度，只为触摸你的指尖；那一年，磕长头匍匐在山路，不为觐见，只为贴着你的温暖；那一年，转山转水转佛塔，不为修来世，只为途中与你相见。"莫名感动，于佛教与佛陀，突然就有了不一样的感悟。大学时，老师曾语重心长地说过，作为中文系的学生，一定要去读《金刚经》。那时年少轻狂，压根儿没往心里去，也不理解老师的深意，其实我们每个人都应该去读《金刚经》。记得那次来神仙居前，我曾莫名找来《心经》诵读，第二天脑中空白一片，无所挂碍地来到神仙居，我这个不戴眼镜的高度近视者转了一圈，看见了别人未曾看到的那一切，于是有了神仙居之佛国仙山与五轮一道之构想，相信那是《心经》给我的智慧。这世间，所有的遇见都是久别重逢，都是缘分，也是福分。我之于神仙居，想必也有着某种神秘的关联吧，也许某一天会有所了悟。

　　对仙居的另一大印象是永安溪绿道及沿岸的古村古镇。流连其中，感受山水人居的诗意，感受先人栖隐其中的智慧人生，也感受今日生活于此的乡民们在清寂生活中骨子里渗透出来的恬淡，这样的生活姿态无法刻意，身处其中久了，心境竟也收放自如，诚如太白所言："且放白鹿青崖间。"

永安溪为灵江流域的上游，贯穿仙居全境，两岸林木茂盛，生态极好。永安溪绿道自县城永安公园始，一路向西至神仙居。尤爱浮石园至增仁一段，溪面宽阔，洄湾柔丽，遍布卵石，且水色青碧澄澈，湿地绵延，夹岸青山，溪畔大片溪柳与枫香参天蔽日，林下绿草繁茂，百花争艳，间以小村怡然，阳光斑驳，偶见羊群穿越，不论阴晴雨雪，都极为梦幻。尤喜微雨或是夕阳西下，雨中的润泽清泠与夕阳下的柔美温暖，都让人依恋。行走其间，触目它的清丽与原生态，在细节处感受建设者的谨小慎微，他们对自然之敬畏、对环境之爱惜让人敬佩，我深悟那一份沉甸甸的乡情。见多了太多以绿道之名破坏绿道、以湿地之名摧毁湿地的现象，永安溪绿道是一个异数。依在溪边的木栈道上，看夹岸绵延的苍翠，看清碧的溪水自远处青山奔流而来，看溪中小渚上葱绿的林木与细沙，听水流潺潺与鸟鸣啾啾，想象月明星稀之下，眼前的一切定会如张若虚言："江流宛转绕芳甸，月照花林皆似霰。空里流霜不觉飞，汀上白沙看不见。江天一色无纤尘，皎皎空中孤月轮。"

永安溪沿岸的群山谷地中，依然有不少屋舍俨然的自然村落，依山傍水的古村静立于蓝天白云下，犹如世外桃源，极具江南山居的美感；村落里依稀尚存的古建所蕴含的文化让人惊叹，那些精美雕刻的丰富细节，令人情不自禁想象一番几百上千年的往事。往事，于不同的人心里，自会演绎出不同的版本，我总是对此迷恋不已。这其中，皤滩与高迁是最具规模与代表性的，它们分别代表中国传统乡村不同的文化与发展历程。

　　墦滩古镇位于永安溪中游的河谷平原，历史上曾是重要的水陆通道苍岭古道的起点，为浙东南沿海与浙西内陆连接转运的重要商埠。它的兴盛源于食盐，它的日渐萧条却源于民国时期交通的改善。这期间，开放而优裕的生境孕育出了灿烂的民间艺术，尤其让人惊叹不已的是无骨花灯。我最早接触到墦滩，是从墦滩走出的年轻学子王董天编著的《墦滩千年》里，从中看到了墦滩的美，也读到了作者对家乡深沉的爱，这位青年让我感动，墦滩的古建也令我向往，于是有了首次墦滩之行。那时的小镇还是原始状态，古建完整，也非常生活化，石头小巷里有嬉笑打闹的孩子，村民们在水埠头浣衣洗菜。后来有一次，邂逅无骨花灯展，那些无骨胜有骨的花灯唯美精致，璀璨烂漫，独特而超乎想象。现场的制作更叫人瞠目，纯粹用一根细针成就的这份"错彩镂金，雕缋满眼"之美透着空灵飘逸。制作者的细心与耐心让人钦佩，千万次屏息静气扎制的图案，常常会因一针的微晃而前功尽弃。行走在老街上，看到与曾经的丽正义塾一墙之隔的镇兴寺，会想起从这里走出的静权法师——一位讲经会让弘一法师潸然泪下、唤起众生救国心的高僧。百余年前，一个叫王寿安的聪慧少年，为追随名儒朱云卿老先生来到墦滩的丽正义塾，苦读十年，不为仕途，却于光绪三十一年（1905）在黄岩多福寺遁入空门，同年转国清寺受戒，法号宽显，字静权，最终成为一代高僧。当年的朱老先生没想到，少年王寿安或许也不曾料到，从王寿安到静权，从儒至佛，在墦滩，只不过隔了一道矮墙，而在少年心中，想来一直都是相通的。只是，而今的墦滩，干净多了，却也寂寥了，活力渐失。

　　高迁则是大多数中国传统乡村的样子，典型的耕读传家村落，吴氏家族的聚集地。吴家一直书香不断，辉煌者有北宋龙图阁大学士吴芾、南宋右丞相吴坚、明代左都御使吴时来等。高迁村大部分建筑保存完好，村民相对多些，没有人为开发的痕迹，村庄现状比蟠滩好很多。村内完整的四合院尚有六座十一透，以苍山屏山为中轴建设，风格各异，留有浓郁的文人气息。其中的雀替与牛腿，大面积的雕刻繁复精致，而门上的木刻腰封却极具叙事性，每一帧都栩栩如生，演绎出一段段回味无穷的故事，彼时的山水花草、虫鱼鸟兽、风俗人情、娱乐生活，都在木工的雕刀下活色生香，历数百年尤鲜活如初，让人感慨先人的从容与风雅。生活其中的村人亦是淡定从容，鸡鸭们亦不择地方随意下蛋，一不小心便在一小弄堂里踩碎一颗蛋。村里有个画家叫吴强春，貌不惊人，却是奇人一枚。我曾多次来高迁，都是他当导游。他是吴家后人，深爱家乡，一直安住老家，曾花费十年时间，查阅大量资料，绘制还原了高迁村全貌图。当这幅五米长的画卷展现在众人面前时，立时惊艳了每个人。画中建筑有序，田垄井然，古木巍巍，杨柳依依。村道上鸡犬相闻、行人从容，院子里还有人品茗。村外大片田地里，挑担、放牛、犁田的一应俱全，池塘边还有人垂钓。一桢生动有趣的乡村生活图景！这，就是高迁的《清明上河图》啊！不由再次慨叹，高手总是在民间。目前的古村古镇一开发就圈起来卖门票，模式雷同，商业泛滥，修复得再好也只是一堆文物，生活形态与村镇的灵魂都已消失。有了吴先生这样的现代乡贤之情怀与为政者宁慢不快的举措，也许高迁今后不会再重复如今的开发模式，能够让古村继续活色生香下去。

　　兜兜转转间，与仙居的缘分似天定。缘之所至，学到了一套道家南宗实修实炼的功法，欢喜非常，日日习之。道家南宗源自武当，在仙居得以传承。它帮我打开了看世界的另一扇窗，让我渐渐明心净性而豁然开朗，了悟原本的自己固执而肤浅，浩瀚的宇宙与多彩的世界，我不过窥其纤毫。记得有这么一句话："如果你是一粒沙，整个宇宙的空间都是你的，因为你既碍不着什么，也挤不着什么；你面对无垠的开阔，你是宇宙的君王——因为你是一粒沙。"唯细小才强大，可我更觉得"一切有为法，如梦幻泡影，如露亦如电"，唯放下才自在，才有无处不在的自由。这世间，并不只有肉眼所见，而儒佛道，从来就不存障碍，一切都是心障。所谓轮回，所谓前生后世，也都真实不虚。仙居山水之灵性，曾经吸引那么多人栖隐于此也就不足为奇。次年后的某日，我看到了空中的神仙居。置身高空，唯见"千岩万转路不定，迷花倚石忽已暝。熊咆龙吟殷岩泉，栗深林兮惊层巅。云青青兮欲雨，水澹澹兮生烟。列缺霹雳，丘峦崩摧。洞天石扉，訇然中开。青冥浩荡不见底，日月照耀金银台。霓为衣兮风为马，云之君兮纷纷而来下。虎鼓瑟兮鸾回车，仙之人兮列如麻"。李白在《梦游天姥吟留别》中所述之景生生于眼前。訇然了悟，李白并不是梦见，他之所写，都是高空所见之景，是他一闭眼就真实呈现的，这是他如此熟悉的一切。我们，又何必拘泥于他到没到过天姥山，也许他名叫李白的时候没来过，但是他与天姥山、仙居的缘分早已有之。而我，也了悟自身与仙居的关联，其实并不神秘。

　　仙居的山水，如画；仙居的姿态，淡泊。清丽、幽深、奇崛、柔美、祥和兼而有之，是诗词的海洋，当然它不是以文字，而是以自然山川和生活形态为诗。境由心生，情随景转，每一次的感受都会不同，想起的不只是李白的诗，杜甫、王维、王勃、苏轼、张若虚、陶潜等人的诗词也会入心。在幽谷山道行走，同样会想起仙居本地诗人项斯的《山行》："青枥林深亦有人，一渠流水数家分。山当日午回峰影，草带泥痕过鹿群。蒸茗气从茅舍出，缫丝声隔竹篱闻。行逢卖药归来客，不惜相随入岛云。"

喜读仙居同行之学生创办的公众号"仙居物语"，其于不疾不徐间，从容道来仙居的古村、风俗与稽古，文字质朴平实，于平淡中道尽小城风物，唤起乡人的文化自信。仙居始终是清润淡定的，身慢下来心静下来浸润其间，会感悟良多。其实旅行，不只是为了去某个地方，而是无论身处何方，都能如婴儿般开放明亮。一如"千江有水千江月，万里无云万里天"之偈语，亦如仙居之山水，回归天人合一，自有一份"且放白鹿青崖间"的自如，自由，无碍。

# 斜阳脉脉水悠悠

曹瑛杰

　　剥开一枚圆润饱满的橘子，轻轻咀嚼，一股酸酸甜甜的滋味伴随着淡淡的清香弥漫开来，勾起我的思乡之情，童年之忆，引我踏上回乡之路。

　　我的家乡——山头舟，是黄岩的柑橘发源地。澄江两岸，一片片茂密的橘林，郁郁葱葱，充满生机。橘花盛开时，白如纷纷扬扬的雪花洒落青翠的枝头，绿叶素荣，纷其可喜兮。馥郁的香气遮天盖地地沁入黄城的角角落落，令人陶醉。当"秋风吹红了橘枝头，千枝万枝结满相思豆"时，人们呼朋携友前来采摘，染上甜意的欢声笑语从橘林中飞出……我不能不佩服建军兄的奇思妙想，这一颗颗"相思豆"结于枝头，却在每一个橘乡人心中生根发芽。

　　沿着林间平坦的小路缓缓前行，橘子特有的芬芳沁润心脾，令人神清气爽。一座小巧别致的仿古廊桥横跨于长潭河上，河水静静地穿过橘林流向远方。倚栏四顾，连绵的橘林如微风轻漾绿浪，涌向天边。在暮天的苍茫中，石大人遥遥矗立，昂首青云。"突兀凌空石，巍然气概雄"，这位被当地父老尊为柑橘守护神的石大人，据说与温岭的石夫人有一段凄美的爱情故事。"一种相思，两处闲愁。此情无计可消除，才下眉头，却上心头。"千百年来，他与石夫人历经沧桑的守望，还在继续。

走下廊桥，在硕果累累的橘林中徜徉。丰姿飘逸的橘神手托甘果，注视着这一方土地，送来祝福，寄托期望。雕像后是柑橘博物馆，记载着黄岩蜜橘的历史变迁。澄江两岸独特的地理环境养就了黄岩蜜橘的优良品质，南宋戴复古赋诗赞之："百果之中无此香，青青不待满林霜。明年归侍传柑宴，认取仙乡御爱黄。"黄岩蜜橘曾经的辉煌，令其名扬天下。柑橘博物馆对面是黄岩名人馆，介绍了南宋丞相杜范、南村文儒陶宗仪、三边总制曾铣、清代榜眼喻长霖、"两弹一星"功勋陈芳允等数十位前辈乡贤。

迤逦而行，橘林深处，两棵古樟树下有一座古庙，门额上题着"福庆庙"。这是我曾就读的小学，现在是村老年活动中心。走进大门是戏台，戏台正对面的堂上点着蜡烛，这些原是没有的。两廊下本是简陋的教室。由于某些特殊原因，父母曾费了一番心思，让我六岁就上了小学，那时的我如何懂得自己身上承载了父母多大的期望！友东叔是学校里的老师，见我年纪幼小，时加照拂。我仿佛看见小小的我被友东叔牵着走进学校，一双骨碌碌的眼睛好奇地打量着四周。慢慢地我认识了一些小伙伴，大家相互招呼着结伴来学校。课余时学校东边的操场到处闪动着我们追逐嬉戏的身影。上课铃响起，同学们飞快地跑进教室，仰着小脑袋认真地听老师讲课。后来，我在读到宋濂《送东阳马生序》时，想起当时的学习境遇，唏嘘不已。

图书管理员和电影放映员是我小时候最向往的职业。我喜欢看书，但那时除了课本难得看到其他书籍，偶尔借得一本连环画，小伙伴们便相互传阅，欣喜不已，翻来覆去，书里的人物事迹几乎烂熟于胸。除了看书，最开心的自然是看电影了。每当得知村里要放电影时，我们这些孩子甚是兴奋，我和世平、仁国是形影不离的好朋友，互相帮忙着占位子，银幕上出现"完"字时，我们还在你一言我一语地议论着电影中的情节不肯离去。为了能去几里外的邻村看电影，放学后匆匆做完作业，囫囵吞下几口晚饭，便高一脚低一脚地携手来去，星光下，朗朗笑语伴着阵阵蛙鸣肆意飘荡在林间田野。想起儿时纯真的快乐和友谊，而现在小伙伴们都有了自己的事业，天各一方，难得一聚，不禁怅然。

信步至永宁江边，独自徘徊，我寻觅着古道的痕迹。这条黄岩至永嘉的捷径虽已湮没，但历史的记忆岂能都被雨打风吹去？隐隐青山应还记得，那个秋天朱熹造访瑞岩寺，走过古道，并写下了"踏破千林黄叶堆，林间台阁郁崔嵬"。悠悠绿水应还记得，抗元英雄牟大昌率领子弟兵高举"赤城虽已降于虏，黄山不愿为之氓"大旗，冲出古道。"风萧萧兮易水寒，壮士一去兮不复返。"绿水也曾鸣咽，也曾怒吼。林间清风应还记得，南宋大儒黄超然的琅琅读书声，他所创办的柔川书院至今犹遗爱乡里。"涉流沙，度葱岭，遍游西天，通诚佛域。"明初高僧宗泐披一身西域风沙缓缓走来，融入江南烟雨中。这条黄永捷径曾是黄岩陆上交通要道，有多少士人举子经此匆匆赴考，又有多少文人墨客经此踏青探幽，更有多少忙忙碌碌的商贾，肩挑背负的辛勤农人。"弃衣被，走黄岩"，易安居士仓皇南下，风尘仆仆，应也在古道上洒下了一丝愁绪。漫漫古道，遗踪点点，留给人们许多的遐思。

弯道取直后留下的河道越来越狭窄，曾经的水阔浪急、潮起潮落都只留存于记忆中。一座水泥桥代替了原有的浮桥，连接着山头舟和断江，直通头陀。桥头那座原为浮桥管理处的房子也因紧闭多年而显得寂寞潦倒。站在桥上尚可看到江畔残留的一段浮桥静静地卧在斜阳下，谁愿倾听它低声叙说伴着时光逝去的历史？

永宁江上仅有过两座浮桥，一座是北门的利涉浮桥，另一座就是山头舟的利渡浮桥。浮桥古时又称"舟梁"或"舟桥"，设计颇为巧妙。一排小船并列浮于水面，以铁索紧锁一起，上面架梁，再铺以木板。永宁江是水上交通要道，时有船只通过，因而浮桥中间仅以木板搭成，每当船只经过，拉开中间木板即可放行。浮桥随着水流波动而起伏不定，桥两边没有护栏，走在上面晃晃悠悠，胆小的则不免有些心慌。

明中叶曾设断江渡，这是西部山区和城内物资交流的必经之路，人来船往十分热闹。夕阳西下，"余霞散成绮，澄江静如练"，低垂的柳丝轻轻抚慰着忙碌了一天的小舟，红红白白的落花惊破一片碧绿，偶有晚归之人，解缆而去，舟楫之声"惊飞双白鸥，冲烟不可见"。而今是再也看不到如此美景了。

但古时每每潮汛顺江而上，永宁江怒涛高达五六尺，水流湍急，曾多次倾覆渡船。万历七年（1579），建成利涉渡桥，因水急浪高而致坍塌。道光二年（1822），当地太学生潘荣耀出资建成利渡浮桥，大大方便了两岸的往来。桥头有一路廊，人们可在此歇息消乏。"鱼贯轻舟影不流，蚁移过客何时了"，浮桥忙碌的情境如呈眼前。特别是西乡重镇头陀集市之日，因了浮桥的便利，各地前来赶集者众多，肩挑车推，摩肩接踵，带动得山头舟也热闹非凡。修筑江南渠道时，浮桥附近的商铺迁至黄长公路两侧，原来的街道已不复存在。临古大桥建成后，浮桥日趋冷清。

曾经的繁华归于平淡，我心中涌起一丝伤感，漫无目的地转悠着。蓦然，我的目光被吸引住了，在浮桥管理处旁边的大树下似竖立着一块石碑。我急步走近，碑基已没于荒草丛中，横七竖八的藤蔓缠绕纠结着，颇显苍凉。我拨开藤蔓，轻抚碑体，见碑文字迹模糊，勉强能辨别寥寥数字，可看出此碑是道光二十八年（1848）为浮桥所立。忆起在《黄岩县志》中曾看到，明朝状元临海秦鸣雷和清朝贡生凤洋姜文衡均为浮桥撰写过碑记。据时间推测，当为姜文衡所作，惜乎未善加保护，任其风吹雨打，碑文原貌已佚，恐终难有定论。

余晖渐收，层绿渐暗。留不住夕阳西下，留不住江水悠悠。回首昔时记忆深处的美好和温馨，一首歌在我耳边响起：长亭外，古道边，芳草碧连天。晚风拂柳笛声残，夕阳山外山……

第五辑

食

美

# 酒里的江湖

潘雪梅

　　漫铺在圆形铁器中的酒糟，暗黄色，泥土般，呈现出大地的色泽，抑或就是另一种形式的大地。盖子合上，等待外部热量的积聚蒸腾。这是一个无法被目睹的神秘过程：蒸腾的力量在密封的空间里施展魔力，氤氲的气体犹如江河水，在其间翻滚、腾跃，酒糟的醇香被分解，继而和热气重新组合，融为一体——从无形到有形，一滴，一滴，又一滴……沿着容器的四壁凝聚，透明的液体汇成清溪，通过一根外接的管子进入酒坛。清洌醇厚、馥郁芬芳的酒香，携带着不可知的遒劲力道，强行侵入我们的鼻息，之后，便是它风云际会的美好时刻。

　　在酿酒史上，将这种通过蒸馏法酿制而成的酒称为糟香型白酒。各地白酒均有佳酿，因配伍不同而品味有别，香型各异，各领风骚。

本地西部山区宁溪镇，蕴藉了好山好水之灵气而酿制的糟香型白酒，俗称宁溪糟烧，其若小家碧玉，是寻常百姓家中的常备之物。虽然清润醇厚，香气诱人，备受本地人喜爱，但似乎很难与酒中之"贵胄"茅台、西凤、五粮液等名酒相提并论。就仿若粗服的农家小子面对长衫的风雅之士，难免相形见绌。直到有一天，有外地亲戚来访，设宴款待时，舍茅台而点名要有"台州茅台"之称的宁溪糟烧，我这才知道，原来，本地土酒已经名声在外，而且品质也不输于名酒。有了"台州茅台"之美誉后，才取了更儒雅的酒名"金山陵"。

宁溪糟烧，是当地老百姓对金山陵的家常俗称，叫得亲切，叫得响亮，叫得周边四邻都耳熟能详。有时甚至不说糟烧，直接称烧酒。那个"烧"字取得好，像农家人直爽的性子，醇厚朴实。直观地说，一口糟烧下肚，从食道到肠胃，便会体验到灼热的燃烧感；从它的意蕴上讲，精神上可以领略到富丽和丰盈之美。这兴许也是擅酒者不肯释杯的最佳注脚。

以地域命名似乎更具乡土气息和地方特色，宁溪糟烧之所以品质优良，很大程度上得益于宁溪的山水，清甜、甘润，从口中滑过，带来丝丝回甜。甘美清澈的水质，独特的酒曲配方，精确的时间把控，耐得住寂寞的窖藏，又揉进自然地理环境里的淳朴人文气息，成就了"台州茅台"之美誉——隔着透明的玻璃瓶，晶莹剔透的白酒安静得像远处的溪水，明澈，清寂，和一杯白开水没什么两样，几乎不会兴起波澜。可它一旦进入我们的食道，便有了翻江倒海的力量，有了无法用语言去形容的外延。我常常想，酒水里一定有个隐秘的江湖，潜伏在我们的视野之外——是冲天的浪，还是蹈海的龙，或者是行云里雾里驰骋之乐的神秘推手，抑或还是一种严肃的"教"，用循理之

"道"来解析不知正确与否。看似简单的饮品，实际蕴藏着深厚的内涵；没有边角，方才有方圆之说。

火红的杨梅，饱满的颗粒张扬着初夏的气息，和糟烧相遇时，晶莹的颗粒张开，舒畅地饮饱了酒水，那种欢颜，说不清是杨梅的，还是糟烧的，也许兼而有之。它们在透明的玻璃瓶中互相渗透，吸取彼此的精华，然后有了一个好听的名字：杨梅烧。作为盛夏解暑的佳酿，约定俗成地，家家户户都会泡制几瓶，自存或者赠予贵客。这个时候，杨梅烧火红的颜色在季节里张扬着，糟烧的浓香气息持久地飘荡在大街小巷。

静置了几天后的杨梅酒，颜色越发娇艳。如果这个时候忍不住馋嘴，打开瓶盖，会突然遭遇瓶口强大气流的袭击，头不由地向后仰去，冲鼻的浓香似乎涤荡尽了岁月里的苦涩。仙雅卓韵，不染一丝尘埃，让人想起稻米的味道、花朵的味道、果实的味道，甚至还有河流的味道、炊烟下的宁溪小镇热闹或者冷寂的味道，它裹挟着骁勇的力量，直入胸腔，人便未饮先醉了……杨梅入口，酒汁在口中化开，辛香遍布味蕾，舌尖先是绵，而后是微微的麻，蜿蜒至喉，变成一股强劲的冲力，热辣辣地在胃里烧灼起来，之后婉转腾挪，左冲右突，徘徊游移，最后在若有似无中缓缓飘散。人在这时，已经有了通体的舒坦，暑热全消。

最初的酒之"道"，似乎就关联着健康。酒使人筋骨强壮，祛病强身，就如这杨梅酒，最是消暑解乏的佳品。端午时节，在糟烧里加点雄黄，便成为雄黄酒，祛邪解毒；又或者身体累了，倦了，小酌一杯，精气神就回来了。就这样，由白酒衍生出的这类果酒，还有药酒、补酒等，拓展了白酒的外延，壮大了酒的家族，共同书写灿烂的酒文化。

写白酒，写糟烧，写酒文化，我觉得当用行草最能表达酒的意境——韵味悠长，洒脱豪放，该直截了当的地方直抒胸臆，该婉转回肠的时候如行云流水，那一丝稍稍远离生活的陌生感，恰当地表达了美酒佳酿超越柴米油盐酱醋茶的清韵和高雅之态。千百年来，文人对酒的理解极好地诠释了酒文化的博大——酒，成就了"斗酒诗百篇"的李白，"且须饮美酒，乘月醉高台"何等潇洒；"对酒当歌，人生几何"的曹操，歌吟着生命的洒脱之姿；"劝君更尽一杯酒，西出阳关无故人"，王维的送别之情历历在目；还有"醉翁之意不在酒"的妙喻，"酒逢知己千杯少"的喜悦，以及"今朝有酒今朝醉"的无奈……借助酒，人生百态，世事沧桑，被演绎得淋漓尽致。这些耳熟能详的诗作中，酒，犹如一个千面小生，不断变幻着不同的面孔，游刃有余地穿越在时间的光痕里。

寄情于酒，赋予酒以人类感情，可见酒不仅是文明的结晶，更是生活中不可或缺的参与者，甚至见证了人生许多重要的时刻：满月酒、接风酒、送行酒、喜酒、落山酒……从生到死，都有酒的身影。真应了那句老话，无酒不成席。随着历史的发展，酒在更大程度上承担了更多的功效。在当下，国宴也好，家宴也罢，酒都是必不可少的助兴之物，感情色彩愈发浓郁，它成为人与人沟通时的交际语言。行酒令、猜拳，派生出酒文化里的另一分支，作为观众，有时我的脑海里会出现两位江湖剑客，他们的手指在频率极快的伸缩中，犹如剑影交锋，着实有一番兵来将挡水来土掩的快乐。

亲属之间聚会，喝起酒来和朋友相聚相比，随意多了。开一瓶窖藏多年的金山陵，炒几个家常可口的小菜，不必推杯换盏，自由地品咂，菜，吃得舒心；酒，喝到半酣，便是人生好风景了。所谓的小酌几杯便是这种境界吧。我见过亲戚中有人喝一点酒就面红耳赤，不胜酒力；还有一种人脸是越喝越白，越战越勇，话也越来越多，和平日判若两人；还有的人波澜不起，喝得平平静静，斯斯文文，酒精的力量似乎被他身上更为强悍的力量所化解……酒的奇妙也是因为人的奇妙，各种体质的人在与酒相遇后，情绪被莫名的力量推向终端，塑造出各种形态：打开或者关闭，激越或是静默，张扬直至癫狂……

我一直认为酒是属于男性的，雄奇、雅致，温情而不失豪放，烈性又不失洒脱。像一位白衣侠士，挥手之间，剑影闪烁，而衣袂早已飘远——对酒的驾驭，要恰到好处，这，既是一种文化的修养，亦是一种高贵的征服。

面对酒，我心中有两个天地：一个是充满传奇色彩的酒江湖，一个是身边的酒世界。一个高远，一个真实。真实的往往肆意挥洒，具备无法承载的杀伤力；高远的止于理智，趋向理想化。有句古训对此剖析得入木三分——饮酒之目的在于借物以为养，而非身为物所役。可谓精妙，细细品来，竟也有了金山陵的悠长回味……

# 松门白鲞

钱天柱

周作人说他的家乡整年吃咸极了的咸菜和咸极了的咸鱼。20世纪90年代，我和台州公安报社的同事到绍兴出差，绍兴人拿出他们的特产招待，无非是咸菜、咸肉和咸鱼鲞。咸菜和咸肉的口味极好，唯独咸鱼鲞"资质平平"。主人问："大师笔下的咸鱼鲞，怎么样？"我们一众宾客皆笑而不答。因为我们想起了家乡的松门白鲞。

松门白鲞很早就出名了。宋朝时，朱熹弹劾台州知府唐仲友，在奏状中就提到了它。到了明代，松门制鲞愈发兴盛，连宋应星在《天工开物》里都有"其东海石首鱼，浙中以造白鲞者"云云。松门白鲞甚至成为明王朝的宫廷贡品。清代的超级吃货、文学家袁枚对松门白鲞极为推崇，他写过一本《随园食单》，书中屡屡提及松门白鲞，似乎他在写书的时候，写着写着嘴里就会冒出松门白鲞的滋味。该书起首的《须知单·先天须知》中就写道:"同一火腿也,而好丑判若天渊;同一台鲞也,而美恶分为冰炭。"写到《特牲单》的时候,他又写了一条《台鲞煨肉》:"台鲞煨肉,法与火腿煨肉同。鲞易烂,须先煨肉至八分,再加鲞;凉之则号'鲞冻'。鲞不佳者,不必用。"在《水族有鳞单》中,他又把笔触伸向了台鲞,特列出了一章《台鲞》,写道:"台鲞好丑不一。出台州松门者为佳,肉软而鲜肥。生时拆之,便可当作小菜,不必煮食也。"

袁枚说的"台鲞"泛指台州出产的黄鱼鲞,而"出台州松门者为佳"所指的便是松门白鲞。不过,令人纳闷的是,袁先生喜欢松门白鲞到了"生时拆之,便可当作小菜"的地步,这是我们台州人都始料不及的。在我们家乡,可是从来没听过谁生食白鲞的。

台州温岭的松门白鲞是由东海的大黄鱼腌制晒干而成,色灰白,略带点淡黄,特别出名。《嘉庆太平县志》记载说:"(白鲞)他处即有,不及松门之美,其水性异也。"一百多年前,松门白鲞就在中国历史上第一届国际性博览会——南洋劝业会上亮相了。

以前的东海,每年的五六月份便是大黄鱼的旺发节。松门地处浙东沿海,海岸线长,岛屿众多,东海的大黄鱼品质又特别好,别处海域虽然也有大黄鱼,但质地就差几个档次了。

松门人制鲞有一套独特方法。《本草纲目·释名》说:"石首鱼,鲵鱼,江鱼,黄花鱼……诸鱼薧干皆为鲞,其美不及石首,故独得专称。以白者为佳,故呼白鲞。若露风则变红色,失味也。"石首鱼有几个种类,正宗的松门白鲞选用的就是正宗的大黄鱼。

松门渔民杀黄鱼做鲞,有专门的鲞刀,手掌大小,像一把薄小玲珑的斧子。剖鲞是从鱼背上开剖的。先从鱼尾处的子门边落刀,以四十五度角从背部剖至鱼头，然后用刀探进鱼腹内，在两块胸鳍骨的中间割一刀，直达头部，渔民们称之为"开八字"。"开八字"劈头骨时要稳、正，不偏不倚，别让鱼头内的两颗石珠掉出来，这叫"避珠"。避过珠后，清理内脏，把鱼翻过来，在鱼尾处的子门下方垂直割一刀，但下刀不能太重，莫伤着了鱼皮，松门渔民把这一刀叫作"直刀"。这个时候，一条鱼就像一本书一样打开了。小时候我见过那些经验丰富的老渔民剖鱼：左手摁鱼在板上，右手持鲞刀。一阵"豁豁"的剖鱼声响起，只看见刀影一闪一闪。一眨眼的工夫，一条鱼已经剖好了。老一辈人说，内行的渔民，半分钟剖好一条大黄鱼，都是很稀松平常的事。

剖好鱼，就要腌鱼了。松门白鲞的腌制讲究"腌得咸，洗得淡"。腌要腌得均匀，每个刀口上用手将盐抹上，尤其是"八字""直刀"这些位置。腌上七八天后，把鱼放入清水里浸泡三四个钟头，泡去咸度，刷掉血筋，洗净杂质，然后用筷子粗的短竹将鱼身撑开一百八十度，头朝下，挂到通风向阳处。这几天里，鱼体内时有水渍"潮"出，越十余日，才彻底晒干。这时候，鱼身披上了一层薄薄的白色盐花，在日光照耀下，散射出晶莹的光泽。在那个物资相对匮乏的年代，渔村里要想知道谁家富谁家贫，就看他家晒出多少鱼鲞。因此，看鲞的孩子们都像守宝藏的卫士一样守护着自家的鱼鲞，时不时就会出来把鱼鲞翻个个儿，摸一摸鱼鲞的脊椎骨处，看干了几分；一旦有猫狗或飞鸟靠近，隔老远就会突然飞出来一根小木棍，紧接着就会冲出个男孩或女孩，嘴里嚷嚷着："打死你，滚开！"那时候的渔村孩子，个个都晒得乌漆墨黑，跟墨鱼鲞一样。

晒鱼鲞最要紧的是天气。三伏天晒的黄鱼鲞叫"伏鲞"，上午晒出来，到中午就必须收场"避昼"，以免被毒日头晒熟了。以前的渔村条件很差，晒鲞的场地很有限，而夏天晒鲞不但要抢晒鲞的时间，还要抢晒场。每当夏汛过后，大量的黄鱼上岸的时候，抢晒场成了渔村女人和孩子们首要的职责和心照不宣的秘密。有人一大早就拿了鲞帘占地儿；有的人家鲞没出门，却先派出自家的孩子去圈地盘。在晒鲞的夏天里，平时天天在溪边一起洗衣的女人们都会紧绷着脸，孩子们也都不再成群扎堆了，一个个都变得乌眼鸡一般如临大敌，大打出手的事也时有发生。好在晒鲞的活儿，渔村的男人们从来不管。这边两家女人打得衣服都扯破了，那边两家男人照样还在一起干活一起喝酒。在大风大浪中出没，见惯了生死的渔村男人们，把女人争晒场的事看成孩子们过家家——哄得了哄一下，哄不了就干脆视而不见。

　　最理想的晒鲞季节是冬至前后，万里晴空下，西北风猎猎而来，腌好洗净的黄鱼要不了几天就可以风干成鲞。在这个季节里，只要不下雨，天天都可以晒鲞，而且鱼鲞的数量也不多。孩子们成群结队地在外面疯跑，女人们悠闲地把鱼鲞晒出来之后，就三三两两地去溪边洗衣，或围坐在水神庙里修补渔网。她们谈着收成、天气、风力，聊着男人从海上带回家的故事，似乎把晒"伏鲞"时的吵骂打架忘得一干二净。这个季节里晒出的黄鱼鲞是松门白鲞中的极品，它有盐的味道、风的味道、阳光的味道，还有乡情乡愁的各种味道。

　　有人问我家乡的冬天是什么样子，我脑海中首先映现出的便是门前屋后一排排斜放着的鲞帘，鲞帘中整整齐齐地晒着各类鱼鲞。空气中到处飘荡着诱人的鱼鲞香味。也许是因为这种香味，乡亲们固执地把"鲞"字写成"香"。外地来收鲞的内行商客，都会很识趣地挂一块牌子，写着：收白香、鳗香、墨鱼香……只有那些愣头愣脑的新来鲞商，才会在牌子上写着"收白鲞"字样。这些人，我们家乡人都不待见，嫌他们文化太低，连"香"字都写错了。

白鲞虽说类似鱼干，但和鱼干又是不同的。黄鱼干就是完全晒干的黄鱼，白鲞则还保留有一定的水分，切成段后，鱼肉间的纹理清晰可见，质地仍十分鲜嫩。它在保留了新鲜大黄鱼的鲜味的同时，还多了一份酥松，多了一份Q弹和嚼劲。明末著名文学家张岱就写过《松门白鲞》赞扬其美味："石首传天下，松门擅胜场。以酥留作味，夺臭使为香。皮断胶能续，鳞全雪不僵。如来曾有誓，僧病亦教尝。"

张岱说的没错，白鲞不但味美，还能当药膳。陆文量在《菽园杂记》中说："痢疾最忌油腻、生冷，惟白鲞宜食。此说与本草'主下痢'相合。盖鲞饮咸水而性不热，且无脂不腻，故无热中之患，而消食理肠胃也。"事实上，在我们家乡也是这样：有人生病了，忌这个忌那个，就白鲞不忌；女人产后坐月子，不能吃生冷荤鲜，如果去请教医家，他们一定会说："那就蒸点白鲞吧。"

可能是生长环境的原因吧，我小时候是不爱吃鱼的，就像很多山里长大的孩子讨厌吃红薯一样，那是吃怕了。但白鲞却是顿顿有，顿顿吃不腻的。以至于后来白鲞越来越少越来越稀罕时，我还常常念叨着什么时候能炒个白鲞，那种思念是真情的，甚至是刻骨铭心的。

如果有朋友想吃白鲞，到我们台州来吧。找个松门人带你去找正宗的松门白鲞。不用找什么名店名厨，就带一本《随园食单》，按照袁先生在二百多年前亲证的食单，自个儿就能烹制清蒸白鲞、台鲞煨肉、鲞冻肉等。敢保你一箸一入口，颊齿留芳，经久难忘。

不过，这几十年来，大黄鱼的产量急剧下降，其昂贵的价格已使松门白鲞成了非寻常之物。正宗的松门白鲞，已经不是一般人所消费得起的了。

# 清明一粒蛳，抵过一头猪

程豪勇

每年的清明节，几家亲戚都相约一起去扫墓。扫墓结束的时候，大家总是聚在就近的一家吃晚餐。各人都把自备的果园乌骨鸡，下兰塘的蟛蜞，蒲坝港的小白虾，自种的原生态芹菜，自做的最拿手的食饼筒、青团和青麻糍拿出来共享。去年聚餐，主人特别上心，当那盆精心准备的腊肉炒海蛳摆上餐桌时，大家都乐得手舞足蹈。

看着一颗颗被油水浸淫得乌黑、泛着些微绿光的海蛳，我感到特别熟悉和亲切。那呈圆锥形的似塔的贝壳，已经被剪掉了塔尖；那圆形、亚圆形的壳口，连接着膨圆的螺胸，呈片状纵肋和阶梯状螺带向尾部收缩。我情不自禁地夹起一颗海蛳，将嘴巴对准壳口，屏住气，用力一吸，一溜绵长的蛳肉遁入口中，顿时，一股鲜美细腻的味道在舌尖上徘徊。

海蛳，久违了，我已经几十年没吃到这么鲜美的食物了！

据有关资料介绍，海蛳，属海蛳螺科物种，又称梯螺科，雌雄异体，全世界约有六百多种。海蛳的贝壳，呈圆锥形或塔形，缝合线通常较深，螺层膨圆。壳表呈现或强或弱的片状纵肋，阶梯状排列。贝壳通常白色，有的具褐色螺带，壳口完全，呈圆形或亚圆形。厣角质，多旋；肉食性，同时也是其他动物的饵料。它分布很广，从寒带至热带、从潮间带至深海都可见，但多在浅海栖息，生活在浅海泥沙质海底。

我的老家在三门县浦坝港镇一个背山面海的地方。那时，还没有开始围涂造田，浅海滩涂边的村民大多依靠讨海为生。每当海潮退落的时候，猫头洋西岸绵延数十公里的潮间带，纵深约有几公里的海涂上，随处可见讨海的人们在忙碌着。大人在海江溪流里捞鱼虾、摸鳗蟹，小孩在滩涂上捉海蛳、摸泥螺。每到晚餐时，家家户户的餐桌上都有几个自淘的海鲜可吃。

20世纪六七十年代，农村的组织机构是公社、大队、生产队三级体制。公社相当于现在的乡政府，大队相当于现在的村委会，生产队相当于现在的村民小组。当时，我们所在大队因为靠海，每个生产队都打造有几条渔船，集中十几个精壮劳力出海捕鱼。捕鱼船大多是木制挂篷船，不能远洋捕捞，只能在近海的舟山群岛海域、大目洋、猫头洋一带作业。我们经常把生产队船队捕来的鲳鱼、黄鱼、海蜇、膏蟹等海产品叫作大海鲜；把村民们自己下海在潮间带摸到的如青蟹、泥螺、小白虾、海葵、望潮、跳跳鱼、海蛳等叫作小海鲜。那时，每到下午放学后，我们这些在中小学念书的学生们，都要背着竹制蟹篓，到海涂上倒腾小海鲜。水平高的捕跳跳鱼、摸青蟹……水平低的捉海蛳、摸泥螺……那时，每当潮落水退，在广阔平整的海涂上，随处可见三三两两缓慢爬行着的海蛳和泥螺。只要你心灵手巧，一两个小时内捡四五斤海蛳、一两斤泥螺是常事。

"清明一粒蛳，抵过一头猪"，这是清明节前后家乡人对海鲜贝类的一种高度评价。那个年代，人们的生活条件非常艰苦，温饱问题尚未解决。虽然家家户户养了猪，但极少有肉吃。孩子们盼餐桌上有肉吃就像期待着过年一样。东部沿海，浮游生物极为丰富，广阔的海域是海生动物自由遨游的无尽空间。过年后，春回大地，万物复苏，那温馨的阳光、温和的海水，让海里的鱼虾等海鲜增添了新的活力，也加速了这些海产品的快速健康生长。此时，无论是大鲜产品还是小鲜产品，不仅肥硕，而且鲜美，其营养价值是猪肉远不可比拟的。那时，每当太阳下山时，讨海的大人和小孩们从海涂上收工回家，往往都带回鱼、蟹、虾等海鲜，卖了质量好价格高的海鲜，卖不了好价钱的海蛳留下自家吃合算。这样，家家户户的晚餐，大多是一顿海鲜美食，也足以打发孩子们梦想吃猪肉的迫切期待了。

海蛳背回家，大家就忙不迭地清洗，在篾笼里反复汰洗，去除泥浆，然后滴上一滴菜籽油。油水里的海蛳闻到油香后，尽情地将贝壳里的胃胆吐出壳口，其中的泥浆也被带出。然后，大家就在家门口搬把小木凳，拿出剪刀或者老虎钳，慢条斯理地将海蛳的尾尖除去，便于烧熟后吸出蛳肉。

海蛳的烧法很多。清煮海蛳是保持海产品原汁原味的最原始的烧法。掌厨的舀一勺清水到柴火灶锅里，放上一小调羹盐，就着海蛳一起烧开，再掺进几叶大蒜叶，焖几分钟，这海蛳就熟了。此时，还没揭开锅，满屋都已经弥漫着一股淡淡的清香，让人垂涎欲滴。

清煮海蛳是一道下饭好菜。海边山村由于农田少旱地多，舍不得吃米饭，只能全家人围在一起，一边品着海蛳，一边吃着烹煮的马铃薯、番薯干，尽管这样，也是其乐融融。当吃到喉头干涩时，就舀一勺海蛳汤，不仅入口味道鲜美，而且喉头也润滑爽快多了。

清煮海蛳也是孩子们最喜欢的零食。每当上学时，出门看电影、看戏时，或者走亲戚的路上，我们总要抓一把清煮好的海蛳装在口袋里，像吃炒豆、爆米花一样，随时塞一颗到嘴上，吸起来非常惬意。吃过海蛳后，再喝一口暖开水，口腔和喉咙都有一种如喝了蜜糖似的甜味。

还有一种烧法是油煎海蛳。在煮沸的油锅里倒入海蛳，加入切细的生姜米、黄酒、红糖，爆炒到溢出香味，再加适量的水，焖煮到沸腾，然后倒入切成米粒长的禾葱叶。此时下锅的海蛳，色香味俱全，是大人们最喜欢的下酒菜。那时，大人们一边抿着自酿的番薯烧酒，一边吸着香气扑鼻的油炒海蛳，好不惬意。

此外，海蛳还有着招待家庭来客、祭祀祖坟等用途。

海蛳最好吃的不是壳口部分的肉，而是尾尖部分的胶质物。处于海边且经常吃海蛳的人都知道这事，问题是要想吃到整颗海蛳里的肉和胶质物，在吸取海蛳技巧上很有讲究。当尾尖部分剪得恰到好处，能够在吸取时保持一定的空气间歇性，吸力正好满足需要时，才能吸出整个海蛳的肉质。不然，吸力过大或者过小，都会将整个海蛳的肉质一分为二。当壳口部分的肉被吸到了嘴里，而尾尖部分的胶质物却还留在壳里，还要再吸多次才能吸出。许多外地人或者初次吃海蛳的人，往往在吸出整颗海蛳肉后，会将尾部的胶质物剔除。他们认为这是海蛳的肠子，是脏东西，不愿吃这胶质物。殊不知，这胶物质可是海蛳中味道最好、营养最优的食物。

海蛳除了肉质鲜美，吃后留下的贝壳也大有用途。每当吃过海蛳后，我们都及时将海蛳壳收集起来，撒在坟茔上，撒在住宅瓦背上，据说这样可以防虫。尤其是毛毛虫，闻到海蛳壳残留的香味，就会钻进海蛳壳里，一旦钻进去就退不出来而一命呜呼，由此而断子绝孙。这也就应验了"螺蛳壳里做道场"之意！由此，凡是撒过海蛳壳的地方，一般都不会有虫子存在。

那时候，农村很少有建筑材料水泥，海蛳壳还经常被收集在一起，和着蟹壳、蛏壳、牡蛎壳等贝壳，装进蛎灰窑，用柴炭烧成蛎灰，来代替水泥，作为造房子砌墙和粉刷墙壁的黏土。

小时候，我们还经常看到大人们突然抓起一把海蛳壳，让那些刚上学的小朋友数数有多少颗；小朋友们也经常用海蛳壳当弹弓最有效的子弹，打鸟一打一个准。海蛳壳，甚至还被学校里的老师利用，当作一种简易的数学教具，用于加减法和乘除法的直观教学；大家也会事先挑出块头大、壳口硬朗厚实的海蛳壳，装进衣服口袋，带到学校，在课余饭后以相互勾海蛳壳口，看谁的海蛳壳口坚硬而不缺口为"大王"来比输赢……

社会发展了，科技进步了，生活改善了，资源的不断挖掘和利用，使以往常见的物种变得越来越稀有。同样，以往不计其数散落在平坦的海涂上，那缓慢蠕动的海蛳，天天去捉而一直捉不尽，如今也越来越少。随着人类向海涂要地、向荒山要粮的步伐不断推进，沿海高标准海塘不断拓展，也不断吞噬了沿海潮间带的空间，海蛳的存身之地也在日益被蚕食。近几年来，真的难以见到海蛳的存在。看来，我去年清明节吃到的海蛳也纯属偶然。

尽管这样，海蛳的美味，仍然让我难以忘却！

# 母亲的食饼筒

胡富健

　　食饼筒，圆溜胖墩，像小臂那么粗细，二十来厘米长，若做成卡通形象，简直就是一个可爱可乐的小天使。

　　我的家乡黄岩，偏居江南一隅，是我国宽皮蜜橘的始祖地，著名的黄岩蜜橘原产地。我生活的仪江村，一个东海边的普通小村，母亲河永宁江穿村而过，当年，更是黄岩蜜橘最大的外销集聚地。黄岩，除了蜜橘这一响当当的品牌，食饼筒也声名显赫。人们往往找着借口，不论什么节日或是遇到什么喜事儿，与它沾边或是不沾边的，都能开一桌吃个食饼筒。包食饼筒，最好是人人动手的家庭盛宴，北方人包饺子在于饺子包好后是生的，要再下锅煮，而食饼筒包的菜肴都是熟的，包好张口就可吃。这食饼筒自然成了欢聚的使者。通常食饼筒的菜肴都是母亲做的，渐渐地，我们便戏称母亲为"遣欢使"。

如今，母亲已年逾古稀，一生做不了几样上得了台面的饭菜，依然扮演着"遣欢使"的角色。全家人都认为母亲是"天下第一厨"，无论什么饭菜，只要是母亲做的，我们都爱吃。也许是物质匮乏，抑或是家里经济条件差的缘故吧，那时的我们压根儿就没下过馆子，因而，但凡逢年过节或亲戚朋友来到，偶尔吃顿体面些的饭菜，便印象深刻，盼着亲戚早些再来，或节日快些到来。母亲做的食饼筒也便深深地烙在了我的记忆中。

我们家男丁兴旺，母亲当仁不让地被推到了前台，爷爷和父亲、叔叔不大会做，奶奶自然会，但就是想做，也都被母亲推辞，她老人家只好在边上打打下手，而我则是小帮厨，比插不上手的弟弟妹妹多了份自豪，"军功章"里有我的一份功劳嘛。

端午，对国人来说，是个比较隆重的传统节日，在这天，要赛龙舟、吃粽子，而在台州，最负盛名的端午节食物却不是粽子，而是食饼筒。年年岁岁过端午，岁岁年年食饼筒。端午节吃食饼筒而不吃粽子，这大概在全中国都是唯一的。我们无论人在家乡，还是在海角天涯，过端午是一定要吃食饼筒的，端午那几天，黄岩的大街小巷到处弥漫着煎食饼皮的麦油香，我对端午的了解也是从食饼筒开始的。我们台州人的传统习俗大都与抗倭名将戚继光有扯不断的关系，清明上坟吃菁圆，缘起戚继光，这端午吃食饼筒亦如此。传说戚继光抗倭时，家家户户都做了菜肴想要犒劳大军，但是这么多菜怎么送去军营着实是个难题，于是聪慧的渔家女就做了饼皮，把菜都包了进去送给士兵们，从此，这个习俗就延续了下来。看来我们台州人端午吃食饼筒还是一种爱国行为，就像赛龙舟吃粽子为纪念屈大夫一样。

当兵在外，每逢佳节倍思亲，除了想念家乡的亲人，这一家人团坐一起的吃，也是个不小的因素，这吃里边，特别想念食饼筒，尤其是母亲做的食饼筒。每次探亲回家，母亲都要做食饼筒给我吃。记得那年在军部，认识了个天台老乡，端午节的前几天，他就跟我打招呼，端午这天让我到他家吃"五虎擒羊"，我一时没明白这是个什么宴席，迟疑着没吱声，朋友见状，便赶紧说"饺饼筒"，就是我们黄岩人说的食饼筒。原来天台人更形象，把手抓着吃像草席一样卷起的食饼筒称作"五虎擒羊"。

回地方后，住在城里，工作再忙，逢年过节还是要回老家，母亲往往会做食饼筒给我们吃，虽然只是一顿饭的工夫，却常常让我想起童年无忧无虑的时光。那时，家里再穷，母亲都会变着法子做出食饼筒，还以为母亲是魔术师，稍长些才明白，那买菜的钱有时是头天晚上跑山里舅舅家借的，而鸡蛋则是平时舍不得吃，一个一个积攒的，那美味的黄鳝是爸爸钓的，现在可没地方钓了。如今，只要有钱，市场上啥都有。虽然有现成的食饼壳和包卷好的食饼筒，但每年的端午节，我们都还是喜欢吃母亲亲手做的食饼筒。

记得母亲每天都是第一个起床的，及至今日都如此。尤其端午那天，天没亮母亲就起来，到前门的焦凤河中挖来菖蒲，做成剑，贴在自家中堂的门板上，然后，在自家地里割了韭菜，刨了土豆，采了包心菜、蒜薹、蚕豆、豌豆等，再到菜市上买来猪肉、豆芽等配菜，随后紧张地清洗、烹饪。

当然，我是我们家最好的火头军，不像父亲急性子，连煎食饼壳烧的都是猛火，母亲经常表扬我火烧得好，我因而乐此不疲。端午节，麦子已收，食饼壳用的是小麦碾磨成的粉。通常母亲都是拿一个口径二十厘米左右的"樽头缸"，将所需的小麦粉倒入，拌水搅成浆状，水的分量决定了粉浆的稠与稀，母亲用一双筷子在粉浆里不停地上下左右搅动，搅的时间越长，水与麦粉的黏性就越强，通常以筷子插在中间不倒为度。烙食饼壳是个技术活，要烙得恰到好处，不能太薄，也不能太厚，太薄容易裂，太厚则粗劣。不仅灶面上是技术活，这灶下烧火的也是小瞧不得。一张壳约需一铜勺小碗般大小的浆，倒入锅中，慢慢用铜勺向四周烫匀，这一过程中，我这火头军就是关键，因为烙食饼壳的锅一定要恒温且不能太热，否则水分散失太快，面团摊锅时无法黏在锅底。倘若灶膛里还有粗柴，要拿掉，换之以麦秆，就是将一撮撮麦秆箍成圈，一个烧着完了，看需要再放入，这样保持缓火慢热，特别当壳翻了个，准备起锅了，是不能添柴火的，否则，容易焦煳掉。

当菜肴做好时，刚好到了可以吃午饭的时间。开吃之前，每人先吃只煮鸡蛋，再喝口雄黄酒。当然，现在都知道，这雄黄酒有毒，不喝了，改为在额头上点几下或写个"王"字，有些更讲究的人家，还将菖蒲蘸了雄黄酒，在房前屋后洒上一会儿，以祛除毒虫污秽、祈福平安。做完这些前奏之后，一家人才围坐一桌，包食饼筒，也开启最开心一刻，看谁包得又快又大又实，又挺又立，又不开裂，因而笑点都落在包这一要素之中。有人说这有什么可笑的，不就是将所有的食料搅和着一卷就完事吗？甬说，还真不是这么一回事。在桌板上摊开一张食饼壳，把薄嫩光洁的一面朝上，打底的是松软喷香的炒"面干"（米线），然后根据各人的喜好，满满地包裹上蛋丝、土豆泥、卤肉、豆芽、鳝段或鳝丝、豆腐干丝等菜肴。菜肴铺好后，饼壳包上，然后一只手将饼壳摁住，另一只手将末端折起，再用两手将食饼卷起，还要包实，食饼筒才能挺立。当然这些菜通常不带汤，只是包好食饼筒后，在张口前舀上一小勺卤肉汤，这汤要从食饼筒中间浇下去，千万不可浇边上，否则，吃着吃着，这卷起的食饼筒也就开口笑了，弄得满手油腻，惹得一家人开心一笑。

在一次又一次的欢笑声中，我包食饼筒的水平不断进步提高成熟。对食饼筒的品相来说，菜肴多多益善，包得足够大那才好，又好看又好吃，丰满挺立，味味齐全；包得小则吃了大亏，净吃皮，难享食饼筒的美味神韵。

小区宣传栏旁，烙饼大妈在烙食饼壳，一大早，这清清脆脆的麦油香就传到了我家的门窗里。哦，又该欢聚食饼筒了。果然，老爸来电话，说端午那天去市场买些菖蒲来，自家门前那条河，经过疏浚清淤，眼下已看不到菖蒲了。我说，好的，到时一切就由我们来张罗吧！

母亲已为我们做了几十年的食饼筒，应该让父母亲享享清福了。我和老婆合计了，端午那天，我们早点到乡下老家，做一桌子由老婆掌厨的食饼筒。就从这个端午开始，让老两口经常吃到这不一样的食饼筒。

# 罗幔杨梅为谁设

池慧泓

　　你看见空中的云，有没有看见云里的水？你看见云里的水，有没有看见水里有什么？你看见蓝天下的山，有没有看见山里的树？你看见树上的果，有没有看见果里有什么？

　　省略途中的琐碎叙述，直奔黄岩区屿头乡大木坑村的陈公田山。这里，一群仙女似的高山罗幔东魁杨梅正等着我们。这些杨梅水灵灵的，个头大，色泽红润，果肉新鲜丰满，味甘甜，口感柔滑。撷一颗，轻轻咬着，细细嚼着，慢慢咽着，唇齿留香，心肺滋润。奇迹啊！都已经是 7 月 20 日了，此地竟然还有品质这么好的杨梅。到底是怎样的日月精华和山水风土造就了这片神奇？

　　"这些杨梅在采摘前四十天用幔帐进行全树覆盖，这项技术 2011 年由我们黄岩首创，现已推至浙江各地。罗幔杨梅本来就比普通的晚熟，又因陈公田山海拔高达八百余米，上市就更迟。高山阳光充足，昼夜温差大，多雾气露水，杨梅就甜度高，水分足；幔帐能防止果蝇、暴雨侵害，能减少高温、大风的不良影响，远离农药污染，杨梅就洁净，口感醇；再加上我们合作社在整枝、施肥、疏果等方面技术含量高，品质当然就好。基地目前约有五千棵杨梅树，其中一千五百棵会结果。"大木高山果蔬专业合作社的张总如是说。

极目远眺，漫山遍野布满白色的丝罗帷幔，如一首首朦胧诗，如一个个小小的蒙古包，意趣盎然，错落有致，既相互独立又相互联系。这里的一切都与蓝天、白云、阳光、新鲜空气那么亲近，缥缥缈缈，丝丝缕缕，牵挂着一个人间仙境。张总说枝头有果子的杨梅树现在只剩两三棵了，他把我们带到一个罗帐内，里面的日光似乎细软一些，清风也格外轻柔，羞答答的杨梅宛如美丽的新娘。

大伙儿无比欣喜地采摘着，孩子们特兴奋，提着竹篮子，爬上枝头，边摘边吃，体验着采摘杨梅的乐趣。我则忙着拍照，树上树下，帐内帐外，山巅山沟。拍下天光风影，云彩草色，黄沙黑土；拍下38摄氏度下的可爱红果子，绿色小乔木；拍下翠竹林，小木屋，弯弯山道中辛劳的人民。我拍得非常投入，任汗水从每个毛孔汩汩而出。张总一个劲地招呼我吃杨梅，我根本无心吃。说实在的，这时吃不吃杨梅真的不重要，只是为了表达一种情怀而已。

张总名为张方军，退伍军人，老家大木坑村。虽说他现在大多住在温岭市区，却仍带着高山兵哥的特质：豪爽直率，勤劳踏实，是一枚热心的智慧果。7月4日上午，当我看到微信朋友圈《大木高山果蔬专业合作社的罗幔杨梅上市啦》的链接，着实又惊又喜，都什么时候了？杨梅才刚刚上市。

我痴爱杨梅，这是一种有文化的水果，她还有很多好听的名字：朱梅、树梅、白蒂梅、子红、朱红、君子果、龙睛、金丹、仙人果。据李时珍《本草纲目》记载：其形如水杨，味似梅，故称为杨梅；徐光启《农政全书》则称之为"圣僧梅"。

据考证，杨梅的原产地是浙江余姚，早在七千多年前该地就有杨梅生长。而早在一万年前，浦江上山人就开始食用野生杨梅；距今两千二百多年前的汉代已有人工栽培的杨梅。古代的文人墨客留下大量杨梅诗，描述了古越之地杨梅成熟时节的美景及杨梅为果中珍品的盛况。

杨梅还有一段动人的传说：相传越国大夫范蠡帮助越王勾践打败吴王夫差后，携手西施来到果木苍翠、清溪曲曲的会稽山隐居。时值夏至，西施随手采摘野果充饥，谁料生涩酸苦难忍。范蠡无计可施，拼命地摇晃一棵棵果树，致使皮肉受伤，鲜血直流。西施心疼得失声痛哭，泪水滴在被鲜血染红的果实上，顿时，果子变得水灵香甜。这果子，就成了现在的杨梅。

这让我觉得，杨梅就是一种爱情果。杨梅是重情女子的化身，面色红润，身体圆浑，从不需要什么伪装，看上去似乎布满刺儿，其实内心柔软善良坚韧。她能适应海拔一千五百米的高寒，长得更丰润；她能忍受烈日的煎熬，晒成干也美味；她能被高度白酒浸泡，三五年新鲜如初，具有神秘的药用功效，连那些不会喝酒的人都会流着口水吃一颗呀抿一口。

杨梅，酸甜度适中，能够开胃健脾、生津止渴、消暑除烦、减肥、养颜、抗衰老。你说说，谁能不爱死她呀？

我从小就爱吃杨梅。对杨梅的最初记忆来自大姨，大姨家位于屿下乡（现新前街道）的剑山村。童年时代，几乎每年夏天都要到她家的小山头摘杨梅、吃杨梅，那是叫碳梅的本地梅，个小，味酸甜。我们小孩子常常把果肉吮吸得一丝不剩，用铁锤把核敲破，吃里面嫩嫩香香的果仁。记得有一次，我不小心把杨梅核吞下去，吓得脸色发青，大姨摸摸我的头说："不怕，不怕，明年你的头顶就会长出一棵杨梅树，树上结满杨梅，你天天摘着吃，不好吗？"大家听了都哈哈大笑。

后来喜欢东魁杨梅，硕大如乒乓球，有江口的，也有院桥、屿头的，药山的吃得最多。可是，今年6月的雨季特别漫长，连续二十天的梅雨把多少果农的心落痛落碎，也把多少爱梅人的心落焦落空。记得那一日天终于放晴了，我赶紧打电话向药山朋友要杨梅，他说："哪里还有杨梅？早就落糊了！听说临海那边还有，要不带你去看看？"可我只对黄岩的情有独钟。有一天，差表妹出去四处找找，下午，她提着一篮杨梅，像得着宝贝似的，送到学校，我轻轻拨开盖在上面的绿草叶："天啊，这算什么杨梅呀！几乎个个都有或大或小的烂眼点，还能闻到淡淡的霉气。"表妹说："扔了吧！"后来挑出几颗稍好的泡杨梅酒。表妹见我一脸的失望，说："我帮你去看看仙居杨梅。"我说："算了吧，太麻烦，也不习惯。"

本以为与今年的杨梅就这样擦肩而过，想不到柳暗花明，大木坑的高山罗幔东魁杨梅7月4日才上市，比普通杨梅几乎迟了一个月。这着实让我又惊又喜，按照微信链接里显示的二维码联系上张总，当天下午就送来我订购的一箱杨梅，他说："再过些时日，品质会越来越好。"他还多次邀请我去杨梅山实地采摘，可我日夜忙碌，要到7月20日才有闲暇。我问张总："7月20日还有高山杨梅吗？"他说："接近尾声了，到时候特地为你留两棵吧。"

终于等到 7 月 20 日，我一路狂奔来到屿头大木坑的陈公田山，看到那些仙女似的杨梅在罗帐里静等我来，内心的狂喜无法抑制，把杨梅的照片、视频在朋友圈一晒再晒。关注到的朋友，无论是本地的还是外地的，都表示惊到了。数以百计的点赞和评论让我觉得：物以稀为贵，应该兼指价格昂贵和品质高贵吧。此刻，忽觉猎奇乃世间美事！我多想和所有的亲朋好友分享这人间神果，但这是多么不现实，只好望梅止渴喽。烦请没尝到大木坑罗幔杨梅的朋友们千万别责怪我哦，明年早点约吧。

这个 7 月，我怎么就与大木坑的罗幔杨梅较上一股幸福的劲呢？

# 甜蜜一"柿"情

叶海鸥

鸡心柿的吃法其实并不多。

经典有三吃：可脱涩鲜吃，鸡心柿饱满润泽，咬一口，浓稠甜蜜溢满口腔；可晒制成鸡心柿饼，酥软丝滑，香甜可口，口感极佳；也可将柿饼放入冷水中，搅拌，化为柿浆，可与蜂蜜媲美，别有风味。

于我来说，最爱鸡心柿饼，尤其是母亲自制的鸡心柿饼。

鸡心柿，因状如鸡心而得名。在我们这个小城，鸡心柿随处可见，尤其是每年的八九月份，路旁、门前、屋后，硕果累累。那时候我们老家院后的那株柿树也是一树金华。

记得年幼时，岁月贫寒，没有什么零食供我们贪嘴，于是那些柿子就成了我们最好的解馋水果。后来，后门的素娟阿姨不知从哪里听说鸡心柿制成柿饼，味道很甜蜜可口。再加之附近开药店的三娘说：

"古代医书记载：鲜柿甘寒。养肺胃之阳，宜于火燥津枯之体。干柿甘平。健脾补胃、润肺涩肠、止血充饥、杀疳、疗痔、治反胃。"自此，一到秋风起，我们家后院以及周边邻居家的柿子色泽黄澄澄时，女人们就会腾出一个下午，及时摘下。因为鸡心柿越黄越硬，越适合制成柿饼。如果有一两个早熟，红彤彤的，只能鲜吃，或是风干枝头，因为熟透了的柿子过于软，是很难制成柿饼的。

所以每当枝头柿子黄了，街坊邻居们，尤其是像我母亲这般年纪的中老年妇女就忙开了，当然还有小孩。"儿童不知忧，度日长戏剧。忽传山中讯，欣喜沾柿栗。为物虽甚微，贵是家所植。何当携尔曹，绕树亲寻摘。"赵蕃《书事》一诗说的大概就是这种场景吧。那时，女人们架起木梯，爬上树，去挑摘又大又黄的柿子，递给站在梯子中间的孩子，再往下传给树底下的人，然后小心翼翼地把鸡心柿放在早已准备好的箩筐里，或是畚斗里。那时的场面甚为壮观。

摘好柿子，面对这一箩筐一箩筐的柿子，女人和孩子们就各自搬出自家的长桶（方言），然后去附近的池塘里挑来水，一个个清洗。洗柿子时，特别要注意柿蒂，她们会用废弃的牙刷洗刷，格外仔细认真。这时不知是哪家的孩子先泼了邻家孩子一脸的水，接着，所有的孩子都开始了疯狂的泼水游戏，满头、满身的水，妇女们则一边忙着手中的事，一边宠溺地笑骂道："一群野孩子。"

等到所有的柿子洗净了。有刨的拿刨，有小刀的拿小刀，开始了最为精细也最为烦琐的削皮，这是一道尤为重要的工序，也是很见功夫的一道工序。皮没削干净，晒出来的柿饼涩涩的，影响口感。如果削得深一刀浅一刀，柿子就坑坑洼洼的，很难看。技术好的，整个柿子就会很平整，很光洁。这也足见一个女人的心灵与手巧。而母亲总是削得既快又漂亮的那一位，母亲在我们那条街上是出了名的巧手。

"可以拿针线啰。"削好皮的柿子，还要拿针线穿好。你看，坐在门槛上的三太婆，一手拿着柿子，一手拿着针，眯缝着眼，然后稳稳地从柿蒂这边穿到了另一边，然后轻轻悄悄地打一个结，就 OK 了。用不了多久，那一行行、一串串的柿子都被穿上了线，打好了结，挂在早已准备好的竹竿上，像极了一串串灯火幽暗的小灯笼。乡下天长地阔，你怎么晒、晒哪里都行。柿子往往被晒在最开阔的地方，开阔通风，日照长。通风让柿饼风干快点，日照让柿子的糖分沉淀更充分，这样晒成的柿饼才会香甜、丝滑、酥软。

当然想要让柿饼香甜酥软，仅这样晒着，然后坐等成熟，那是不行的。每当天黑，一行行柿饼被一个个收下来，小心翼翼地装进塑料袋里，然后再把袋口严严实实地扎好。这样，一是让柿饼变软，不至于风干太硬，影响口感；二是相当于发酵，柿子会更甜。第二天一早，母亲们又把这些柿子从袋里拿出来，挂回竹竿，放回到那个天长地阔的晒场上。就这样，一收、一晒，周而复始大概十天，而且这十天最好都是大晴天，否则所有的忙碌都会因阴雨而前功尽弃。所以最后柿饼能否顺利完工，成为孩子们的美味，那就得看天意。

在这十来天里，孩子们天天在竹竿下转悠，仔细地观察着柿子的变化。他们记得：柿子要晒到整个皱皱的，大概像三太婆的脸一样，色泽要土黄土黄的，这才意味着柿饼已经成熟，可以吃了。有时母亲们会发现某一根竹竿下的一个大鸡心柿子的"心尖儿"不见了，依稀还有一排牙印，低头准能在地上找到那个"心尖儿"。这必定是某家贪吃的孩子实在等不住，趁人不注意，偷偷地踮着脚尖咬了一口，满嘴的涩味让他赶忙吐在了地上。"一个个都是小馋猫。"那个母亲必然会笑着低声嘟囔一句。

"可以分柿子了。"终于熬过了十天，母亲们一声低声吆喝，一群孩子就会突然冒出来，蜂拥而至。一人一个，不，是一手一个，嘴里鼓鼓囊囊的还有一个。那是猪八戒吃人参果——囫囵吞枣，全不知滋味。但是那小脸上的笑意，比柿子还甜。

分柿饼时，不管有没有柿子树，也不管有没有出力，都按一户人家平均分。那时半条街都能闻到柿子的甜味，人们在咂舌赞美味美的同时，也期待着来年柿子金黄时。

而如今，我们搬到小城已有多年了，忙碌的生活经常让我忘了时日。只有当母亲从北山菜场拎回来一大袋子柿子，开始独自一人静静地在厨房里自制柿饼时，我才想起又是一年柿子金黄时。母亲自制的柿饼依然很丝滑、很甜蜜，但是我却再也尝不到那天长地阔风干的鸡心柿饼味道了。

# 家乡的美食

余喜华

## 山粉糊

春节过后，迎来的第一个节日就是元宵节。元宵习俗，各地除了赏花灯猜灯谜，就是表现在各种饮食上，大体是北元宵、南汤圆，两者其实是一样的，只是叫法不同。但是属于南方地区的台州人的元宵饮食却是山粉糊。

元宵节熘山粉糊，俗称熘糟羹。我的老家路桥，家家户户都在正月十五夜熘甜糟羹。做法是，把过年吃剩的红枣、荸荠、川豆瓣、汤圆、葡萄干等放进一锅煮，煮开后加入红糖，将拌好的红薯淀粉水倒入锅中，边倒边搅拌，直至变成红褐色的黏稠糊状物，就可以出锅了。

工作以后住在黄岩城里，正月十四夜，亲戚就邀我去吃糟羹，让我大开眼界。原来，黄岩正月十四先吃咸糟羹，正月十五再吃甜糟羹，比我们路桥人更会享受啊！后来知道，台州北边的临海、仙居、天台等市县也习惯于吃咸糟羹。

咸糟羹与甜糟羹的做法基本相同，只是在配料上略有不同，以鳗鱼鲞、肉丁、香菇、芹菜粒、胡萝卜丁等替代红枣、荸荠、汤圆、葡萄干等，不加红糖加食盐。

每到夏收夏种、秋收冬种的大忙时节，农人早出晚归，劳动量大，体力消耗也很大，上下午的中间时段就需要加吃点心，乡人称为"接力"。将点心叫作"接力"，这是多么朴素的地方语言。

早年，在贫穷的农村，山粉糊就成为农人唯一的"接力"。小时候夏收季，母亲常将山粉糊这种"接力"送到田垟头，给父亲和我们几个暑假帮忙的小工补充体力。但这时候母亲做的山粉糊，配料只有蚕豆瓣、几粒无馅的小汤圆或者过年时吃剩的水浸麻糍。开始几天，我们吃山粉糊"接力"都是兴高采烈的，但天天吃，渐渐地吃腻了，非常希望母亲能换换口味，哪怕是一块干瘪的馒头，配一小片西瓜。

## 麦鼓头

这些年，在台州有一种小吃很火，它就是麦鼓头。准确地说，应该叫宁溪麦鼓头，因为它最初流行于台州黄岩西部山乡宁溪一带，而且麦鼓头的叫法也局限于宁溪周边地区，在台州的其他地方，比如东部沿海的路桥、椒江等平原地区，却被叫作"菜瘪饼"。

宁溪麦鼓头的制作方法是，将麦粉和水揉成团，再搓成条状，一截一截摘下来，揉搓成圆球形，如小孩拳头大小，再捏成碗状。嵌入配好的馅料，封口，压平，用擀面杖擀摊成薄饼状，放在平底锅上烙，烙熟一面，翻过来烙另一面。其实这就是一种烙饼，又因它的馅料的主要成分是菜瘪，菜瘪是霉干菜的台州方言叫法，因此叫它菜瘪饼，直观通俗，易于理解。至于宁溪人为什么叫它"麦鼓头"？据说是因这种饼在锅里烙时，馅料中间受热膨胀，使饼稍微鼓起，因此而得名。但这种麦"鼓"头一出锅，稍微冷却，鼓起的饼体即刻瘪回去，成为名副其实的菜"瘪"饼。

叫麦鼓头也好，菜瘪饼也罢，受到吃货们的热捧，不是因为它的叫法，而是因为好吃。宁溪麦鼓头好吃的原因主要是因为馅料好。麦鼓头的馅料，除了菜瘪或咸菜外，还配有宁溪山里人家的咸猪肉。这种家养猪吃的是自家山坡上种的萝卜缨、番薯藤、芋头桃等绿色食品，不喂饲料和添加剂，这样的咸肉过去山里人往往吃上一对年。

台州宁溪麦鼓头这种小吃，与近年来风靡浙江的另一种小吃"缙云烧饼"基本相似，它们的基础馅料和做法是相同的。两者唯一的不同，就是宁溪麦鼓头是用平底锅烙熟，而缙云烧饼是贴在烤炉内壁烤熟的。

俗话说：十里不同雨，百里不同风。台州主城区黄岩、椒江、路桥的大部分地区过去都属于黄岩县，虽说民间习俗基本相同，但各地也有些许细小差别，这也就是在黄岩宁溪叫麦鼓头的小吃，在椒江、路桥一带被称作菜瘪饼的原因。其实，麦鼓头在椒江、路桥一带又是另一种小吃的叫法。

椒江、路桥人所指的麦鼓头，也叫麦碗，就是宁溪麦鼓头没加馅料时的半成品。然后开口面朝下，放在铺有纱布或者菜叶的竹制饭架上，再放在大锅上蒸煮。饭架下面的锅里煮的是清水，或者萝卜、青菜等菜羹，菜羹煮熟或者煮黄后，麦鼓头也蒸熟了。然后，麦鼓头就着菜羹吃，或者麦碗里放点蒸熟的咸菜吃。说到这里，看客或者吃货们应该明白了，这里的麦鼓头就是北方人的窝窝头。

窝窝头是捏成碗状的，蒸熟以后形状不变，一端开口，一端鼓凸，被叫作麦鼓头，十二分地贴切。

北方或者说东北人的窝窝头是玉米面做的，其色黄澄澄。周作人在《窝窝头的历史》一文中认为，窝窝头起源时间虽不可考，但因其原料是玉米面，至少应该是玉米被引入中国以后的事了。周作人在该文中还提到，他住在杭州时，家里一个姓宋的保姆是台州人，常带吃加了白薯的窝窝头。看来台州人吃窝窝头，即椒江、路桥人所指的那种麦鼓头，也有很长一些时日了。

## 麦虾面

小时候，初夏新麦收割时，母亲总要搋麦虾给我们打牙祭。

麦虾，就是麦虾面，也叫麦糊块，是一种颇具台州地方风味的美食小吃，北方人称作"面疙瘩"的便是。麦糊块与面疙瘩词义十分相近，可以望文生义。而叫作"麦虾面"，就有点文化内涵了。

麦虾面，其主料就是面疙瘩。其实，面疙瘩里面并无半分虾的成分，有人说，面团在汤水里翻滚时其形状像虾。但只有搋成或削成长条状的才有点像虾，大多数搋成块状的是不像虾的，所以解释成形状似虾而叫作麦虾，似乎有些牵强。还有没有其他原因呢？

那就先来说说虾吧。虾，是一种人们非常熟悉的生活在水中的动物，属节肢动物甲壳类，种类很多，既生活在江河湖泊淡水里，也生长在海水中。虾字的读音有两个：1. há；2.xiā。台州人读其第一个音 há 的变音 ho，因此麦虾面的台州方言读音为"mài ho miàn"。

麦䴬，音 hé，台州方言读 ho，《说文》《康熙字典》均指坚麦也。现代汉语解释为麦糠里的粗屑，多用以指粗粮。

《郁离子》《大人不为不情》篇有："今使持槲叶之衣，麦䴬之饼，而招于市曰：'舍尔室，捐而服，而来与我共此。'"杜甫《驱竖子摘苍耳》诗："乱世诛求急，黎民糠䴬窄。"陆游诗云："属餍糠䴬犹多愧，徙倚柴荆只自悲。"上述句中的"麦䴬""糠䴬""糠䴬"，词义应该相同，都是指粗粮。《郁离子》的作者刘基，字伯温，浙江青田人，大明开国功臣，朱元璋的军师。青田，今虽属丽水，却与台州相邻，文化渊源、生活习俗也基本相似。

在生产力低下的年代，碰上饥荒，贫苦百姓将谷糠麦麸当粮，甚至挖野菜充饥，是常有的事。以麦糠、米糠、粗加工的大麦粉等为原料制作的面疙瘩正是旧时贫苦百姓的主要食物，麦䴬之面，名副其实。在民间，将"䴬"字讹传成虾（ho）字，一是因为䴬字繁复难写难认，渐渐成为生僻字；二是麦虾面三字寄托了人们向往温饱、向往美食的美好愿望。久而久之，"麦䴬面"就成了"麦虾面"。因此，台州麦虾面中"ho"字的渊源，或许就是从"䴬"字演变而来的。

无独有偶，在桂东南、粤西南等地，人们把稻米等谷类碾成粉、磨成浆，或者将薯类杂粮捣成粉，加水搅成糊状，蒸煮制成的小吃，统称为"𥻧"。

麦糊块，或者说麦虾面，制作非常简单方便，巧妇和宅男都能学会。方法是，先将主料面粉兑水搅拌成糊状备用，面糊软硬适中，倾倒时能够流动为宜。不同季节，主打作料以蒲瓜丝，或者茭白丝，或者菜头丝为主，再配以肉丝、香菇、金针菇、虾干、鳗鲞、蛤蜊、蛏子等十几种作料烹炒，加水煮沸。再将事先备好的面糊，用筷子或者菜刀划入汤水中，面团入汤，即刻便熟，出锅前再搭上一个煎好的荷包蛋，一道美食小吃即成，满满的儿时记忆和母亲的味道。

## 九肚鱼

某日与妻一起逛上海南京路步行街，顺便在一家商场的二楼就餐。按着菜单点菜，这是全国大部分地方的套路，不像台州人的饭店，是看着菜品展示柜点菜，省去了想象。我看到菜单有油炸九肚鱼，觉得很新鲜，没吃过，就点了一份。等到上了菜，外面包裹的淀粉经过油炸，金黄金黄的。我和妻都拈起一块，我是囫囵吞枣，咬了几下，下咽，没品出什么来。妻咬了一口，看着剩下的半块说："里面的鱼肉不是水潺吗？"我再拈起一块咬开细看，真的是水潺啊！

九肚鱼就是水潺，水潺就是九肚鱼。从小就吃水潺，水潺这种海鲜鱼货是台州人的家常菜。小时候，保鲜技术落后，交通运输不发达，即使老家离海边仅有二三十公里，也很少能吃到新鲜的水潺。大多数日子，我们吃的都是腌得很咸、晒成干的水潺，俗名"龙头烤"，据说上海人也这么叫。通常将龙头烤放在饭锅上蒸，因为太咸，佐饭时拿醋蘸一蘸，以便冲淡咸味。现如今，只要不是禁渔期，每天都能买到新鲜水潺，新鲜水潺最常见的吃法是红烧，或者水潺咸菜汤、水潺豆腐汤，都是极其鲜美的。

吃鱼最怕被鱼刺卡住，水潺不仅肉质柔嫩，而且只有一根脊椎骨，再无其他旁刺。无论大人、小孩，无论会不会吃鱼，入口一吸，水潺肉即下肚，吐出鱼骨，不必担心鱼刺卡喉，这也是水潺深受人们喜爱的原因之一。

每每有外地来的客人，指着餐桌上的红烧水潺问这鱼的叫法，我只能告诉他们，我们台州人叫它"水潺"，或者告知上海人的叫法"龙头鱼""豆腐鱼"，我们真不知水潺的学名也。

台州人为什么叫这种鱼为"水潺"呢？水字很好理解，鱼都是水产品，而且水潺这种鱼水分特别多，看上去水汪汪的。潺，不是潺潺流水的潺，是台州方言"软潺""软屪"的缩写。台州话"软屪"是指人过度劳累，软弱无力、软塌塌之意。水潺这种鱼个体不大，大者二两多重，小者一两左右，出水即死，因只有一根主骨，死鱼拿上手真的软塌塌的，称其为"水潺"，太形象了。

水潺的学名就叫"龙头鱼"，至于它为什么又叫"九肚鱼"，应该可以望文生义：水潺头尾小，中间肚皮较大较长，水潺嘴里常见小鱼小虾，可见其是食肉性的，吃相较凶，九肚之意，或许因此而来吧。

# 漫话箬山饮食文化

莫爱蓉

箬山饮食可谓温岭美食中一颗璀璨明珠，其源于福建，却又自成体系，特色鲜明且味美可口。就其烹饪食材来讲离不开番薯和海鲜，就其类别来讲，有面、丸、羹和"唧"（泡虾类），还有鲜为人知的海鲜酒。

## 山东面和索面

山东面就是绿豆面，箬山不产绿豆面，温岭的绿豆面到了箬山人口中怎么会成了山东面呢？其实箬山人称它为"shua dao hun"，闽南语意为山豆粉，"山豆"和"山东"音很接近，就变成了山东面。因这名称，还出过一则笑谈。20世纪80年代，有山东人来箬山冷冻厂，好客的箬山人炒山东面给他们吃，并告知这叫山东面，山东汉吃了赞不绝口，但也深表遗憾，说他们山东没这种大面。炒山东面是箬山的招牌菜，不管是红白宴席还是过年过节，或者家中来客便宴，端出的头道菜都是炒山东面。炒山东面有一定的窍门，得有很多的作料。海鲜作料有鱼面、墨鱼干、虾干，还得有猪肉、肉皮、香菇、芹菜和大白菜，烧时还得放点桂皮大料。热腾腾的一碗面上来了，拈起一箸面放入口，鱼面、墨鱼干的鲜香和着芹菜、香菇清香，夹杂着丝丝的茴香，渗透入柔韧的绿豆面中，其味令人叫绝。现今山东面已推广到温岭大小酒店，成为温岭的一大名菜。不过很奇怪，无论哪家酒店的大厨炒的山东面都比不过箬山普通家庭主妇炒的味美。其实说怪也不怪，没有好的佐料，不知火候，不知烹饪时水和油的恰当比例，拿绿豆面当米面一样烹炒，怎么可能炒出如此可口的面？

索面是咸面，是箬山人最典型、最美味、最高规格、最具特色的招待客人的点心，也是坐月子女人的主食。它源于河南固始的挂面，福建人称之为线面。据考证，唐高宗总章二年（669），福建泉州蛮夷祸乱不安，朝廷派陈政、陈元光父子南下平乱，他们携带固始人到泉州、漳州一带居住，固始的挂面也就这么传到了闽南，传到了箬山。固始人大年初一一定要吃挂面，自我有记忆以来，大年初一的早饭都是妈妈烧的一碗索面，而今的大年初一，我家的早餐也是煮一锅索面。至今还有箬山人能自制索面，只是制作工序很烦琐，先是和面，再两人反复拉弹，然后把面放在支架上晾干，最后把面盘成8字形，索面便大功告成。

制作索面很难，煮一碗好吃的索面也不容易的。煮索面的作料较多，有红红的鲜虾、青青的芹菜和小葱、晶莹剔透的水煮蛋，再加上猪肉、猪肝、香菇、墨鱼干。炒作料时不时注点黄酒熏熏，倒点姜汁辣辣，不一会儿，一碗热腾腾、香喷喷、色彩缤纷的索面便呈上来了，哇，馋得人口水直流，恨不得狼吞虎咽，但还需细细嚼，慢慢尝，索面长又柔韧。

## 丸和羹

都说"箬山名菜，番薯垒块"，是呀，但凡箬山好吃的菜，几乎都离不开番薯。你瞧，炒绿豆面、山粉丸、鱼丸、肉丸、漂丸、水潺丸、山粉夹、山粉摊、蛏羹、肉羹、鲳鱼羹、鳗羹、鱼饼……哪一样离得开番薯、离得开番薯粉？

这么多的丸和羹没有吓到你吧！这些丸和羹是箬山人的家常菜，食材简单，就海鲜和山粉，但烹饪就得靠技巧了。

蛏羹、肉羹、鲳鱼羹、鳗羹是箬山的四大汤羹。这些羹相对比较容易做，就是把这些食材或切片或切块，再裹上薄薄的山粉酱，一一放入滚水煮熟即可。难的是山粉丸和山粉夹的制作。山粉丸的馅是比较简单的，可甜，也可咸。咸的馅可以用饺子馅充当；甜的馅可以是豆沙的，也可以是芝麻酥的，但大多是用花生红糖做的，把花生炒熟剁碎，再加些黑芝麻和红糖搅拌即可。

该如何做山粉丸的皮呢？和粉是关键，做山粉丸的粉就是番薯烧熟和着薯粉一起揉成的。先把番薯烧熟，盛些薯粉倒盆里，把刚烧熟的番薯连同汤一起倒入薯粉内，趁热把番薯和薯粉一起搅拌，使劲揉，直到番薯和薯粉完全融合。这样揉出来的皮粉很细腻，很柔嫩，很有嚼劲，做出的山粉丸有种特别的清香。

做山粉夹更难了，得把一大堆的作料切丁，炒熟，然后再和山粉搅拌，直至粉和料完全融合，然后再用筷箸一一拈入滚水煮熟。不易学，更不易做，还是到箬山去品尝吧。

箬山人平常不做鱼丸、肉丸，但过年时，家家都要做。我最难忘的是儿时过年时，守在锅灶边等候那一蒸笼热气腾腾的肉丸出炉，仿佛那香味一直萦绕鼻中。现在不去箬山也能吃到肉丸了，太平街道的很多酒店都已经有这一道菜了。

## 蜜枣唧和鳗鱼唧

我不知道我们为什么把类似泡虾、油鼓之类的特色小吃称为"唧"（就连不说闽南话的石塘人也这么称呼），感觉这"唧"含有炸的意思，又好像和泡是同一种意思，就取其音为"唧"。

唧确实是个好吃的东西。因为唧里包裹的馅不同，也就有了很多种唧。面粉里裹着蜜枣炸成的是蜜枣唧，还有鳗鱼唧、肉唧、虾唧、鸡蛋唧，就连豆腐干和番薯裹上面粉也可以炸成豆腐唧、番薯唧。

箬山的宴席少不了炒山东面，更少不了两盆唧，一盆是蜜枣唧，一盆是鱼唧。宴席前，主人都会叫邻舍主妇们支起大铁锅，帮忙泡唧，热热闹闹的。虽然那时的经济条件不允许人们用蜜枣、鳗鱼泡唧，但是吃着那裹着厚厚米粉的红枣唧、鱼唧，也着实是一种享受。在一场宴席中，头道菜炒山东面就吃了个饱，剩下的就是盼望早些端上唧。一盆唧上桌了，需由一位德高望重的长者分唧，以便带回家分给左邻右舍。

农历三月二十三是妈祖的生辰，天后宫要为此唱社戏，天后宫的四周便摆满了泡唧的摊子，看社戏、吃虾唧便成了孩子们的快活事。当放学的铃声响起来的时候，我们便背上书包，飞也似的往天后宫跑，那撩人的唧香使人难以止步，就围在唧摊旁不走了，看着泡唧的人泡肉唧和鸡蛋唧。

泡唧的总是先把一个类似大汤匙的长柄铁勺放在油锅中加热，再往铁勺里倒一层面粉（面粉已和成糊状），接着抓些肉糜、卷心菜、葱花，然后再往上浇些面粉盖住馅，再把铁勺放入油锅炸。熟时，面粉和着馅一块从铁勺中脱落，就成一个肉唧了。那味啊，馋得人是直流口水。鸡蛋唧的做法和肉唧基本相同，只是鸡蛋唧大多了，成半球状，因为它除了肉，还有一个鸡蛋。

## 黄鱼酒和鳗鱼酒

知道箸山菜的人不少，但很少有人知道箸山还有独特的饮酒文化。外人都以为箸山人爱喝酒、爱划拳，喝酒酣畅淋漓，海喝海量，以为这是得益于箸山人有着大海般的气概，殊不知主要原因还在于箸山女人，箸山女人从来不反对自家男人喝酒，还喜欢酿些美酒给他们喝，炖些好菜给他们吃，还亲昵地称他们为"老酒宝"。产妇坐月子时，娘家送的担担礼物里总少不了一大酒瓮的黄酒；嫁女娶媳时，酒和炒绿豆面一样重要，不来它几大缸不算办酒席；来客人时，烧一桌海鲜，不邀客人喝上几斤酒就不算招待客人。

箸山人爱浸杨梅酒，爱烧糯米酒、鸡子酒、乌枣酒、桂圆酒，喜欢吃黄鱼酒、鳗鱼酒、青蟹酒。

黄鱼酒、鳗鱼酒应该是箬山特有的海鲜酒，炖制黄鱼酒必须用透鲜透鲜的小黄鱼，也只有透鲜的小黄鱼才能烧制出鲜嫩可口、补气养血的黄鱼酒。小黄鱼三四条，不用剖鱼肚，轻轻掀起鱼鳃盖，撮住鱼鳃，把鱼鳃连同鱼肚往外扯（只有鲜的鱼才能扯得出鱼肠、鱼胆和鱼肝），刨去鱼鳞，用水冲净盛碗中，切几片姜，倒入黄酒，加入红糖，放入大锅用文火炖熟，就成滋补佳肴黄鱼酒。这样的黄鱼酒既有红糖黄酒的醇香，又保持了黄鱼特有的细腻、鲜甜、嫩滑口味，实属"上好佳"。鳗鱼酒的烧法和黄鱼酒一样，选鱼也是一样的苛刻，首先，这鳗鱼一定是用小网网来的活海鳗，不能过大，大概三四两就差不多了。鳗鱼也不用剖杀，只需把其身上黏稠体液洗净就可以了，大可不必担忧鱼肚里的东西影响了口味，因为鱼是活炖的，熟后自然保持原状，吃时，只要把鱼肚里的东西全部抬出，就丝毫不会影响到鱼的味道。经过炖烧的鳗鱼肉，会变得更加结实有味。若腰酸，炖碗鳗鱼酒吃，第二天保管腰就不酸了。

糯米酒、鸡子酒是箬山妈妈常常炖给孩子们吃的滋补品。糯米酒不仅好吃，而且称得上是滋补身体的天然保健品。糯米酒其实不是酒，是糯米加上核桃肉、鸡蛋、黑枣、猪肉等配料，浸在黄酒中，放入大锅内用文火慢慢炖熟的糯米饭。这样的糯米酒香喷喷，可以当饭吃个饱。

乌鸡白凤丸下鸡子酒最适合女子调经，乌枣酒养胃，尤其是被乌枣浸泡久了的黄酒，没有一点酒味，只余浓浓的醇香，喝着比蜜还甜。

箬山女人怎么会烧制出如此独特的箬山菜呢？所谓一方水土养一方人，箬山靠海，海鲜一年四季不断，讨海人常年在海上辛劳捕鱼，女人们就在家里带孩子，一日三餐安排得妥妥当当。她们勤劳贤惠，聪明能干，邻里和睦互助，一家有好吃的，都会盛些给邻里的孩子，无意中相互交流各家手艺美食，慢慢地，也就形成了如今丰盛独特的箬山菜。

# 母亲做的台州麦食

王馥铭

　　我已整整四十年没有与麦子有过亲密接触了。这几年一直想找个时间去看看家乡浙江台州温岭的麦子，可一直不能如愿，不是没有时间，而是家乡已多年找不到麦子了。最近，我又给大哥打了电话，问老家周边有无麦子。大哥说，老家附近是没有人种麦子的，田里都种了西瓜、葡萄，远的地方不知道有没有。

　　麦子虽然找不到了，但麦子成熟的时候，总会情不自禁地想起早年母亲做的香喷喷的各式各样的麦食。母亲会做的麦食可多了，麦条、麦片、麦箍头、麦包、麦撮、麦糊、麦烙饼、麦饼、麦油煎、麦老鼠、麦虾等。

　　先说母亲做麦条，用麦粉兑水，和成软绵的面团，在桌板中央撒上麦粉，再把面团放在上面，用手平压面团，使其向四周扩展，然后拿擀面杖在面团上来回转圈地搓。擀面杖有小臂那么粗，约一米长，那时家家户户都有一两根。我顽皮，经常拿擀面杖当枪玩，引来父亲的一声声呵斥。

面团要擀得厚薄匀称，越圆越好，擀到面团厚度四五毫米即可。这时，面团已变成了一个薄薄的大饼，然后用菜刀在大饼上相隔六七厘米切成宽宽的长条，再靠窄边切成约一厘米宽的条，麦条就切好了。

煮麦条前，母亲用切麦条时留下的边角做了一个小麦饼。母亲知道我贪吃。那时的农村烧老虎灶，用的是大铁锅，火烧旺后，倒上猪油，把锅滋开，在锅的上沿贴上小麦饼，锅底放弹涂干、虾干、丝瓜，然后再翻炒。当丝瓜炒到沥出水，锅里飘散着滋滋的香味就差不多可以舀水了。这时，大锅上沿的小麦饼两面都烙成了金黄色。母亲把小麦饼盛到栗壳碗里。我端着香气四溢的小麦饼三步并作两步走，妹妹比我小两岁，跟屁虫似的，在脚后跟紧追不舍。

"你要与妹妹一起吃，不能一个人吃哟！"母亲的声音从屋灶间传来。

跑到屋后门的大橙树下，小麦饼被我偷吃得只剩下一小半了。剩下的，我一口，妹妹一口，三下五除二就吃了个精光。

等锅开了，母亲把切好的麦条撒到锅里，再盖上锅盖。再次烧开后，用饭铲在锅里翻炒。等到麦条熟了，这顿饭也就做好了。与麦条一起煮的除丝瓜外，母亲还经常拿厚皮菜或蒲瓜一起煮。

与麦条做法类似的是麦片。当面团擀成薄薄的大饼时，如果切成边长四五厘米的菱形就是麦片。但麦片不与菜一起煮。母亲的做法是麦片熬粥，或加两把绿豆，做成麦片绿豆粥。那时，生活还比较贫穷，要干繁重的农活，仅仅吃绿豆粥是吃不饱的，放麦片不仅吃起来有嚼劲，还难消化，当地土话叫"难肚黑"。

做麦箍头也简单，当面团擀成约五厘米厚的大饼时，用菜刀切成边长七八厘米的正方形，把一个对角折叠起来，再把其中的一个角折叠到中间，用手捏紧，使其黏合，就成了麦箍头。把麦箍头有序地摆放在蒸糕帘（本地特有的篾制品）里，再把蒸糕帘放在饭架上。麦箍头要配菜羹。

配菜羹的麦食还有麦包与麦老鼠。在做麦包前，先制作嵌头（方言，即馅）。那时的嵌头比较简单，大多是嵌咸菜面、胡萝卜拌豆腐干丝。我记忆里没有嵌过猪肉丝。嵌头做好后先摞在一边。当面团擀成薄薄的大饼时，用小碗碗口扣在大饼上，手稍用力就扣出一个圆形的饼，用调羹把嵌头放到圆饼上，再把圆饼对折成一个半圆，把边捏紧，麦包就做好了。

做麦老鼠更简单。把麦粉揉成面团后，用手把面团一个个摘成稍大一点的剂子，然后用手把剂子搓成手掌宽的长面团，再用四个手指握住面团中部，稍用力捏，麦老鼠就成形了。说是麦老鼠，其形状与老鼠相差甚远，不过倒像抽象派的泥塑作品。

麦烙饼在家很少吃，母亲主要是把它作为干粮来吃的。老家离海边只有六七里路，乡亲们虽然以农耕为主，但也经常落海（方言，即出海捕鱼）。邻里大伯大叔落海很少为了赚钱，而纯粹是为了改善家庭生活。父亲就是一个落海的高手，每次落海回来，浅凹斗（木制用具）都是沉甸甸的。我记得弹涂鱼最多，有时有梭子蟹，间或也有和尚蟹、红头军（赤九鱼）。我就把和尚蟹捉来玩。落一次海要一整天，中餐要带干粮，所带干粮就是麦烙饼。

说起落海，我也有过多次经历，多与发小依群一起。定下落海日子后，双方母亲早早地揉面，各自给儿子烙麦饼。我记得，落一次海带上四个麦烙饼，手掌大小。说是落海，其实捉不了多少海产品，只捉到一些小蟹小虾，且大多在没有涨潮时我俩就早早回家了。回到家后，母亲也不说我捉得多捉得少。"你捉的小蟹小虾还抵不上我给你做的麦烙饼！"有时，看着马笼（家乡特有的篾制鱼笼）里的小蟹小鱼，母亲自言自语。虽然这么说，但过几天我又说与依群一起去落海，而且还说要多带一个麦烙饼时，母亲也不说什么，利落地把五个麦烙饼卷在饭巾（衬在蒸锅底下，防止食物粘连）里。出发前，母亲把装有麦烙饼的饭巾扎在我的腰间，看上去就像是一个像模像样的落海人。现在想想，那时落海捉蟹抓虾就是为了吃麦烙饼。

四十年前的农村，麦饼、麦油煎不像现在想吃就吃，一般都是端午等节日时才吃的。这两种麦食也是所有麦食中我最爱吃的。

睿智的家乡人在饮食上充分展示着自己的才略，因而派生出各色麦饼：麦粉里掺米粉，做出来的麦饼叫糕麦饼；麦粉里掺糯米粉，做出来的麦饼叫糯米麦饼；麦粉里掺各种野菜，就叫某某野菜麦饼。总之，林林总总，很多。麦粉揉成面团后，切成一个个鸡蛋大小的剂子，再用麦饼卷卷成一张张蒲扇大小的圆薄片。接下来是摊麦饼。那个时候没有平底锅，都用大铁锅。柴火点燃后，火候很讲究，要幽幽的。锅大，可两三个一起摊，二三十张很快就摊完了。

摊麦油煎有一定的技术含量，且比摊麦饼还要讲究火候。烧火是父亲的事。记得有一次，麦油煎摊煳了，锅里烟雾弥漫，母亲呛着烟不停咳嗽，嘴里还在埋怨父亲不会烧火。父亲却说母亲动作太慢，俩人叽叽咕咕。我趴在风箱旁，眼巴巴地看着大锅里的麦油煎成了一坨熟面团。母亲把这坨熟面团用饭铲挑到栗壳碗里。我捧着碗一溜烟跑得无影无踪。

我家的嵌头，母亲一般备有咸菜面、猪肉炒胡萝卜、豆腐干炒茭手（方言，即茭白）、炒洋芋头、洋葱炒鸡蛋，还有炒黄鳝。黄鳝是哥哥钓来的。

那个时候，端午也算重要习俗，家家户户必吃麦饼、麦油煎。大人们还喝雄黄酒，小孩子的额头涂抹雄黄，避灾镇邪。家家户户门口插菖蒲，俗称"蒲剑斩千妖"。那时，我们家住的是老宅——类似于北京的三进四合院。中午，大人与孩子们双手捧着麦饼或麦油煎在廊檐下、堂屋里晃来晃去，有的男人赤膊在道地头（方言，即天井）吃。人多了，也就热闹了。有些话多的妇人就对邻居手中的嵌头评头论足；有些爱开玩笑的后生对小孩说："小狗撕毛头娃！"小孩子也不懂什么意思。"你才撕毛头娃呢！"无意中的反唇相讥，被孩子母亲看到后，心花怒放，就在一旁助战，双方唇枪舌剑，却都嬉皮笑脸；如果此时，谁放一个响屁，有人立马就说："谁吃洋葱了？"其实家家都吃。于是，人们边努着嘴，边哄堂大笑。笑声飘溢在宅院的上空，带着麦收季节特有的麦香味儿，带着农家人喜悦的情感。

在母亲做的所有麦食中，麦虾是最为广泛传播的一种麦食品种。如今，在台州的大街小巷随处都能见到"临海麦虾"的招牌。其实，温岭麦虾与其大同小异，或许温岭麦虾更具海鲜风味呢。

说了这么多母亲做过的麦食，我却大多已数十年没有吃过了，如麦条、麦片、麦箍头、麦包、麦簇、麦糊、麦烙饼、麦老鼠等。在我家啊，这些麦食早已消失在了光阴里！

　　我有一个想法，抽个时间，把以上母亲做过的这些麦类美食自己亲自做一遍，为的是怀念父母，也为了寻找年少时母亲的味道。

第六辑

风

情

# 三门湾两题

刘从进

## 一、养殖塘的光

湾畔连绵起伏的山峦，围成一条玲珑有致的曲线，勾勒出一片圆而辽阔的天空，下面是成片的养殖塘，比天空还要大。

养殖塘被绿色的堤分隔成一口一口的，串着小屋，泊着竹排，常常是青草斜阳，波光粼粼，一幅落日熔金的斑斓景象。每次路过，我都会注目停留，仿佛有一种神秘的力量在召唤——来吧，这是先人逐水草而居的古老生活。

这里是浙东三门湾，湾畔子民默守海的一隅，千百年来以捕获风味独特的小海鲜为生，却常受台风侵扰，不时遭遇损失。为绝后患，近年来政府投入大量资金修筑了坚固的标准海塘坝。从此，三门湾的浅滩上筑起了数十万亩养殖塘。

涛头村的养殖塘离县城最近，我常去走走。那里青山环抱，绿水环绕。老黎的养殖塘就在山脚，我喜欢到他那儿坐一会儿，聊聊天。阳光照得塘面晶亮晶亮的，微风在塘里轻移碎步，拂出细细的涟漪。时有白鹭落在隔离网上，倒映在水底的天空里，成一幅静美的水墨画。青蟹、小白虾、缢蛏、花蛤等小海鲜在老黎的细心呵护下，躺在肥沃的塘泥里悠悠地吃，慢慢地长。

到了养殖塘丰收的季节，那些蟹啊虾啊肥嘟嘟的，等着出阁。九月的青蟹，壳大如盘，肉质细嫩鲜美，素有"蟹肉上席百味淡"之称。老黎撑着竹排在水面上缓缓滑动，不停地起网捞蟹，头上的白鹭仙子般穿梭织布。

老黎跟我说，养殖塘里的主要工作就是每天撑着竹排撒撒食料，定期换水。夏天高温时换水要勤，保持水体含氧量；平时并不算苦，也不算忙，只是要守着。

他守着塘屋住，也不打牌，有空就看看书。老黎的行为让我惊讶。他却说自己只有初中文化，很后悔当年没有好好读书，自己看这些书不图什么学问，就是喜欢。

晚上，老黎的塘屋开着门，却不见人。正疑惑，忽地扫来一道白光。正是老黎，他戴着头灯站在堤上，说今天大潮，给养殖塘换水。光柱扫到水面上，骤然响起一片哗哗啦啦的声响，像忽地下起大雨。我吓一跳，天空依然晴朗。老黎呵呵笑："不是雨，是塘里的小白虾，被灯光照耀，满塘乱跳。"话到此处，老黎便讲解起来，"这小白虾啊，是海水的藻类里自己生发出来的，并不需要放苗；那个青蟹，看着笨笨的，却很贼，你要是不给它吃饱，它就趴在蛏子的洞口，让洞里缺氧，蛏子受不住爬出来，它就把蛏子吃掉。"老黎很温和，说起养塘的趣事，没个停。

老黎是涛头本村人，他说自己这口塘有三十多亩，一年收入四五十万元，主要养青蟹、血蛤、小白虾，偶尔也养点蛏子。青蟹长年都在卖，价格随行就市。收入的主要来源还是血蛤，像他这个规模的塘养一年就有两万斤左右，养两年就有四万斤。

老黎经营养殖塘二十多年了，自从修了标准海塘坝，他的塘就安全了，收益逐渐稳定。老黎心头的喜悦就像这铺满塘面的阳光。

涛头村有五百多户人家、一千六百多位村民，是一个典型的渔村。全村改养殖后，每家每户都建起了漂亮的小别墅，门前带一个小花园。"很多人住着都觉得不自在，可什么样的住着自在？也想不出来，别人怎么造我们也怎么造呗——毕竟，之前哪想过会住上这么好的房子。"

最温馨的是周末，午后的阳光像狐狸一样悄悄地溜进养殖塘，塘主们安静地聊天，说收成。3点以后笔直的海塘坝上有小车驶来，塘主们的孩子陆陆续续地来了，他们一到周末就来父母的养殖塘玩。老黎的儿子儿媳在县城里教书，也带着小孩回来了。夕阳衔山，老黎带着孩子们撑起竹排，悠悠撒网，把落日和海鲜一起打捞，然后在塘边小屋前埋灶煮食——小屋小桌小酒小海鲜，吃上一顿香气袅袅、鲜美可口的小海鲜，清静寡淡的生活立即变得有滋有味，一家人其乐融融。

今天，三门县成了小海鲜之乡，有专门的小海鲜批发市场，还有人到塘里收购，销路在全国各地红红火火。三门青蟹有"横行世界"之美誉，"跳跳鱼"和"望潮"也都上过央视"舌尖上的中国"。如今的三门湾，变成了金银滩。

傍晚，养殖塘里的男男女女坐在海塘坝上吹风聊天，或者三五成群地散步，讲一些蟹爬虾跳的趣事，讲年成，讲房子装修，互相开着玩笑。宽阔的水泥坝上吹着清凉无尘的风，两旁风姿绰约的芦苇跳着黄昏的舞蹈，几只隐身的鸟儿此起彼伏地奏着美妙的音乐。一间间塘屋亮起了温润的灯光，星星点点倒映在养殖塘中，裁剪出一片迷人的光影世界。

## 二、春暖花开的海湾

老周站在崖边，热望大海，说这片海啊，以前人们捕鱼时，经常会捞上来很多碗碟、瓦片、大罐小罐……他说这里啊，原是一片繁华的城镇，后来沉了。

这是一个半封闭的古老海湾，叫三门湾，地处浙东南沿海，有一百多座岛屿、五百平方公里海域，素有"百岛三门湾，千里金海岸"之称。

湾畔子民从小在海边玩耍，长大在海里谋生。老周小时候就跟着父亲在五指岛捕鱼，后来跟妻子一起住在岛上以打鱼为生。老周驾着他的小船迎风斩浪，劈波前行，然后调转船头，"突突突"划出一圈优美的浪花。夫妻俩身手敏捷，放下一个个鱼笼，又驶向别处，捞起带着水滴的鱼笼，从里面取出一条条闪闪发亮的鱼。这是海湾里打鱼生活的生动演示，一直被老周单传似的延续着。

打鱼很艰辛，随着社会的发展，生存的技能提高了，谋生的领域扩大了，人们渐渐告别了在这片海里谋生的日子。老周也不情愿地离开了，到外面做起了生意。他为人朴实，勤劳肯干，赚了一些钱，可是故乡那片寄托着他少年心事的海始终在他的心头潮涨潮落。

数年后老周回到家乡，站在海边，不停地回望这片海。让他没有想到的是，经过人们的细心呵护，这片海又富有生机了，还迎来了湾区建设的新时代，县里正大手笔筹建国家海洋公园，发展海上旅游产业。当人们再次踏进这片海域，已不再是为了谋生，而是游玩。节假日，租一条船出海，游览海上风光，体验捕鱼、海钓、煮海鲜……踏海成了一项时尚的旅游活动。

这是多么幸福的日子啊！老周心头热起来，产生了要回家在海湾里搞旅游开发的强烈念头。他找来几个朋友反复商量，规划了一条从琴江到五指岛的海上旅游线路，购买了四艘游船，承包了岛屿的经营权，搞起了海上旅游。果不其然，生意红火。

那天来的是一帮作家朋友，我们坐着老周的船，在这片海里自由地行驶着。温和的海面上，光影变幻，云雾缭绕。或许是因为来的是作家，老周一上船就很兴奋，远近指点，这岛那岛，船头船尾地跑，说满山岛上还有原始人居住的石屋，说海的脾性，浪的类型……老周身材魁梧，皮肤黝黑，为人爽朗随和。

航行了一段距离后，我们开始捕鱼。这时，老周不再说话，专心致志地指挥船员把一张大网慢慢放到海里，只听他大声喊："下网喽，打鱼喽！"渔网下到海里，就像犁耙下田一样，把水面压下去一层，两边泛起层层浪花。在海里拖了一阵子，再慢慢用机器拉上来，船员们站在船帮两旁收网。老周更大声地喊："收网喽！"这次大伙齐齐地跟着他喊："收网喽！"随着渔网慢慢地拖离水面，终于看到鱼了，有闪闪发亮的小梅童，体形瘦长的鲻鱼、泽鱼、水潺鱼，还有很多蟹和虾……"哇，还有一条黄鱼哎！"手机"咔咔"声不断。老周又来了，什么鱼味道好，什么鱼价格高……他直想把自己知道的关于这个海湾的所有秘密一口气告诉大家。不过，老周最后说，打到黄鱼还是很少见的，我们有口福了！

上午 10 时，我们登上五指岛，船员们则在船上帮我们做饭。除了少量蔬菜，我们的食材就是刚刚捕上来的海鲜。

五指岛是三门湾口的标志，一个美不胜收的岛屿。老周当年就在此打鱼，礁石边两间破旧的小屋就是他当年住的，仿佛还留着他的体温。岛上有很多天然洞窟，可以避风遮雨、筑洞为屋。岛的顶部有一个灯塔，指引着往来船只，古代海上丝路就曾从这里经过。山坡上灌木丛生，野花烂漫，种着各种作物蔬菜，还放养着鸡和羊。最迷人的是成群的海鸥，就在我们的头顶上方优雅地飞翔，它们是五指岛的精魂。在这个最最晴朗的日子里，天空下，阳光、微风、野花与海鸥在小岛上交相辉映，看上去俨然一个田园牧歌式的世外桃源。这就是老周投资开发的岛屿，他承包了二十年的经营权。老周带着我们在岛上四处跑，不停地向我们介绍，这个点可以看日出，那一处可以海钓，南面可以筑石屋，西边可以搭帐篷……太阳烘着岛，像烘一块面包。我们坐着，时间的香味在慢慢流淌。四面的海上一座座岛屿像莲花一般盛开，云雾隐约处，直觉有仙人住。有人大喊："我要跟着老周在这里养一座岛，种一湾阳光！"

"开饭喽！"船员在召唤了，我们回到船上吃午饭。这是最名副其实的海鲜大餐，把刚刚捞起来的带着水珠的海鲜下锅清煮，放点姜片与葱白，以最简单的烹饪，将原汁的鲜味传送到口舌之间。鲜味渗出时，满船飘香，大家在微微摇晃的船舱里吃得津津有味。透亮的水潺鱼汤更是鲜得要命,一个女作家很兴奋:"为了喝这一口鱼汤我就愿意守着整个海湾,三门湾就是一口鱼缸。"一个诗人深情地说:"让我们驾一叶扁舟,持一根钓竿,伴着春花秋月的日子在海湾里随波逐流。"看着大伙的兴奋劲,老周嘿嘿笑着,说这个海湾啊,位置特殊,风和日丽,鱼虾鲜美,很多人慕名而来。周末一般四艘船都没有空,早早地被人定去,有时候一天还要加班来回两次,自己一年下来得有个三五十万的收入。

回程中,一位老作家等老周闲下来,不停地找他说话。老作家十分感慨:"这生活多好啊,春暖花开,面朝大海,看日出,听海浪,吹海风,钓钓鱼,喝喝茶,悠然自得。"连说回去要写一篇文章,题目就叫《一条幸福的船》,并郑重地表示,"愿意以自己的全部作品和学识财富与老周置换人生,换取这片海上的生活。"老作家还说,"租二十年不够,要租三十年五十年,让你的子孙后代都能过上你这样逍遥的生活。"老周听完,很开心,他还跟我们说了很多未来旅游开发的构想。

海湾里有一艘船,是春暖花开的房子,让我们驾着它,唱着古老的情歌,整日在这片海上悠游。

# 塔院有声

张文志

阳光里，风牵着路在花枝树梢间跳跃、打转，轻轻的窸窣声如水的浅波在山野的寂静里荡开。

天台山佛陇岗的青石路旁，风又在一簇白花的瓣上流连，在一枝竹叶上摇摆，卷过茅草，越过成片不知名的野花，像一只温柔的手轻抚过岗上的一草一木。在草木的低语里，似梵音从耳边淙淙流过。是智颛的说法声？化在风里，渗入泥土，感化我等俗众。

脚下不语的石头，必定也聆听了千百年的佛谕，如打碎了的光阴深嵌在佛陇岗上，缝隙间是沉默的充实。路，延伸至树林看不见的一端，我们踩着青石一步一步走向山岗更高处。彼端，会有什么在等待。

风，定是从塔院而来，牵引着我们迈向智慧的所在。每一阵来和去，都是天籁笼罩山间，一点点地刮去人身上的尘埃，一点点地往人心里注入安详平和。

走过空寂，路的尽头是一个岔口，视野突然无遮无拦，阳光和煦，天空高远，远山如黛，犹如苦思冥想后棒喝的顿悟开朗。风从浅吟变成合唱，在空旷里跌宕起伏。空中有一股洪流涌入胸中，肉身开始轻灵，灵魂随风飞升。

有鸟鸣从路侧的竹林传出，仿佛领路的歌声。我们沿着一垛沉淀了时光的矮墙向上走，矮墙里面修竹满院，矮墙对面古松参天，夹出窄窄的清幽，把人又带入遐想。竹叶婆娑里，光从天而降，从一片叶跌到另一片叶，一直跌到幽暗的地面，印下一个个闪烁的光斑，充满佛的启示。明明暗暗中，鸟声清脆响亮，风是柔和的缎，那它就是缎上悦目的绣花，彼此交融，发出意味悠长的呼唤。

我在想：天台人，为什么要替智顗选择这里？

塔院的黑瓦黄墙已经在竹林后隐现。智者塔院，又称"塔头寺"，是天台山的一座小小寺庙，却是佛教天台宗创始人智顗的肉身塔所在地。智顗圆寂于新昌县石城寺（今新昌大佛寺），遗体被送回天台，后人就在天台山佛陇岗建塔纪念。转入一条甬道，青翠的篱笆整齐极了，却允许里面的花木恣意生长。对面，长满绿苔的老石墙后，有树正在探头张望，墙体上匍匐了无数细小的藤叶，正努力地融入墙上的岁月，几片爬山虎的新叶嫩得发亮。有一束光来，打亮了半垛墙和半边路面，甬道里新旧交替，明暗相杂，动静相宜，生命在立体里丰厚。林中的鸟儿适时开嗓，生命在歌声里变得纯粹。

站在塔院门口，我似非我。黄色照壁上"即是灵山"四个大字质朴厚实，仿佛智顗微笑地轻喃：灵山离我们不远。他说"三谛圆融"，这是天台宗的教义，认为一切事物都因缘而起，没有永恒不变的实体，即空谛；一切事物无永恒不变的实体，却有如幻如化的相貌，即假谛；这些都不出法性，不待造作而有，即为中道谛。如此三谛，换一句简单的话，就是对众生而言，成佛是可能的，且有充分自由选择的权利，凡夫和佛之间并不存在严格的界限，可实现认识的转变。如此，那么我能否理解为，这灵山不只是智者大师的灵山，也不只是塔院众僧的灵山，而是所有来者和去者的灵山——"即是灵山"是智者大师的大德宏愿，也是他的慈悲情怀。说法的人已经留在历史的深处，但是他说的法却随着风、随着鸟儿的轻啼，和他生前打坐的说法石一起入定至今。

我们进寺，七八级台阶，却无端感觉很高，门上"真觉讲寺"的匾额低头凝视着每一个入门的人，两边有一副对联：真经宣讲大千界，觉世宏开不二门。那我们进去，把俗念烦恼留在门外吧。

寺院并不大，弥漫着一种难以言说的肃穆，人立刻变得慎重、恭敬，不敢喧哗，不敢谈笑。小小的四合院，正门上是清末太子太保曾国荃赠的"释迦再现"的匾额，与"即是灵山"隔门相对。院子正殿供着智者大师的肉身塔——一座翘檐斗拱的六角二层石塔，下层是智者大师的金色坐像。殿壁列天台宗十七位祖师画像，画像前面的梁上悬有"东土迦文""谛观圆融""灵山未散""法门锁轮"等匾额，暗淡的光线里，这些匾额上的题词是塔院一代又一代祖师对教义的传承和对时间的执着。

正殿边上，一群修缮塔院的工匠正安静地忙碌着，左边是斋堂，一位上了年纪的僧人在用膳。当他从容地咽下最后一口饭，刷了碗出来时，我正站在门口，确切地说是堵在门口。他亦在门口停顿了一下，对我双手合十,并不计较我的冒失。我赶紧退开半步,回以合十,郑重地如同一个严肃的仪式。他右转,宽大的僧袍带出一丝风,我左转,抬头看到三五个工匠停了活计,冲我友善地笑着,其中一个还不住地用手指着地面,我收住脚,顺着他的手指看去,脚前几厘米处,一列蚂蚁忙着搬运食物。我抚胸吐气,庆幸自己收得及时,他们轻轻地笑出了声。

我小心地绕过蚁群,绕出了寺院,又站在了"即是灵山"前。回首刚才的小院,一丛树枝正探身相送。院子四角有四棵树,两株三百年的桂花,还有一株梅花和一株日本禅僧人敬赠的樱花。时值夏始春余,梅樱已逝,桂香未飘,只将丛丛绿荫遮了庭院。风的声音充斥了每一个角落,似乎很近又似乎很远。

风停了,鸟不叫了,四下唯有安静。安静是世间最美好、最纯净的声音。在安静里,时间被渗透了,一切被放大,思想失去界限,身心抛去桎梏,进入自由的境界。李书磊在《钟声悠远》一文中说:"寺院的本义就是沉思之地,你信不信佛倒在其次,你从红尘的纷扰中走到这里静立默想,然后再从这里回到红尘之中;或许你并没有想清楚你所有的困惑,但思想本身就是一种修炼,就是一种清醒和觉悟。"

往回走,青石路旁,一条被蛛丝捕捉的虫子悬挂在半空,在树荫里跟着风飘荡,没有惶恐挣扎,只是轻微地蠕动,呈现生命的悠闲从容。智顗的法音从天际传来,不遗失、不消散,点化着大千世界。

站在岔路口,左下方是山腰间的高明讲寺,智者大师首创的天台山十二古刹之一,据说是大师讲经时,风吹经页飘落之处。寺院依山而建,掩在山峦松林中,黑瓦黄墙森然成片。右前方是群山留出的豁口,天台县城十万人家跃然入目,高楼大厦鳞次栉比,足见人间烟火繁华。佛与俗隔山而处，塔院正中而居，智者大师找寻的就是这样的一道门扉吗？他一生思索、追寻的终极意义里是否包含了一种人间关怀？他生前是否曾立于此处，俯瞰两端，然后智慧地将佛的光辉与人世的阳光连成一片？

　　塔院在安静里，目送来者来，去者去，初心不改，宠辱不惊，风响彻，鸟低鸣，一切因缘而生。塔院收容过多少躁动不安的灵魂，就释放过多少丰富深厚的善心，来面对俗世的苍茫纷争。

# 沙埠窑

陈　娓

　　雪溪边的小山岗上立着一块小石碑。如果不是这块小石碑，你一定不会想到，这是北宋时期的青瓷窑址，这里曾经发生过血雨腥风的故事。

　　站在半山腰，放眼望去，成堆成片的陶瓷片散在山岗中，埋在泥土里。千年了，它们寂寥无声，默默地沉睡在这山间，与树木为伴，与杂草为伍，与岁月同在。

　　回溯千年。

　　这是一个僻静的山村，山林葱翠郁绿，溪水蜿蜒清浅。农户们春耕夏播，秋收冬藏，过着宁静、古朴而安逸的生活。

　　后来，村里来了个姓陈的青瓷窑师。相传，这个瓦窑师本是天上的瓦瓷神，烧得一手上好瓷品，因得罪了王母娘娘，而被贬到了人间。

瓦瓷神云游到沙埠雪溪一带，见这里土地肥沃，农田里的泥土很适合烧制瓷器，于是就定居下来，重操旧业。不久，又娶了当地一位美貌女子，生养了八子一女。

儿女长大后，继承了父亲的制瓷手艺。他们个个手法多样，技艺精湛，烧出的陶瓷"青如玉，明如镜，声如磬"，深受一方百姓的喜爱。

凡尘俗世的一举一动，天帝尽收眼底。得知瓦瓷神来到人间，泄露了天上的制瓷技术，他顿时龙颜大怒，于是责令天兵天将他捉回天庭。

"既相逢，却匆匆。携手佳人，和泪折残红。"那一夜，瓦窑师与他的妻儿们抱头痛哭，哭得肝肠寸断。

但天命难违。到了五更，时辰已到，瓦窑师只得挥泪告别。临别时他叮嘱儿女，希望他们专心筑窑制瓷，造福人间。说完，便腾云驾雾而去。

瓦窑神回到天庭后，儿女们分别在沙埠周边的凤凰山、竺家岭、瓦瓷窑等八个小山坡上筑了八座新的青瓷大窑。

这些瓷窑都依山而建，个个盘旋绵延，宛如一条条鲜活的长龙，伏卧在沙埠的一座座小山岗上。烧窑时，分布各处的窑体一齐生火，方圆十多公里的上空，顿时烈火熊熊，云烟四起。这激发了当地百姓烧窑的兴趣和热情，纷纷投入到陈氏窑业的生产中，汨汨流淌的雪溪两岸，呈现出一派热火朝天、蔚为壮观的青瓷生产景象。

那时，以雪溪为中心的黄岩沙埠一带，已成为全国著名的越窑青瓷生产基地。每逢开窑时节，沙埠河面白帆点点，埠头樯桅林立，商贾纷至沓来，整个山乡人头攒动，热闹非凡。青瓷产品不仅满足了国内市场需要，而且还通过海上丝绸之路，远销日本、菲律宾、马来西亚等地。

沙埠本是贫穷落后的穷乡僻壤，因窑而兴，因窑而发。当地百姓因此过上了富裕的日子。

但天有不测风云，北宋末期，一场猝不及防的灭顶之灾降临到了陈氏家族头上。

一天，陈氏兄妹像往常一样烧窑，当他们正欲封窑时，分布在各处的瓷窑上空，突然升腾起九股青墨色烟柱。那烟柱凝聚不散，盘旋翻腾，抬首仰望，就像是九条青龙在辽阔的苍穹中漫天飞舞，大有横空出世之势。随后，各种耸人听闻的谣传便蜂拥而起，有人认为这是天象异常的表现，是变天的预兆。

消息不胫而走，很快传到了朝廷。当时，宋徽宗赵佶即位不久，宫廷内斗不止，百姓造反不息，大宋王朝正处于风雨飘摇之际。面对摇摇欲坠的政局，一听到千里之外的沙埠有"九龙透天"之说，宋徽宗顿感震惊。"龙"，分明是政治图腾、天子的象征。此异象不灭，必威胁到大宋江山。于是，宋徽宗即刻调兵遣将，前往黄岩沙埠诛灭。

山雨欲来风满楼，大兵压境。

突如其来的横祸令陈家兄妹惊慌失措。他们还没想出个子丑寅卯来，官兵早已把整个沙埠围得水泄不通了。皇命难违，怎么办？逃，逃得出一人，也救不了全家；逃得了人，却带不走窑。而这窑，早已与他们的生命融为一体了。没有了窑，活着还有什么意义？战，手无寸铁，即便有刀枪靶子，也是以卵击石，怎能抵挡全副武装的万千官兵？何况一旦火并，家人战死不用说，必然还会殃及百姓，而这恰恰是他们八兄弟万万不愿看到的。随着一阵阵战鼓擂响，死般沉寂的山野爆发出阵阵雷鸣般的喊杀声。那战鼓声，就是临阵官兵的催战声；那喊杀声，便是陈氏兄弟的催命声。面对蜂拥而来的官兵，他们兄弟必须做出决断。

这时，平时最能拿主意的三儿子泣泪提出："为了保住陈氏家族的尊严和气节，避免生灵涂炭，我们只有自我了断！"说完，他迅速跑到母亲跟前，匆匆拜别年迈的慈母后，便狂奔而出。其他七兄弟也紧随其后，直奔村西的池塘。此时，一道强光掠过苍穹，仿佛要把天空撕裂开来。刹那间，山风呼啸，骤雨大作。八兄弟回望一眼山坡上的瓷窑后，手拉着手，一齐跳入了冰冷的池水中。

"英雄生死路，却是壮游时。"陈氏八兄弟的生命连同雪溪的青瓷窑业，就这样在鼎盛之时突然中止。

一个人、一个家族、一方百姓的生与死、荣与辱，往往就在于君王的一句话，甚至一个荒唐的闪念。

官兵赶到池边时，只见水面上浮着八具尸体。看到八兄弟已经自尽，他们便回朝复命了。雪溪的乡亲们闻讯，纷纷拥向池塘，准备为八兄弟收尸。这时，池水清澈见底，池中全无尸体的踪影，只有八只精美的青瓷炉漂浮在水面上。纳闷之时，他们猛然醒悟，这八只精美的青瓷炉其实就是八兄弟的化身。于是，乡亲们一齐下跪，拜送英灵。

山谷空寂，大悲无言。

他们把这八只精美的青瓷炉秘密埋藏于沙埠的青山碧岭中。

事后，朝中大臣纷纷进谏，觉得此案并非传说的那么神奇，更没有造反的迹象。通过查核，得知这是一件莫须有的乌龙案。为了安抚百姓，宋徽宗便降旨追封陈氏兄弟为"九王"，赐名他们自尽的池塘为"八仙塘"，并下令当地营建"八圣庙"，供奉纪念陈氏兄弟。

沧海桑田，沙埠雪溪历经了战火的洗礼。从元末明清的方国珍起义，到嘉靖年间倭寇六次袭扰黄岩，八圣庙屡毁屡建，但来此膜拜的香客依旧络绎不绝。

雪溪人对陈氏八兄弟的敬仰已植入了血液，代代相传，以神传神，有关瓦窑师来历的传说愈发蒙上了一层神秘的面纱。他们视八兄弟为庇佑乡邻的神灵。每年的农历二月二十四，雪溪人都在八圣庙前搭台唱戏，以自己的方式，来祭奠陈氏兄弟的英灵。

我来到陈氏八兄弟自尽的八仙塘，来来回回游荡，探寻神话传说背后的意义。日升月沉，草木枯荣，经历了千年的风霜雨雪，池塘竟然还在，但通往池塘已没有了路。显然，这里很少有人进来，或许雪溪人不忍心再去面对那尘封的伤痛。拨开丛生的杂草，我走近池塘。水面几乎被枯草覆盖，周边却芳草萋萋，它们空对晓风残月，静静地守着这一潭沉默的枯水，守着那血与火洗涤的历史。

漫步山边，古窑址上各种碎瓷片、窑具残片散落一地，俯拾皆是。我为这些用生命烧成的器皿而惊叹，随手捡起了一片碎瓷，忽然，心中掠过一缕惶恐，又轻轻地放下那片碎瓷。因为这不是普通的残陶碎瓷，它承载了浙东沿海陶瓷的文明和传奇，蕴藏着有待破解的千古之谜，它属于这片土地。

# 上堡山上杜鹃红（外一篇）

黄祥云

作为一个台州土著，我最近第一次听说温岭有一个叫上堡山的地方，那里有一片美丽的杜鹃花海。在一个阳光明媚的日子，我们几位同事兴致勃勃地驱车前往。

上堡山位于温岭的西部，乐清湾畔，离世界地质公园方山风景区不远。沿着一条新开辟的山路徒步而上，望着路边那些蓝莹莹的剪豆花、金灿灿的松树花、白晃晃的柴胡花，呼吸着山野清新的空气，我的心中萌发着与春天约会的冲动。行经半个小时后，一片青翠的竹林迎面而来，附近有几间破败的石屋，墙壁上蔓延着青藤。再向前走，人群越来越多，崎岖的山路很窄，下山的与上山的狭路相逢。我们不得不另辟蹊径，攀缘而上，一次轻松的春游变成了紧张的攀岩。

上堡山属于雁荡山余脉，在上亿年前的火山喷发、地壳变动中成型。这里的石岩大都是火成岩，其中也夹杂着丹霞地貌。在大堡山的山腰，有一大片岩石色泽如丹，形似大鼓侧面，故当地人又把它称为大鼓山、大球山。经过近两个小时的艰难攀登，我们终于到达大堡山山顶。映入眼帘的是一片花海。在以茅草为主的草甸上，杜鹃花如火如荼，灿如云霞，仿佛一位灵巧的仙女将美丽的花朵绣在绿色的地毯上。一团团、一簇簇、一丛丛，开得那么绚丽，那么恣意。叶挨着叶，瓣连着瓣，蕊靠着蕊，红红的杜鹃花，在微风中轻轻摇摆。距山顶不远处，一汪春水，碧如翡翠，那是清澈的仰天湖。据说湖中生长着桃红水母，飘飘欲仙。如果把漫山的杜鹃花比作淳朴的山姑，那么这个仰天湖就好像小家碧玉型女子。

虽然我小时候在山上经常看到杜鹃花，但是像上堡山这样近千亩的杜鹃花，还是给我带来一种强烈的视觉冲击和心灵震撼。杜鹃花在我们台州一带，通常被称为柴爿花。因为它们往往与柴草为伴，与灌木为邻，乡下人砍柴草时一并收获。所以这是一种很普通的花儿。实际上，杜鹃花有多种别名，如映山红、山石榴、金达莱。确切地说，映山红是一种红色的杜鹃花（杜鹃花有红色、黄色、粉色、蓝色等颜色），花儿盛开时好像把整座山都映红了。南宋著名诗人杨万里写过一首吟诵映山红的诗："何须名苑看春风，一路山花不负侬。日日锦江呈锦样，清溪倒照映山红。"我躺在山坡上，阳光暖暖地照在身上，惬意自在，任思绪如蓝天上的白云自由飘游。由身旁的杜鹃花，我想到了杜鹃鸟。一种花与一种鸟有着一种有趣的关联。杜鹃鸟又叫布谷鸟、子规、子鹃。杜鹃花盛开时节，也是农民布谷下种的时候，杜鹃鸟常常在杜鹃花丛中高声鸣叫，声如"布谷、布谷"。由于杜鹃鸟的口腔上皮和舌头都是鲜红色的，世人误以为杜鹃鸟啼得满嘴流血，把杜鹃花也染红了。

中国是杜鹃花分布最多的国家，世界上有九百多种杜鹃花，中国就有五百多种。大堡山上的杜鹃花高不过几十厘米，而在天台，有一种高山杜鹃花高达几米，又叫云锦杜鹃，每年五月中下旬开放。在云南则生长着世界上最高大的杜鹃花，高达二十五米，胸径达三米，有五百多年的树龄。可见自然界物种的多姿多彩。杜鹃花既是一种普通的花，也是一种著名的花，有着"木本花卉之王"的美称，其生命力顽强，能够在贫瘠的土壤、岩石中生长。以前小学生课本中有一篇课文，篇名叫《我爱韶山的红杜鹃》，红杜鹃即映山红。

奇美的风景并非在遥不可及的地方，在我们的附近也会有意料不及的风景。

# 扩塘山岛印象

站在方山码头，向东眺望，五百米外，扩塘山岛静静地卧伏在碧水之中，与猫头洋相伴，与牛头门相望。

斗转星移，沧海桑田。火山凝灰岩质的扩塘山岛诞生在侏罗纪时代。那是恐龙称霸天下的时代，天上翼龙飞翔，陆上雷龙、梁龙盘踞，水中鱼龙遨游，哺乳动物与真骨鱼崭露头角，始祖鸟和蝇虫粉墨登场；那是裸子植物的极盛期，苏铁、银杏、松柏茂盛，地面上覆盖着蕨类、木贼等浓密植被。

扩塘山岛原名"绿壳塘山岛"，在台州方言中"绿壳"指的是海盗，因为这里曾经是海盗聚居之地。全岛面积约五平方公里。如果从空中鸟瞰，整个岛屿好像一只面朝东海舞弄双螯的青蟹。明弘治元年（1488）闰正月初，"东方的马可·波罗"——朝鲜进士崔溥因其父亲去世，从济州岛渡海返家奔丧，与同船的从吏、护军、仆人、水手等四十二人，不幸遭风暴袭击，海上漂流十四天后，于扩塘山岛北面牛头洋处得救。他回国后用流畅的汉文，以日记体形式叙写了《漂海录》，涉及明朝弘治初年政治、军事、经济、文化、交通以及市井风情等方面的情况，集中反映了生与死、忠与孝、公与私、情与义、利他与利己、人格与国格等人生重大问题，是中朝文化交流的见证，具有很高的历史价值。

每一阵风拂过，都会留下痕迹；每一拨浪涌上，都会刻下标记。在时间老人亿万年耐心的精雕细琢下，岛的东面和南面呈现奇异的海蚀景观，色彩斑斓，灵动多姿，或蛟龙入海，呼风唤雨；或红龟探山，悠闲自得；或海狮戏水，神态可掬。罗汉岩巍然，悲悯芸芸众生；生命之门洞开，普度熙熙万物；天矛地盾，昭示世间纷扰；乌皮礁不没，隐匿大海之谜。千孔百洞，和奏缠绵的风语；岩笛石箫，共鸣不息的涛声。岸边十里画廊，步移景换，仿佛蓬莱仙境。岛上一片葱茏，石奇岩怪，疑似世外桃源。

扩塘山岛不愧为天然礁石博物馆，在这里你能真正领略到文天祥所赞誉的"万象画图里，千崖玉界中"的海天风光。作为规划中的省级旅游风景区，其开发尚未开始，"养在深闺人未识"。假以时日，定会惊艳世人，"回眸一笑百媚生，六宫粉黛无颜色"。

（注：蛟龙入海、罗汉岩、生命之门、天茅地盾、乌皮礁均系扩塘山岛景点）

# 还原一座岛的本真

邬荷群

"台州地阔海冥冥，云水长和岛屿青。"二十年前，当我第一次读到杜甫这样美妙的诗句，就想着要约上某人，登上椒江东山顶上的观海楼，面向茫茫东海，做一次深深的瞭望。

冥冥东海，云水之间，星星点点的一百〇六个岛礁中，有我向往的岛屿。它矗立在离椒江城区五十多公里的海面上，名叫大陈。

据说，大陈的由来源于一则故事：从前有一姓陈的渔夫，因为忍受不了官吏的欺压，带领一批渔民来到岛上，从此过上了安乐的生活。人们为了纪念陈姓渔夫，便把这个岛取名为大陈岛。

至于后人为何把大陈分为上、下大陈，似乎已无从考证。都说上大陈礁岩奇特，岛貌旖旎，下大陈风景宜人，渔港风情浓厚。也不知是什么原因，多年来，我现实的脚步总没踏上梦想的小舟，一任大陈之行踟蹰不前。

儿时的记忆中，曾有远房亲戚在大陈，每年秋季，总有虾干、鱼鲞等海鲜干货寄到外婆家来。因为这些鲜美的海产干货，小小的我总是在心里向往着去一次被海水拥抱的大陈岛。有时淘气了，母亲就吓唬我："不好好读书，长大了就把你嫁到大陈岛换咸鲞。"每当听到这样的话，我心里其实还有点小得意。心想，去有鱼虾吃的大陈不是也挺好吗？等长大些了，才知道除了鲜美的海鲜，大陈的海岛生活意味着苦、累、飘摇。

直至我怀着兴奋的心情终于踏上了梦想中的大陈岛，一路风浪颠簸后的疲乏却让我浑身无力。住在碧海山庄的那一夜，我仿佛头枕海浪，一直在波涛中沉浮。黄昏里，大沙头港湾千帆云集、桅樯如林的情景历历在目。入夜后，万千渔火明明灭灭的画面不停地在我脑中闪烁，海浪拍岸的"哗哗"声一直响彻耳边，辗转中，竟然一夜无眠。

天，终于亮了。

清晨，岛上唯一的街道上，渔民提着竹篮在卖晚潮的小网海鲜，有从崖礁上挖来的观音手、辣螺等壳类生物。她们随便把东西摊在脚下，一帮早起的游人围着地上的岩头老虎、虾蛄、鲜虾、小白蟹讨价还价。说是一条街，其实港边除了一排建于20世纪四五十年代的二层楼房作为商铺卖百货，就是一些私家小店，卖着从陆地上运来的水果零食和自家腌制的鱼生、蟹卜。在游人看来，或许这街还不够繁华，集市还小模小样，但对于几乎能自给自足的本地岛民来说，有这样一条一应俱全的街，已经很知足了。

某年6月，正是夹竹桃盛开时节。我陪浙江美院的设计团队再次来到大陈岛考察。从山顶的别墅区出发，山路边的夹竹桃繁花似锦，密密匝匝地相伴着与我们一路同行。一路上山风狂野，吹得粉红粉白的夹竹桃迎风乱舞。推开车窗，就有一种夹杂着咸味的幽香扑鼻而来。车穿过一片幽幽的黑松林，就到了甲午岩景区。景区内有一亭，名为"美玲亭"。在亭内，抬眼就可见巍巍两片巨礁组成的"甲午岩"拔海屹立。极目远眺，则见海天一色孤帆远影。

到达岛的西侧高地——垦荒纪念碑前，我们还没喘过气，回过神，一场突如其来的夏雨就从碑后的那片草地上飞奔而来。顷刻间，呼呼狂风挟裹着一大片一大片雪亮的雾雨，飞卷盘旋着，犹如弹声呼啸中有千军万马怒吼，厮杀着冲将过来。惊魂未定中，我们折断了伞，刮伤了脸，像是战场上节节败退的溃散残军，从山顶一路落荒而逃。

终于撤到一处废弃的碉堡里，回望高高矗立在高坡上的垦荒纪念碑，竟有一刻的恍惚。抬头环顾这个到处布满碉堡、水牢、战壕、坑道、防空洞的岛屿，我情不自禁地陷入了战争的遐想中。

曾经，这个弹丸之岛就上演过一场旷世的枪林弹雨。1949 年，国民党残兵败将退踞沿海岛屿，昔日宁静的大陈岛进驻了荷枪实弹的士兵，田园式的渔村筑起了堡垒、炮台，拉上了铁丝网。警报在这里拉响，导弹在这里乱飞，中国首次海陆空三军联合作战的战役在这里打响。曾经，这片平静的海面硝烟弥漫，血如残阳染红海水。曾经，国共成千上万官兵身陷战争的泥潭，葬身东海。曾经，一万七千名大陈人带着戚戚的乡愁，被迫漂洋过海去了彼岸台湾。

如今，当我站在海边眺望远处的海。海面风平浪静，海中礁石静立，仿佛几千年来就是这样的姿态。

潮起潮落间，历史的脚步已渐远。六十多年了，海风已吹散战争的硝烟，潮水已湮没烈士的英魂，山花已覆盖山岩上的满目疮痍，大陈人背井离乡的思念也在流离的风尘中碾碎。

历史会记住大陈岛，一场战争的悲壮，一段垦荒的记忆，一次发展的变革。

今天，当我走在这条山道上，风依然是那样轻盈，空气依然是那样腥咸，连眼下的海水也是那样湛蓝。

多纯粹美好的一座海岛呀，我想，人们来大陈，除了瞻仰历史，更愿意通过大陈这个岛屿来加深对海的认识。

就像6月的一天，我独自走进大小浦渔村，看到"海上小桃源"生活时的激动。一个港湾，几艘船，十几间石屋，一座神庙，就是渔村的全部构造。

向阳的地方，有三两渔妇在石屋的浅坡上织网。七八个渔民在港湾的入口，一边大声说笑，一边踩着岩边的白浪从船上抬下满筐的鱼虾上岸。豪迈、爽朗、粗犷的笑骂声夹杂在海水的起落间，掷地有声。岸上，几只黄色的家狗围着满筐的鱼虾四处嗅，又舔舔散落在地上的残渣，慢腾腾地在人和鱼虾间穿梭。

大小浦渔村里，这种饱含海洋气息的和谐、安宁、平静的生活表情，不就是我们想象中的渔家生活吗?

那么，就去买一筐刚刚上岸的鱼虾吧，借用渔家的灶台大火清蒸煮起，再用大盆装好搬到院子里。然后，搬张小凳子坐在阳光下，吹着饱含腥味的海风，慢悠悠地剥着蟹，吃着虾，尝着鱼，感受平淡生活的乐趣。

我想，这种充满鲜甜的海岛体验，才是会让我们回味一辈子的记忆。

# 括苍山上

李仙正

巍巍大山，绵延起伏。

括苍山，不愧是一座奇秀的神山，令人向往。行之，能上天入地；观之，见山海风云；悟之，能品江南情怀。

## 1

括苍山高吗？只是浙东南的最高峰，若比起海拔高度为 8848.86 米的珠穆朗玛峰，恐怕是小巫见大巫，一点也不高。

括苍山名气大吗？仅仅为浙江名山之一，在泰山、黄山、峨眉山、庐山等中华十大名山面前，连边都没沾上，显得苍白逊色。

括苍山神奇吗？苏轼赞美庐山多云雾，曰："不识庐山真面目，只缘身在此山中。"而括苍山，比庐山的雾日云海整整多出了91天，年平均雾日286.3天，最多年份高达307天……

　　融合多种元素的括苍山脉，底蕴是深厚的，也是丰满的。那里有包罗万象的自然元素与文化元素的展示，古代的、现代的，写实的、写意的，自然的、人为的，陡峭的、平坦的，虚实的、深浅的，明媚的、暗晦的，等等。

　　当然，还有那些天方夜谭的神话故事，天马行空的幻想，共同构成一个难以描述的精彩世界。

## 2

　　括苍山，依托得天独厚的地理优势，吸引了众多寻仙访道的能人异士。相传，紫阳真君、汉时太极法师徐来勒、三国时葛玄和其叔父葛弥、南朝齐梁年间时陶弘景等，都在括苍驻足，尽显灵气，映衬传奇色彩。

　　历史上，括苍山又名真隐山、天鼻山、苍山，为国家级森林公园，其约1382米高的主峰米筛浪是21世纪中国大陆第一缕曙光的首照地。此山地处浙东中南部，南呼雁荡，北应天台，西邻西都，东瞰大海，主干山脉呈东北—西南走向，支干山脉展布仙居、临海、黄岩、永嘉、缙云等县市区，余脉伸展至三门湾以南，入海为东矶列岛。

　　据《台州府志》引《五岳图序》一文记载：括苍凌映桐柏（天台桐柏山），登之见沧海，以其色苍苍然接海，故名括苍。《临海县志》则记载：括苍原作"栝"苍，以"山多栝木，郁郁苍苍"而得名。

《唐六典》将其列为江南道名山之一。括苍山势雄拔陡绝，峰峦叠嶂，被称为"泰山之佐"。山上长年云雾缭绕，盘山公路自白云深处旋绕而下，与碧海、蓝天相映，胜似锦带飘舞，有鬼斧神工之美，宛如人间仙境。

身缠丝绢半遮脸，娇娜异常惹人爱。括苍山的云海，变幻多姿，犹如仙气缭绕，一大口一大口地吐出来，一阵一阵地袭来，一片一片地飘来，徐徐飘过山谷，穿过风，越过雨，若隐若现，无不契合了人间仙境的神话传说，天上一日，地上一年。

括苍山上的生活感受，足以与天上的神仙相媲美，但快乐的时光总是很短暂。假如有机会来到括苍山顶，我保你能过上类似于天上神仙的日子。

# 3

那次入秋，天公不作美，下起阵雨，紧接着大雾封山，由六辆汽车组成的"牛人俱乐部"车队逗留在半山腰补充给养，队员们洗刷炊具，检查野营装备，点验食物和水。尤其是负责后勤保障的那辆小货车，整个车厢把"行头"装得满满的，有自备的发电机、四脚大帐篷、行军锅、煤气灶、样样齐全；也有桌椅板凳、柴米油盐、锅碗瓢盆，解决吃喝拉撒基本生活。

午后，车队冒雨向括苍山主峰营地进军。汽车沿着狭窄险峻的盘山公路一直向山顶进发。车队不怕风雨天气，一下子钻进浓雾里，在茫茫的雾海中，很快消失得无影无踪。好在带路的是位"老驴"，驾驶技术没得说的，况且此前他还来过几次，熟知这里的地形山道。

"老驴"通过对讲机不时发布预警信息：前面有处急转弯，有一辆交会车下山了，请大家务必注意，按规定车道行驶。"老驴"的叮嘱声一路相随，令人惊喜，温暖人心。

一小时后，车队顺利地抵达括苍山脉主峰——米筛浪。汽车刚停稳，我们就从车里钻出来，停留片刻，观景拍照。站在括苍山上，不是山峰有多陡峭险峻、景色有多美，而是巨碑有多雄伟壮观。最先映入眼帘的是一座矗立在山峰上的硕大巨碑，碑上镶嵌着一行金黄色的大字：中国二十一世纪曙光碑！在巨碑的旁边，还有两块碑文。

其中"耀江中华世纪封碑"的碑文称：维二〇〇一年一月一日，耀江中华世纪封活动于中国浙江省临海市隆重举行。临海者，乃国家历史文化名城，为浙江现代经济强市……

## 4

括苍山山顶上拥有着全国四大风电场之一的括苍山风电场，其分布于三个风场，由五十四台四十五米高的风力发电机组组成，并因海拔高度居世界前列而闻名。这给括苍山的天然景观——晨看日出、雾观云海、夜数星星、雨览白线外，又输入了新的血液，将天文奇观与现代文明融为一体，交相辉映，共同构成了美妙多彩的巨幅画卷。其中，风电场的一小块，属于我们的临时营地。

不一会儿，雨停了，雾也渐渐散去。毕竟，阴天的太阳像小媳妇见公婆似的，羞涩地躲进厚厚的云层里，不好意思露出笑脸。我们管不了那么多，摆在眼前的头等大事是一帮人在山上的露营问题。怎样安营扎寨，解决吃喝拉撒睡呢？接下来，心中早已有数的那位"老驴"看准了曙光碑东北面附近一块南北走向的长方形空地，将其作为野炊露营的场地。于是，一辆接一辆的汽车紧跟而来，依次停靠。

榜样的力量是无穷的。营地现场，"牛人们"集结于一台大风车底下，晃动着忙碌的身影。各自手上的活计，无论重活、累活、脏活，还是巧活、技术活，一刻都停不下来，大干快上。大伙儿谁都不好意思偷懒，人人自告奋勇，自觉自愿投入营地建设。有的挥动锄头，清理场地；有的搬来石块，垒砌锅灶；有的买柴爿，捡柴火；有的铺床板，调试发电机，搭帐篷，等等。

众人拾柴火焰高。本着有人出人，有力出力，有绝活出绝活，大伙儿齐上阵，忙这忙那，忙个不停，好像都有使不完的劲儿，忙得不亦乐乎。从阴天一直忙到浓雾又起，从晴天一直忙到烟雨朦胧，从白昼一直忙到黑夜，连续忙活了三个多小时。

也许，忙碌容易使人忘却疲惫，消除苦闷，远离烦恼，增添乐趣，即便是劳动强度大一些，再辛苦一点，累并快乐着；也许，忙碌后能得到高回报，释怀压力，放飞心情，收获意外的惊喜；也许，忙碌能证明一种能力，往往体现成就感、满足感、自豪感……

更何况，户外活动的忙碌极具新鲜感、诱惑力、吸引力和挑战性，既丰富业余爱好，培养生活情趣，又亲近大自然，锻炼自我，陶冶情操，美丽心情。尽管我们不是旅行达人，只是临时性组合的贪玩群体，但真正动起手来，一点儿也不比旅行达人逊色，感觉干的活还是挺不错的。

帐篷，有橙色的、迷彩的、蓝色的、姜黄色的、军绿色的，一顶一顶搭建，总共搭了十二顶，整齐排列开来，将营地拼凑成一幅美丽的图画，装点得五颜六色，多姿多彩；电灯，犹如一颗颗发光的夜明珠，替代了星星，在烟雨朦胧的黑夜里，放射出耀眼光芒，引来一拨又一拨游人前来探访；锅灶，二眼简陋的野炊土灶，火焰在柴爿的缝隙间穿梭，火苗舔着行军锅的锅底，经三个小时的炖煮，终于把排骨、鸡爪一锅炖得烂熟，香气四溢。

## 5

露营自有后来人。七八个临海当地人也分两部汽车赶来助阵，向"牛人"活动输送了新的血液。特别是几位美丽能干的厨娘，随夫携子而来，纷纷施展手艺，切菜的切菜，切肉的切肉，切糕的切糕，坚守在灶台上。未等第一锅炒年糕上桌，就准备好炒第二锅。俗话说，台上三分钟，台下十年功。看着她们，毫不拘束，大大方方的娴熟动作，肯定是长期养成的习惯，平时在家时练就的一身厨艺领本，绝不是临时抱佛脚，匆忙应付上阵。

紧接着，三十多人挤进两间四脚帐篷里，不论是主食炒年糕，还是排骨、豆腐、鸡爪等美味佳肴，以及花生、玉米等零食，均实行按需分配，人人有份，不够自拿，一起分享快乐晚餐。透过电灯光亮，真乃"偷得浮生半日闲"。几位男士喝上了几口小酒，手上剥着花生，嘴里吐着仙气，谈笑风生，快活得像神仙；几位女士倒上雪碧、可乐，嘴里啃着鸡爪，叽叽喳喳，脸上乐开了花；几位贪玩的小孩子，脚上功夫真不错，吃饱喝足后，开始逗着小狗狗，东跑跑西溜溜，逍遥自在……

惬意的时光，欢乐的场景，无关浪漫风月，不管今朝何夕。无论高矮胖瘦，还是男女老幼，就这样，聚到一块总是一种缘分。一群

"牛人"相聚与融合，互动与交流，分享美好时光，人人把笑意写在脸上，快乐着我的快乐，幸福着你的幸福，最终无不凝固成一丝丝淡淡的记忆，永藏心中。

# 6

漆黑的夜，浓雾朦胧，灯火的光环将静态的或动态的，物质的或非物质的，多种环境因素交织在一起。于是，只能透过黑夜和雾海仰望近在咫尺的大风车，发现风车叶子不是在旋转，而是在飘动。再看看帐篷内外的人，就像修炼了一身轻功，得道成仙似的，正腾云驾雾，慢悠悠地在云中飞。我摸了摸头发，天啊，仅仅不到十分钟时间，竟积起了一层厚厚的露水，分明感受得到水珠顺着头发往下滴。

隐约中，一种误闯仙境的奇怪感觉油然而生，来到传说中所谓的人间仙境了吗？其实，大地在动，雾海在动，人也在动，但当人身处浓雾中，依托云海翻滚的动态环境条件，在看不到脚下踩着的土地、只看到人站上云端、感觉不出地球转动的情况下，一切动态物质和生命运动，只要处于动感状态，往往容易令人产生错觉幻想。

尽管刚刚告别夏季，进入初秋季节，但江南的气候仍然停在夏天不肯归去，白天气温高达三十六摄氏度，人们穿短袖汗衫都还嫌热。山上与山下，温差太大了，令人接受不了。倘若遇上多雾阴雨天气，气温狂降，一下子从炎日变成寒冬，降温至少达二十摄氏度。就在露营的那天，我穿着短袖、吹着汽车上制冷的空调上山，但到了黄昏，尽管加了件较厚的双层外套，还是明显觉得太冷了。

山上的夜，出奇地冷，秋风夹带着朦胧的烟雨，寒气逼人。我去附近随便走走，看到游人们明智地携带冬衣，身穿连衣帽的大衣、棉袄、羽绒服，一个个从我身旁经过。我开始忧心忡忡，后悔自己没有带冬装，只能以走动增加运动量来取暖，不停地东转转西看看，可时间不等人，晚上怎么熬呀？

吉人自有天相。没有别的选择，或许就是最好的选择。好在有位叫柯老大的人伸出了援手，安排我和他一起住。他一个人自带一顶帐篷，备了三条被子，一一派上用场。其中一条当垫被，铺在帐篷里的防潮垫上。一条丢给我，他说晚上天气太冷了，让我拿去盖，另一条则留给他自己。他还把帐篷搭在四脚大帐篷里面，使帐篷的篷布接触不到露水，增强防寒性。这才让我度过了安稳的一夜，尝到了露营别样的滋味。

给你一日，还我一年。富有灵气的括苍山，以其特定的气象条件，把一年的时间浓缩成为一日的精华，太神奇了。我们身临仙境，体会最真，感受最深，也最有发言权，在云海茫茫的生活环境中度过一日，却领略到一年四季的自然气候，意味着尝遍了春夏秋冬的滋味，仿佛做了回活神仙，使人感慨万千，称奇惊叹。当我告别仙境，重返人间，透过一张张真情的面孔，一种被关怀的温度、热度、大度和厚重传至心灵深处，令人流连忘返，难以忘怀。

# 7

猫进帐篷临睡前，我特地看了下手机，关心的是明天有没有日出。手机显示日出时间大概是早上 5 点 20 分。带着小小的喜悦和衣入睡，我告诫自己别睡过头了，错过看日出的机会。

第二天，气温渐渐回升。我起了个大早，天际露白，曙光渐现，我站在帐篷前，静静地期待着日出的到来。瞭望东方，一轮红日从大海中喷薄欲出，如释重负地一跃而起，放射金光。

顿时，满天红霞，奇观惊现。初升的太阳，仿佛裹着红色光环的火球，勇猛地冲破雾墙，穿透云海，火球慢慢升起，光环渐渐放大，变化万千。当第一缕阳光温暖整个世界的时候，不仅仅为我们创造了观看日出的时机和条件，而且给我们带来了希望的曙光，幸福的光芒，人生的烛照。

括苍山上，太阳的光辉色彩融化为生命力量的源泉，让我们迎着曙光，奋力向前，开启新的人生航程吧。

# 道地的情怀（外一篇）

叶晨曦

说道地，人们通常想到的是实在、纯粹的意思，古籍中出现的多是此类或与此相似。可是在黄岩话中，它又别有所指。我们管宅院中房与房之间或房与围墙之间所围成的露天空地叫道地，也就是其他地方所说的天井。

为什么管天井叫道地，已不得而知。汉代马融《围棋赋》记述："诱敌先行兮往往一室，捐碁委食兮遗三将七。迟逐爽问兮转相伺密，商度道地兮碁相连结。"此中的道地是指棋子行走的路数。想起古道，或是泥路，或是石头堆砌而成，不知古代简易的天井是否也都如此；又如大户人家的天井，鹅卵石铺就，多有设计。这些都像棋子行走的路数，以此关联，也是有可能的。

小时候，不知道地为何物，只知日溪外公家门前的那块空地，大家都叫道地。如今想来，却觉得道地二字承载着多少人的回忆，承载着多少人的乡愁。它是一个有黄岩印记的词，更是一份难以释去的情怀。

日溪的道地，就和古道一样，块石铺就，泥土塞缝，春来草盛，绿意点缀。黄岩人所称的块石，又和其他地方的不同，并不是方方正正的石块，而是毛石，在我看来，就是放大版的鹅卵石。那光滑、圆润，是人们日夜行走，用时间和双脚走出的包浆。这些块石，看似不规则，却似有规则，凌而不乱，确是我无法参透的玄机。

不管是谁家的道地，都不缺故事。这些就像是道地的灵魂一样，哪怕更多的是细微的小事，也像是一杯杯淡淡的酒，不乏香醇，让人心醉。于我而言，那便是道地的春夏秋冬，朝朝夕夕。

冬日的白天，不去农田的大人们喜欢在道地里串节日灯。我和表姐常常是一边晒太阳，一边做作业。犹记得表姐特别喜欢坐在竹椅上，双脚或跷或踢在石块上，把作业本放在腿上，或者拿着《红楼梦》看起来。而我，年少顽皮了些，总是作业做着做着就玩去了。

快过年时，家里做了年糕和麻糍，午饭自然是这个了。一大家子人，烧了很大一锅。这时我们便不再围在桌子前吃，而是在道地里，大家各自散坐着，一边晒太阳，一边聊天，一边吃年糕，那年糕的香味飘散在整个道地。年糕是手工做的，附近几户人家聚在一起，分工合作。道地里还放着一个石捣臼，就是用来做年糕、麻糍时捣米的。一人捶，一人揉，十分默契。我们几个孩子围在一起看时，还说怎么都不会砸到对方的手上。

平时的石捣臼积了点水，那时的冬天很冷，尤其是山里。过了一夜，石捣臼里的水就结成了冰。我们就去玩冰，可是冻得太硬，抠不出来，直到下午才在太阳底下慢慢融化。我们灵机一动，插了根树枝在融化的水中。第二天，树枝被冻在中间，使劲地把树枝往外扯，就把整块冰给扯离了石捣臼，任我们玩了。

下雪了，道地里穿上了一层厚厚的白衣。雪面上，一个个脚印，大大小小，深深浅浅，像是一个童话故事，里面出现了很多可爱的人儿。我们会在这里堆雪人，还拿盛饭、炒菜的锅铲把雪当菜一样炒。道地里的雪，被我们玩坏了。

夏日的夜晚，道地是乘凉的佳地。家里的竹椅、躺椅、长凳都被搬了出来，无须风扇，拿一把蒲扇足矣，既可扇凉，又可赶蚊子。躺椅是最舒适的，长凳其次，我们几个小孩总是要抢。第一晚没抢到，第二晚便早早地先霸占着，茶饭不思，只想黏着躺椅，就怕被抢走。

山里的星空特别明亮，我们躺在道地里，不信星星是数不尽的，傻傻地数着，几百，上千，数了一晚上也没数尽。本想明晚接着数，可到了明晚，却不知昨晚数到哪了。有时候数着数着便睡着了，什么时候被抱回床上也不知。那时的风雨仿佛也是清晰的，有个夜晚，眼看着乌云慢慢地从远方飘来，逐渐地掩盖星辰，一颗，两颗，一片又一片，直到满天的星辰都躲了起来。我们本还观望着，直到此时，才不得不收起乘凉家伙，依依不舍地告别邻里，躲进自家宅子里。果然，没一会儿，雨下了起来。

道地也是说家长里短、讲故事的地方。那些已离故土前往外地的人，会常常归来，在道地里讲着山外面的故事。而最可怕的还是天灾，他们讲着台风肆虐中，是如何逃离的，那棵树又是怎么倒在他的背后，分厘之差，生死一瞬间。此时的道地，又多了一分温暖，仿佛是他们避风的港湾，无论外面刮风还是下雨，只要回到这里，就只剩下宁静。

时至今日，道地里的生活早已离我远去，却时常入梦而来。它化成了一个个画面，存在了我的生命中；又化成了一个个符号，唤醒了离乡儿女的乡愁。

老宅越来越少，道地也鲜为人见。普通话的流行，更是让我们的吴侬软语逐渐流失。年轻一辈，大多不知道地为何物。可它并不是一个简单的词，也不是一个简单的场所。那是一代人逐渐逝去的乡愁，是一群人再也回不去的生活。道地的故事，道地的往事，成了许多人无法抹去的回忆，也成了我们心中那无法触摸的情怀，伴随着时光流走，成了沧海间的印记。千百年之后，可还有多少人知晓？

# 风雨跑马楼

在千年古镇宁溪，有许多老街和老宅，它们被时间慢慢地侵蚀，只留下点滴废墟。而小街居里那幢建于民国、形状奇特的跑马楼，就成了岁月行走后留下的一部史书，偶尔翻阅，回味无穷。

小巷悠悠，行行走走，穿过宋街，仿佛穿越了几百年，才让我们来到它的面前。跑马楼悠然地坐在小巷的转角处，它停留在了过去的某一刻，而时间却不断地后退，把它丢弃在时光深处。历经日晒雨淋、饥寒露宿，它虽仍是当年的模样，却早已衣衫褴褛、满脸沧桑了。

台门砌筑系仿西洋式灰雕，顶部是一个逐级而下的"台阶"，几棵野草挺立在那里，在寒冷的冬日里俨然已经枯萎。白墙，只在门框那里隐约能找到一点痕迹，也许是因为此处凹进去，少了点风吹雨打。而其他地方，被故事泼上了一桶墨水，一层一层地顺着墙壁流下来，浓得发黑，淡得发灰，又被青苔染了色，变成了一簇一簇的绿。

门柱上的雕刻保存得较为完整，颇有二十世纪早期的建筑特色。边缘坑坑洼洼，不知道是被磕碰的还是被大雨粉刷的。那对联也是让人捉摸不透，和人玩起了躲猫猫。大门紧闭，在岁月的腐蚀下，铜锁生了锈，锁环失了踪，连木门板也已枯老。大门内一片寂静，让人徒生一种老宅主人不在家的感觉。

时间在流逝，宅子在变老，而那青色的门槛却面不改色，默默无闻地任人踩踏。门前鹅卵石半是青苔半发光，中心的一颗是红色石头，以圈状慢慢散开，仿佛平静的水面掉入了一块石头，荡起了小小的涟漪。

"朱雀桥边野草花，乌衣巷口夕阳斜。"台门一边，小巷悠长，两侧石砌的矮墙身着青色绿纹的外衣，在夕阳下沉思。几根青竹越墙而出，在墙头摇摆着细长的身躯，似在观望。冬日的太阳早早地准备收摊回家了，它探出头，透过稀疏的竹叶，在小巷里留下斑驳疏影。因昨夜大雨的缘故，地上微湿，还有一堆一堆的水坑。看着寂静的小巷，我仿佛看到了那个丁香一样的、结着愁怨的姑娘，她撑着油纸伞，彷徨在这寂寥的小巷。

弯过小巷，跑马楼侧着身招呼着我们。一堵老墙虽黯然褪色，却如磐石一样。底部依旧是石砌的墙，十几扇石窗镶嵌在老墙间，花色各异，还有着不同的寓意。

木门眉头紧皱，爬满了皱纹。铜锁犹在，却锁不住一圈又一圈年轮。推开那扇沉重的大门，"吱吱呀呀"的门轴转动声，随着脚步声慢慢放大，唤醒了沉睡的跑马楼。

跑马楼主体室内结构为单檐二层，呈回字形，二楼长廊四通八达，就像是一个跑马场，因而被命名为跑马楼。听说房主王曰昭从事打金、银铺生意，店号"王文华"。他在家中排行第四，绰号"打银四"，其制作的金银首饰工艺精湛、样式美观，山区仅此一家，别无分店，因而生意红火，赚了不少钱，在 20 世纪 30 年代修建了此宅。

天井里，青石错落有致，两棵桂花树精神抖擞，让人丝毫闻不到冬天的气息。无意中走进一个房间，老式的大厨、小厨、脚桶、花板床……20 世纪的家具一一摆放在那里，让人仿佛穿越时空，回到了民国时期。一道光透过木窗照进了老宅，在梳妆台的镜子上映出点点光斑。破旧的梳妆台是老人长满茧的手，留下了许多的尘灰，扫不去，褪不尽。角落里，风车兜兜转转，随着那一粒粒稻谷，飞进了寻常百姓家。"王文华四份置""大清光绪三十二年荷月兴造"，这是王家留下的痕迹，也是一个大家族潮起潮落的印证。

跑马楼的两对角，皆有楼梯。二楼是宁溪历史文化的缩影，在这里，古宅复活了。它穿梭在历史之中，把古井、古街、古道、古名人等宁溪的千年故事电影般地呈现给我们看。

行走在楼道上，我不禁在想，这里曾住过怎样的人？曾经发生过怎样的一段故事？脑海里浮现了一个民国女子的身影，她悠然地走在老宅里，走过无数个春夏与秋冬；她倚在小窗边，看着屋檐下红色的灯笼在风中悠然地旋转，安然自在。脑海里浮现那句我一直很喜欢的话："倚楼听风雨，淡看人生路。"

# 葭沚送大暑

金 勇

　　清代才女戚桂裳在《新设家子海防歌步黎采苹太夫人韵》中有言："贾舶乘潮集如雨，贩柑不远来东瓯。稻楷沙堤化廛市，警跸曾闻驻天子。地名启锡建炎间，父老相传容或是。鱼盐美利擅一乡，握算居奇善经商。"依戚诗可知此地历史上属于东瓯国，地名家子出自宋高宗建炎年间，无文献记录，只是父老代代相传而已。"鱼盐美利擅一乡，握算居奇善经商。"葭沚（家子）自古是浙东重要渔港，也是海上丝绸之路的重要节点。道光二十三年（1843），《葭沚重修海防衙门同知署碑文》记："葭沚更踞要害，东岸西岸，居民不下三千余家，船舶所在，蚁聚蜂屯，行旅辐辏，下达黄太，四望平夷，诚合郡之咽喉，为海隅之隘塞。"可见葭沚在清中晚期就已人烟阜盛，是重要的交通要道，时为台州六邑之咽喉。自宋元以来，葭沚商渔发达，渔民商人皆希望海上平安，希望国泰平安，由此极具浙东特色的"送大暑"习俗也就随之产生了，这一民俗反映了古代逐疫祛灾的民间信仰。

葭沚《周氏家谱》序中说："宋光禄大夫有曰朝熙公者，建炎中扈跸高宗登枫山，望海门迤西地，商渔乐业，井里熙熙，因得高宗当时命名家子之意，嘱其子卜居于此，是为家子一世祖。"周氏一门三进士，其宅名曰三凤第，朝熙公即葭沚周氏始祖。"商渔乐业，井里熙熙"已道出南宋渔业商业相当发达。《葭沚天后宫泉漳会馆碑记》记录，自宋元以来葭沚就存在，福建泉州漳州商会会馆经营南北货生意，尤以吕宋烟草为盛，当时烟栈林立，物流繁忙，行旅辐辏，下达黄太，商业贸易在浙东南首屈一指，故有"贾子"之名。《周氏家谱》序："建炎初，高庙航海，舣港口，问贾子厥义如何，从官进曰：陛下即真四海为家，此家子所以志也，又说宋光禄大夫朝熙公扈跸金鳌，识君臣大义，易贾子为家子。"识君臣大义也是葭沚历代文化传承中的重要内涵，葭沚人讲义气，从送大暑的过程中就可见一斑——大暑这一天，葭沚人为各路香客免费派送各类饮料，从凉粉洋菜膏凉茶木耳汤到各种矿泉水，颇有豪侠风骨。暑热炎炎，无人赤膊，长袖长裤，不撑伞，不戴帽，怎一个敬字了得！焚香送神，门前皆清洗干净，收起晾衣架。祖先有训，以敬立义，敬天，尊地，敬祖先，识义识体，忠孝节义，传承千年。

自20世纪20年代，当地富绅黄楚卿出资建起了规模宏大的江边堂后，每年逢大暑这一天，当地渔民都要举行送大暑活动。由于黄楚卿在省内有极大的影响力，送大暑活动也因此空前热闹。

送大暑是从小暑开始的，分别是"迎圣""请酒""送大暑"，

335

历时半个月。所谓"迎圣"，就是迎圣队伍从五圣庙出发，敲锣打鼓放鞭炮，去当地本保庙、乡主庙、杨府庙分别请出所供奉的本保爷（保一方平安）、明化乡主（此地原是临海县明化乡孝让里）、杨府爷，再将这三位神爷的牌位用小轿抬回五圣庙。近几年又增加了文昌阁龙王庙，已突破了原来的传统。而在大暑来临前，本保庙（殿前）摆宴请客，将五位大神及附近神灵们请来做客，作为饯行，视为"请酒"。到了大暑节那一天，先由十几个青壮年将飘红挂绿的大暑船从五圣庙抬往江边，随后参加庙会的队伍便计算着时间从五圣庙出发，他们沿葭沚主要街道逶迤而行，最后来到江畔。此时正是潮水涨满的时刻，等大暑船被拖出椒江口外白沙洋时，恰好退潮，借助着潮水的力量，大暑船顺流而下，带着人们美好的祝愿越漂越远。葭沚送大暑是在台州沿海渔民祈福消灾的共同信念下演化出的民俗活动，所以来自台州各地的虔诚香客大暑之日必定云集葭沚江边送五圣，祈祷一年平安。

葭沚江边堂即今葭沚五圣庙，而今五圣庙原是江边堂东面用围墙隔出的一块。葭沚江边堂，葭沚人尽皆知，面积很大，建筑壮美，远胜于今之五圣庙。葭沚人习惯将五圣庙称为江边堂，概因其靠近葭沚江边而得名。从前，五圣庙是个独立的大院，殿宇相当壮观，殿为重檐结构，雕梁画栋，人物鸟兽栩栩如生。而在院子南面有个戏台，每逢寿日，则会做戏奉神。1949年后其被改为粮库，但重檐上的雕梁画栋还保留着。"文革"时改办檀香厂，其貌基本如前，之后办葭沚初中，老建筑全部被推倒，并重建了二层教学楼和办公室，院子里的水池也被填平了。今之五圣庙只是原江边堂东墙隔出的一块，仅保留造大暑船的坛场。五圣信仰本是道教信仰，五圣又叫五通，是民间传说中的妖邪之神，说他们能作享于人，本为五兄弟，由于人们怕他们，所以把他们供奉起来，唐末已有香火供奉，供奉的庙号称五通。关于五圣的传说来历众说纷纭。关于五圣当地渔民有几种说法：

第一种：五圣是瘟神，要恭恭敬敬地送他们出海，请他们不要危害百姓，走得越远越好。如果不送走，或是五圣被潮水或东风送回来，那么地方上就不得安宁，会发生灾疫。船里要放入活的猪羊鸡鸭鱼虾以及米酒等食品，还放入水缸、缸灶、火刀、火石、桌椅、床榻、棉被、枕头等一应俱全的生活用品，并备有刀矛枪炮等自卫武器，米俱用小袋，为千家万户所施。现放在大暑船上的物品均为纸扎，唯米例外，来自千家万户所施。船上东西是为五圣享用的。《礼纬稽命征》云："颛顼有三子，生而亡去，为疫鬼：一居江水，是为疟鬼魅鬼；一居若水，为魍魉；一居人宫室区隅，善惊人小儿，为小鬼。"《管子·轻重甲》云："昔尧之五吏五官，无所食，君请立五厉之祭，祭尧之五吏。"五厉，古人把厉鬼视为恶鬼，它会害人的。成书于六朝的《太上洞渊神咒经》卷十一云："又有刘元达，张元伯，赵公明，李公仲，史文业，钟仕季，少都符，各将五伤鬼精二十五人，行瘟疫病。"直到元代才形成了今天五圣的说法。《瘟司御灾治病宝忏》中记载，五瘟大神原处江西安庆府浮梁县（今江西景德镇）人，结义五姓，张、刘、赵、史、钟兄弟同科，得中五进士出身。皇上无道，除天师福禄，设计将莅御园中，掘下地穴，五进士藏于地穴内，昼夜笙箫作乐。皇上传旨，速召天师："御园中出了妖怪。"天师指算："非妖非怪，凡人在地穴，朝暮笙歌，时刻作乐。"左手执着七星宝剑，右手提着九龙法水，口中念咒，净水一喷，宝剑插地。御园中一时滚出五首。五进士心不气愤，门外兴妖作怪。上谕封春夏秋冬五方行灾使者，天下任游。兴运者，坐贾经商，遇则生财大道，康泰呈祥；若慢者，冲则国破家亡，作祸生灾。唐代郑愚的《大功虚祐师铭》中就有牛阿旁，鬼五通之诗。南宋洪迈的《夷坚志》记载刘举赴乡试，祷于钱塘门外九里西"五圣行祠"。明代田艺蘅的《留青日札》记载明太祖平定天下，敕封功臣，梦见千万阵亡兵士求祀典，太祖许以五人为伍，命江南人家立尺五小庙，处处祭祀，俗名五圣堂。《聊斋志异》谓五通神多邪淫不轨，魅惑妇女，乡人畏之，故香火甚盛。清康熙年间汤斌为江宁巡抚，曾对五通毁像撤祠，以破除淫祀，然亦未尽绝。柳宗元《龙城录》记"柳州旧有鬼，名五通"，说明至少从唐代就认为五通不是善神。再如《夷坚志》记五通本是妖怪，可以幻化成人形，扰乱民间，淫人妇女。可见送大暑意为送瘟神。

第二种：五圣是保护渔民的，是出海渔船的保护神，这种传说在台州湾渔民中广泛流传。清人姚福均《铸鼎馀闻》卷一引王棻光绪《黄岩志》：灵济庙在永利桥之西，旧名桥亭神，姓柴，婺源（今江西婺源）人，兄弟五人。相传齐永明中避乱，猎于圣堂山，能扼虎。邑令萧黑恐其生乱，谕遣之。后复至，狂叫山谷中，云："吾五圣也，能为地主捍灾御患。言讫，列坐圣堂岩下，啗松柏，三日而殂。是后每闻山间有鼓噪声。梁天临癸未，邑大疫，五人复骑虎现圣堂山巅，一村遂无恙。邑令陆襄奏之，封永宁昭惠卫国保民五圣显应灵官。乙丑，立庙圣堂。唐宝应壬寅，州贼袁晁反，见神列五帜永宁江浒，贼惊遁。刺史李光弼奏赐今额，创庙于永利桥，直河北，南临孔道。有郭朝奉者，五十无子，与妻郝瓦祷于庙。元和庚寅，夫妻梦衣黄者五人告曰：'吾与汝邻宅，跨河面卧虎神祠也。当无嗣，与吾宅，吾与汝子。'郭疑未决，一夕就寝，见大蛇五采文，向郭若有所求，遂舍宅于庙，即今址也。后生子昭文，官至御史中丞（《旧志》）。又宋开禧二年，火逼檐楹，竟逾河而南。有枕庙居者，抱一神像置于室，火亦不犯，人传以为异（《赤城志》）。元祐延间，宫殿火。帝梦云际有五神人执五大瓢，滴水救止，且下告曰：'臣柴某兄弟五人，原籍婺州，今受庙食于黄岩。宫殿火发，敢不奔救？'觉，使迹其事，立庙，封五圣侯王。明嘉靖壬子，寇毁。后重建。清康熙九年火，复建。今亦奉泰伯为主。咸丰辛酉寇毁。同治初重建。"这个灵济庙在黄岩西门，距葭沚十三公里。五圣传说可能起于南北朝，这五个人是南朝齐永明年间的人，这大概是关于五圣庙在台州一带最早的历史。文中又说唐宝应年间创庙于永利桥也就是在 762 年前后。台州湾一带在南朝年间或者迟至唐代已有五圣庙。黄岩西门的灵济庙历来也有送大暑船的活动，极有可能此类民俗活动逐渐渗透传播扩散开来。此说为善神。

　　葭沚大暑船送五圣爷的故事还有可能的源头是盂兰盆会放水灯。早年葭沚长泾（今葭中路）放水灯时长泾两岸人流蚁动，水灯法船随风漂荡，灯火忽隐忽现，别有一番情趣。因葭沚人口有三分之一为渔民，海洋是他们赖以生存的最重要资源，以渔为生，海上平安就成了他们孜孜以求的目标。这些渔民把放法船的习俗加以强化，把纸船变为木船，把家家造船变为集体造船，这也就形成了闻名遐迩的葭沚造大暑船、送大暑风俗。放法船、放水灯等活动源于宋代，宋代市民生活丰富多彩，佛教的盂兰盆会，放法船、放水灯已渐变成艺术和竞技活动，日益生活化，并融入民间风俗。但葭沚的渔民则另有一说，这种传说源于明代，明代台州沿海渔民在海上作业时屡受倭寇抢掠，甚至被杀害。某日，葭沚渔民在海上作业，遭倭寇袭击，惊恐之际，突然海上大雾骤起，雾中出现一只富丽堂皇的神船。骁勇的神兵神将把倭寇打得落花流水，之后神船远逝，渔民定睛一看，原来是大暑船，神兵神将是五圣爷（也有说阮四相公本保爷）派来的，渔民全部跪拜，从此后，不管时势多么艰难，渔民年年造大暑船，送大暑船，代代相传。

送大暑，别五圣，既敬之，又畏之，且送之，不留之。念葭山泰，求沚泾安，既有巫傩佛道思想之遗存，又具东瓯海洋文化之色彩。故乡的河流干枯了，屋檐下的水滴结成冰，寻梦青石板小巷，故乡长长的背影被吹散了。葭汀水暖新蒲绿，隔岸云开远岫青。门前镜水碧波荡，可证无边菩提心。

# 神山仙水美如画

吴宝华

台州境内，有一处山清水美、钟灵毓秀、人杰地灵的福地，那便是仙居。仙居古称乐安、永安，宋神宗"以其洞天名山，屏蔽周围，而多神仙之宅"，故下诏改县名为仙居县，至今已近千年。

清翰林院编修潘耒写道："天台深幽，雁荡奇崛，仙居兼而有之。"仙居的山水，兼有天台和雁荡之长处，美不胜收，让游人流连忘返，魂牵梦萦。

——题记

# 冬游神仙居

春节放假在家，又赴熟悉的神仙居一游。

神仙居"洞天名山，屏蔽周围"，清翰林院编修潘耒曾赞："天台深幽，雁荡奇崛，仙居兼而有之。"仙居那奇崛深幽秀丽的山水特色，在神仙居景区得到突出体现。这次重游，从峡谷入口进入，那些美名远扬的景点——"将军岩""睡美人""神笔画天"等，已难以挽住我们匆匆的脚步。我们一口气来到峡谷底部的"象鼻瀑"旁，因是严冬，瀑布两旁挂满晶莹的冰柱，瀑布细如纱绢，纷纷扬扬飞洒而下，不时带着融化的冰柱一同落下，叮叮咚咚，有如"大珠小珠落玉盘"。瀑下则堆满冰花，潭水结着冰，透过冰面，仍可见到潭水清澈碧绿，宛如大块翡翠，这景象实在迷人：翡翠为体，白玉为盖，上面缀着银花，头顶轻雾飞扬，"象鼻瀑"成了风姿绰约的仙子了。

身处谷底，本已无路可走，但"山重水复疑无路，柳暗花明又一村"。"象鼻瀑"西侧有一条刚开凿的盘山游步道，游步道乃是搭在三面大山腰间的神奇飘带。如果说"将军岩""睡美人"等乃谷内美景，那么攀上游步道，便可观赏山间和谷外美景了。

拾级登山，才体会到神仙居高山的奇崛峭拔，层峦叠嶂，千峰万壑。山道陡峭艰险，百折千回，特别是在一堵堵壁立千仞的石壁前，只能将钢钎打入山壁，横空架飞桥而上，使人不觉想到"山从人面起，云傍马头生"的诗句。而山的幽深奇丽、林木葱郁、气象万千也着实让人叹为观止。在那山的皱褶中，隐藏着"十一泄"飞瀑，如颗颗美丽的珍珠缀在山道旁，让人不由得眼睛一亮，心生惊喜赞叹。一些横空伸出、突兀矗立的绝壁顶上建有凉亭，如雄鹰展翅，似虎踞狮蹲，令人赞叹建筑者的匠心和杰出的才能。在凉亭小憩，在神仙居茶庄品茗，洁心涤虑，俗心尘念尽洗，飘飘然似神仙。

　　攀登复攀登，终于上了东边悬崖地势最高的一个凉亭，坐在亭内，放眼四周，眼界顿时开阔。但见千山竞秀，万壑争辉，飞瀑流银，碧山苍翠，风光如画，美不胜收，让人几疑置身瑶台仙境，不必"把酒临风"，亦"喜洋洋者矣"。

　　休憩片刻，我们继续前行，眼前的山峰成了壁立千仞、如刀劈斧剁般的悬崖，峰回路转中，压得人似乎喘不过气来。"山高月小"，在一处悬崖顶上，有小片白点，似乎是苍鹰的粪便。蓦地，一小点掉了下来，渐近渐大，落到近处一看，竟是大块冰柱，原来那竟是冰花。回头向谷外望去，但见远村袅袅，间阖扑地，绿野苍苍，阡陌交通，虽是严冬，依然处处是生命的绿色。再走片刻，又是一架天桥，只是此处天桥系软索挽成，走在上面，左右摇摆，让人心惊。过了天桥，游步道从一块大山岩与山体的夹缝中穿过，险则险矣，却让人大有"山中无日月，洞天便经年"的感慨。此处已是下山的路，石蹬边，草丛中，不时有黄莺在跳跃觅食，间或鸣叫数声，正是"鸟鸣山更幽"。

　　走完游步道，正好回到谷内的"将军岩"景点旁，耳里满是喧嚣人声，想起山道上的宁静、冷清，不由想起王安石的名句："世之奇伟、瑰怪，非常之观，常在于险远，而人之所罕至焉，故非有志者不能至也。"诚哉斯言。

## 漂流永安溪

前不久，学校组织教师们去永安溪漂流，大家喜上眉梢。

西出仙居县城约十公里，便到了漂流码头。码头有几幢仿古建筑，红柱碧瓦，古色古香。走进入口处，顿觉仿佛走进古代，喧嚣红尘就抛在身后了。

我偕六位同事跳上竹筏，在竹椅上坐定。艄公举篙轻轻一拨，竹筏悠悠，荡向溪心，春光水色便扑面而来，似一幅连绵不断的画卷，在我们眼前徐徐展开，清心涤虑，令人神清气爽、心旷神怡，身心就如水晶般透明起来。

举目四顾，眼前的溪面水平如镜，竹篙点水，荡起圈圈涟漪。水色清澈见底，足有一人深，但溪底的砾石历历在目，绿油油的水草在水底轻轻飘摇，小鱼在石上草间轻盈起舞，悠闲自在，羡煞游人。抬头远望，两岸青山排闼而来，如狮似虎，形态万千。山上碧树如烟，绿草如茵，杆漆花随风招摇，如霜似雪，映山红怒放，则艳红若火。高山穿着饰白花的衣裳，扎着红头巾，美比新嫁娘。

忽然，伴随着"哗哗哗"的流水声，竹筏激烈地晃动起来。哦，漂到浅滩头了。水花飞溅跳跃，映着日光，幻出奇彩，潺潺、涓涓、琤琤、淙淙、叮叮、咚咚……我们的竹筏成了一架焦尾琴，被大自然的巧手弹拨，好一曲《高山流水》，真是"此曲只应天上有，人间哪得几回闻"？

有惊无险，竹筏擦着沙石滑下浅滩，平稳前进。不久到了刻着"绿如蓝"三字的陡岩下，此处是一深潭，水色绿莹莹的，如一块硕大的绿玉，置于蓝天白云下，正应了白居易的诗句"春来江水绿如蓝"。据说，此潭深不见底，即使数月大旱也不干涸。潭底洞壑纵横，生活着仙居特有的鱼类——雪鳗。据《浙江通志》记载："雪鳗，又名白鳗，因其通体银白而得名。产于仙居永安溪，多在石仓深潭，当大雪时则出，重至几十斤，味至美，淡水鱼之珍品。"但愿我们的漂流不要惊扰了雪鳗的美梦。

艄公手中的竹篙左点右点，竹筏穿坳过涧，清溪碧水，锦山秀岭，继续扑面而来。读山读水读云读风，处处美不胜收。将到石仓山时，我忽然觉得，山光水色固然美丽迷人，但一路不见人家，却少了几分生气。便举目向岸上寻觅，但见处处绿竹摇曳，碧松叠翠，枫杨蓊郁。哦，看到了，在那茂林修竹的掩映下，数条小径通向树林深处，原来是郁郁葱葱的天然屏风遮住了那屋、那人、那狗、那炊烟……

溪边埠头上，三三两两的村妇自在地涤衣浣裳，那清脆悠远的捣衣声让人想起"扁舟一棹归何处，家在江南黄叶村"的诗句来。正沉思间，一只小巧玲珑的翠鸟贴着水面飞过，停在岸边巨石上，梳翎剔羽，顾影自怜。不远处，几只鸭子浮游嬉戏，水下有一两个圆圆的白点，不知是鸭蛋还是卵石，把江南清新悠远、宁静恬淡的山水韵致点染得醉人心扉。

筏行碧波上，人在画中游，不觉时光飞逝，漂流的终点到了。我记起李白的诗句："人生在世不称意，明朝散发弄扁舟。"倘若他到永安溪来弄舟，定能把功名利禄、宠谪荣辱、失意伤痛、忧伤惆怅一股脑儿全抛到九霄云外，"把酒临风，其喜洋洋者矣"。

的确，山水的魅力，谁能说尽？！

# 高迁古民居

位于仙居县东南，距县城约二十公里远的高迁古民居，是一处江南较少见的古民居集合地。

史载，仙居吴氏始于五代（梁）光禄大夫银青，至七世，浙江副元帅兼仙居县尹熟公来高迁，购朱氏宅而居之。明末至清咸丰年间，吴白岩、吴应岩兄弟及子孙仿照北京太和殿的模式，大兴土木，建成六叶马头四开檐的楼房十三座，规模宏大，布局精巧，面貌特异，各具风格。那翘檐耸角、玲珑美观的马头墙，那精雕细刻、巧夺天工的木雕、石雕、砖雕，无不代表了我国明清时期建筑、雕刻艺术所达到的高度。而岁月荏苒，历经四百多年的岁月风霜，村内现存楼房十一座、祠堂三所，仍在无声地述说着一个江南大家族曾有的气派和荣耀。

新德堂是古民居群中保存最完整的建筑。踏进大门，便见一字排开的廊前大柱，庄重古朴，历数个世纪而刚直挺立。正面厅堂，两边厢房，每间厢房有一扇木雕的大窗，窗上精雕细刻的窗花美轮美奂，无论繁复还是简洁，无论遒劲还是细柔，都显得古朴雅致、古色古香。穿过两重厅堂，直达后花园，园内的花墩还完好如初，正面是一整块石板，分别雕刻着菊花、荷花、凤凰、月季、牡丹五种花，经受了四个世纪的风霜雨雪，却还清晰美观，栩栩如生。可以想见，当年的后花园定然繁花似锦，花香如潮，还有二八佳人，在花园中迎风吟诗，对花抒怀，有道是人面鲜花相映红，将江南清恬闲适的田园风光铺展得淋漓尽致而余味无穷。

新德堂的门堂也颇有特色，精选大小合适的鹅卵石，铺就了许多象征吉祥、幸福、如意、喜庆的图案：中央为太极八卦图，四周围绕着象征福、禄、寿、禧、财五种祝福的蝙蝠、稚鹿、喜桃、双龙戏珠和铜钱，图形逼真，构思精巧。据说，这些图案是当时庭院的女主人张老太自己绘画，并领着工匠一起镶嵌而成的。更为神奇的是，此门堂中央稍高，向四角缓缓延伸，四角的排水孔及地下排水系统，历数个世纪而依然畅通无阻，雨止则堂干。

漫漫的历史长河中，多少帝王将相，虽然当时荣耀显赫，权重一时，但转瞬间如过眼云烟，只留下黄土一捧，有的甚至如电光石火，消失得无影无踪，而许多文人身着褪色的青衫，吟哦着失意的文字，却把名字深深地镌刻在文化的丰碑上，昭示了"做官一时荣，文章千古事"的至理名言。在高迁古民居，读书的传统绵远而悠长，慎德堂便是这样一座被称为书香门第的门堂。堂内侧窗上分别刻着以春夏秋冬为题的诗句：春游芳草地，夏赏绿荷池，秋饮黄花酒，冬吟白雪诗。还有"故人具鸡黍，邀我至田家"，"绿树村边合，青山郭外斜"等充满恬淡闲适、田园乐趣的诗句。相传该堂出过一位读书奇人，名叫吴茳溪，他考取了台州六县的秀才，便不思功名，专门代人考试（今又叫枪手），考秀才、举人，甚至进士，场场不败，以此为乐。也许生具异禀的人，多是孑然不群、放浪形骸的奇人，何况封建时代官场险恶，钩心斗角，倾轧残害，原非洁身自爱之人所向往。所以陶潜不为五斗米折腰，只愿"采菊东篱下，悠然见南山"。可惜的是，吴茳溪不曾留下光耀千古的诗文，多少是个遗憾，但又或者他是真正的隐士高人，将诗笺文稿付之一炬，后人又能向谁诘问？而民间藏龙卧虎，不容小觑，却是不必质疑的。

高迁古民居庭院与庭院间留下横七竖八宽不盈丈的小巷，或石板铺地，或卵石镶嵌。有的小巷悠长而深邃，抬头可见青砖山墙，以及玲珑精巧的马头墙，点点青苔，洇染出古典的情韵和风味。春雨霏霏的早晨，撑一把小伞，徜徉在这悠长又悠长的古巷中，不知不觉就走进了戴望舒的《雨巷》中，而逢着那个结着丁香般愁怨的姑娘，也是古典、贤淑、婉约而多情的。也许还能逢着青衫、幞头，腋下夹着书卷的落魄书生，闻到他身上淡淡的诗酒清香，听他吟着"袖中吴郡新诗本，襟上杭州旧酒痕"。

高迁古民居周围碧野苍苍，村内绿树依依，每到春暖花开之时，护林河边垂柳婀娜起舞，屋角墙边时见"一枝红杏出墙来"。蜂飞蝶舞，鸟语花香，混合着野外吹来的带着青草香气的清风，令人意醉神迷、心旷神怡。高迁古民居真如一个淡雅古朴、婉约端庄的古典美人，虽不张扬，但其"天生丽质难自弃"，正越来越受人们的青睐。

# 行走在大陈岛

赵佩蓉

我是在初秋的一个阴天走上大陈岛的。

大陈岛雄踞在东海上，海岸线凌厉，怪礁嶙峋。这些洪荒亿万年的岩体大多呈红褐色，有如鼠吞食的，有一柱擎天的，有累累欲坠的，奇峰罗列，诡谲生资。

在上大陈，沿着石阶往海滩走，越走路面越窄，忽见右边怪石飞突，崖顶方正，形如高冠。驻足审视，剑目隆鼻阔嘴，历历可辨。路旁竖一指示牌，上书：将军岩。往前走几十米，又见一崖独立，形体瘦削，曲线曼妙，女子形象惟妙惟肖。两岩相对，做深情凝望状，惹人即起很多浪漫念头。王维论山水时说，主峰最宜高耸，客山须是奔趋。这两崖，都是与天地自然抗衡后形成的，俱高耸，不见奔趋更无依附，是性命相知的独立和笃定。将军岩庞大，渔女峰婀娜；将军目视前方，渔女流盼应和。人间的情谊，是这样的磅礴，深厚到以生死相交。

在下大陈，惊见峭削的两屏壁石，森森然逼过来，形成一深峡。两崖跳纵，形如虎跃。那峡并不阔大，宽不逾丈。瘦瘦一脉水，为两崖夹束，水流难以恣肆，碎银般纷至沓来，滔滔汩汩，仿佛只是意念中的蠢蠢欲动。《道德经》上说，上善若水，利万物而不争。诚然，一滴之源，可惠泽万物；一瓢之饮，可知四海风涛。应该有鱼群在底下往来翕忽，叠合成生命的洪流吧。汪洋蓄积，竟然是这样不喜不怒，静定无痕。

漫步岛上，拉开视线，远涛近礁，都在上午的薄阴里，隐隐又像浮在云朵上。汪洋之上的天空，有云影很缓慢地流动。洋面开阔处，岛小者如青螺，大者如卧佛。万吨远洋货轮的影子越来越分明，越来越遥远。真是天地浩荡，只觉得长天和阔海，容得下人间一切悲喜。

常年囿于小城的我，活动半径非常有限，对云的认知大概仅止于云是水汽的凝结物。殊不知，野云飞渡，山岚飘腾，曲曲袅袅，极尽变幻之情态。那日晨起，大片的层云在快速飘移，堆积成密实的积云，直向海面压下来。洋面上雾气甚大，灰蒙蒙一片，岛屿、灯塔皆隐了形体。风起，云涌，一种静默的力量向我们昭示着自然的神力。

只眨眼工夫，风流云散，晴光历历。《陶庵梦忆》里"浮浮冉冉，红紫间之"成为最直接的视觉经验。眯起眼睛，以仰望的姿势对着远天和流云，阴暗已经陨落在视野的前方，晨光慷慨地铺展在汪洋上，聚焦成半透明的金属质感。大片大片的空旷里，海水沿着一定的轨迹大规模地流动，形成界限非常清晰的洋流。须臾间，金光四射，灼人眼目。大美无言。被势不可挡的磅礴气势震慑，也算是我对大自然心甘情愿地臣服吧。

置身于地域宽广而相对疏离的海岛，自由和想象就会无限拉伸，会源源不断地吸纳令人身心安静松弛的物质，滋生出对自然和生命的依恋。

岛上潮湿，石阶的表面往往"咕吱咕吱"地冒出一层暗绿色的苔藓，毛茸茸的，像是给大地披了一件生动的外套。最常见的是小野菊，星星点点的青白色，躞蹀在山野。它们的脚下踩着最卑贱的泥，每一天都在隐秘地生长。它们并没有对突然的降温俯首帖耳，还是铆着劲吐露着蓄积了长长一个夏天的蓬勃与野性。叶子疏朗，花朵轩昂，它们沉浸在生命飞扬的盛大喜悦中，并没有光洁无瑕的精修脸，也缺乏养尊处优的富贵气，绝不可能挤进中国园林的高雅殿堂，却是眼前场景里最活泼的生命态度。这种淡定坚韧、不喧不躁的气质，深深地打动了我。

在岛上，我认识了芙蓉菊。清浅的蓝绿色，润泽饱和，好像贮存了过多水分。密集的枝条，聚生的窄叶，嵌在光秃秃的礁石上。它们的生长，不受友好的邀约，而是倚仗与自然对峙的张力。深水逼岸，巨浪冲刷，千万年的风吹浪打，千万年的潮至汐退，造就了刚硬的海蚀地貌。这些侵蚀岩，残暴地掠夺了天地间的其他色彩。无论死亡的幽谷多么阴暗，只要有一丝水汽，生命的掌纹就生生不息。没有阳光的照拂，没有春风的造访，芙蓉菊顶着凛冽的庄严，顽强地留下了生命的璀璨。端肃与野逸并存，苍老与娇嫩共生，我想，这恐怕就是生命的尊严了。

书之岁华，其曰可读。与经受风雨洗礼的植物对视，聆听生命衍生伸展的利落节拍，我被牵引着走进一段沉重的历史。

1955年，国民党残余势力撤退时，带走岛上的居民一万余人，同时埋下五万余枚地雷。大陈岛解放后，满目疮痍，惨不忍睹。"筚路蓝缕，以启山林"，1956年开始，先后有四百七十六名热血青年响应"建设伟大祖国的大陈岛"的号召，高喊着"到最艰苦的地方去！把青春献给大陈岛"的口号，义无反顾地加入了垦荒队伍。不难想象，在没有人烟、遍布铁丝网的荒岛上，创造出美好家园，需要多大的勇气和毅力。杜拉斯在《抵挡太平洋的堤坝》中写到法国母亲带领一家人来到越南海边的盐碱地，穷其一生修筑堤坝，企图阻挡来自太平洋的潮水，都没能遂愿。但是，垦荒这件看起来要战天斗海的事，大陈人却干成功了。

垦荒队员们曝烈日，抗戾风，住草棚，喝咸水。然而胼手胝足开垦的园地并非一劳永逸，台风、洪潮、暴雨随时都可以将之毁于一旦。他们的泪水、汗渍凝结在每一棵土豆、番薯上。在垦荒纪念馆参观，看到那些如同文身一般、烙着岁月痕迹的老照片，颇有感喟。那时候，他们意气昂扬，在荒滩上撒出第一把种子，种下第一行树苗，同时也播下了对生命的真诚期待。"堤外浪打浪，岛上粮满仓"，裹藏着垦荒队员风浪里的人生悲喜。功不唐捐，玉汝于成。当年的垦荒队员如果重新走上大陈岛，见到如今的省级海上森林公园、国家一级中心渔港，回首往事，他们的心潮一定如潮汛一般起伏吧。怦然的回响中，应该有关于生命的箴言。

# 曙光里的海港：石塘

赵斌涛

石塘，原为温岭一小镇，后与箬山、钓浜二镇合并而成一处。曾记否？那些参差交错的石墙瓦房——石头的房子，石头的墙，石头的巷子。孩提时代的你居住在这样的房子里，巷子长长，四周都是墙，你轻轻地呼喊一声，巷子也对你轻轻呼喊。谁家的楼房要是高些，就可以爬上去看到更远的景色。你曾爬上陈和隆的宅院，趴在窗口观望着，看那些石砌的楼房、斑斓的海山匍匐在你身下，它们的身形显得极小，连在一块儿，仿佛一根手指就能触摸全部。

陈和隆何许人也？乃箬山陈氏之俊杰，同治初年所生，卒于抗战之前。陈和隆早年以摇小船为生，后来开始从事鱼货生意，常于台湾、惠安、箬山之间往来。其人足智多谋，豪放不羁，且吃苦耐劳，生意蒸蒸日上，至清末民初间，已拥有大钓船三艘、小钓船六七只，后来又造铁壳轮"泰顺""华升",还买田置地开当铺、在温州参股银行,渐渐成为石塘、箬山一带首屈一指的巨富。家业兴盛后,陈和隆开始雇佣帮工、豢养家丁、购买枪支弹药、筑造土炮台、迎击海盗、周济乡里,成为当地名重一时的风云人物。

打小就听长辈们说过陈和隆的故事,你曾发誓要长成他那样的男子汉。海边的男子汉是什么样的呢?有两点是必需的,一要善水性,二要善喝酒。少年时,你曾跟父母去别人家做客,主人拿出自家酿的米酒来招待。主人好客,把所藏佳酿尽数拿出与你父亲对饮。十岁的你是小小的男子汉,主人也与你对饮,你连干三碗,醉得晕晕乎乎。

酒足饭饱,叙了叙家常,你们便到海边游泳。正午的阳光落在海面上,十分温暖。波浪一阵阵地拍打着礁石,水花溅在沙滩上。沙滩上有许多收集贝壳的人,他们专拣奇异斑斓的贝壳,用工具雕饰成精美的工艺品(你家挂在房檐下的风铃,足足用了三百六十五个贝壳)。你们还在游泳,但潮水已经上涨了。涨潮的速度很快,人们赶紧游到岸上。你的父母看不见你,你已被浪冲到了海中央。海浪汹涌地朝你奔来,你的母亲急得大哭,父亲恨不得立刻游过去拉你。有个男子劝住你的父母,他纵身跃入海洋,像条鱼儿似的游到你身边,把你带上了岸。你的父母激动地向他道谢,你还依稀记得,这位好心的叔叔姓郭。多年后,你在电视上再次看见他,此时的他已成为全国人民皆知的见义勇为模范,人们管他叫"平安水鬼"。

石塘石屋林立,岛屿成群,天工之巧和人工之妙完美衔接,被誉为"东方的巴黎圣母院"。2000年初,新千年的第一缕曙光就照耀在这片风光无限的海域里,从此,一对高大的神碑竖立起来,新千年的大门在此地打开。

一年里最为好玩的莫过于冬天。正月里，几个青年汉子扛着八仙桌走街串巷。八仙桌是翻过来的，四个脚扎上顶棚，便是台阁。台阁上的演员们都是些相貌俊美的孩童，他们穿红戴绿，演绎着生旦净末。你的姐姐几年前也曾和你一道儿上去表演过，后来她满了十六岁，照例也就换了人。大街上张灯结彩，人们夹道相迎，村与村相互接应，队伍从这个村子走到下一个村子，走遍全部村子需得十天半个月，因故，有时甚至到了二月，队伍还在行走。

与扛台阁齐名的是大奏鼓。约莫十个男丁，他们穿红袄系绿带，光着大脚板满脸油彩，打扮成妇女模样，每人手持一样乐器，有木鱼、扁鼓、唢呐、铜钟等，一路上又是演奏又是跳，看似滑稽，却也十分有趣。台阁是正月里扛的，大奏鼓则是出海时打的。那年，大你十岁的邻家哥哥要随长辈出海远行，这一去短则一年半载，长则三年五载。他们漂洋过海去闯荡，家人不大好阻拦，可又十分牵挂，于是大家伙儿就请人演奏大奏鼓来为远航的人送行。人们虔诚地向妈祖祈祷，在这豪放的大奏鼓里，融入了多少祝福与牵挂啊！

多年后，你长成了英姿飒爽的青年，独自在异乡求学。这年元旦，母亲给你寄来了包裹。包裹里是几件衣服，还有几块糖龟（糯米粉与早米粉杂糅，拌上红糖蒸熟，再用模具做成龟壳的形状）。外人只知道嵌糕是温岭美食，殊不知在温岭的石塘镇，糖龟才是绝顶美味，这是专属于石塘人的美食，即便同是温岭人，也很少有人吃过。你咀嚼着糖龟，香甜的滋味从舌根直达心口。

远方的朋友，当你来到温岭，记得去石塘，看一看那新千年第一缕曙光照耀的地方，听一听海港晚风的合唱。